前　言

　　泉州建制一千三百多年，爲中國歷史文化名城和古代海外交通的重要港口。"比屋弦誦，人文爲閩最"，素稱海濱鄒魯、文獻之邦。代有經邦緯國、出類拔萃之才，歐陽詹、曾公亮、蘇頌、蔡清、王慎中、俞大猷、李贄、鄭成功、李光地等一大批傑出人物留下了大量具有歷史、文學、藝術、哲學、軍事、經濟價值的文化遺產。據不完全統計，見載於史籍的著作家有一千四百二十六人，著作多達三千七百三十九種，其中唐五代二十九人三十二種，宋代二百人三百九十一種，元代二十一人四十種，明代五百三十六人一千五百八十五種，清代六百四十人一千六百九十一種；收入《四庫全書》一百一十五家一百六十四種，《四庫全書存目叢書》五十六家七十四種，《續修四庫全書》十四家十七種。二〇〇八年國務院頒布第一批國家珍貴古籍名錄，屬泉人著述、出版者十三種。

　　遺憾的是，雖然泉州典籍贍富，每一時代都有一批重要著作相繼問世，但歷經歲月淘汰、劫難摧殘，加上庋藏環境不良，遺存至今十無二三，多成珍籍孤本。這些文化遺產，是歷史的見證，是泉州人民同時也是中華民族的寶貴文化財富，亟待搶救保護，古爲今用。

　　對泉州地方文獻的搜集與整理，最早有南宋嘉定年間的《清源文集》十卷，明萬曆二十五年《清源文獻》十八卷繼出，入清則有《清源文獻纂續合編》三十六卷問世。這些文獻彙編，或已佚失，或存本極少。二十世紀四十年代，泉州成立"晋江文獻整理委員會"，準備整理出版歷代泉人著作，因經費短缺未果。八十年代，地方文史界發起研究"泉州學"，再次計劃編輯地方文獻叢書，可惜後來也因爲各種條件的限制，其事遂寢。但是這兩次努力，爲地方文獻叢書的整理出版做了準備，留下了珍貴的文獻資料和書目彙編。

　　二〇〇五年三月，中共泉州市委、泉州市政府決定將地方文獻叢書出版工作列爲國民經濟和社會發展第十一個五年規劃的一項文化工程。翌年，正式成立"泉州地方典籍《泉州文庫》整理出版委員會"，着手對分散庋藏於全國各大圖書館及民間的古籍進行調查搜集，整理出《泉州文庫備考書目》二百六十七家六百一十四種，以後又陸續檢索出遺漏書目近百家一百八十餘種。經過省内外專家學者多次論證，最後篩選出一百五十部二百五十餘種著作，組成一套有一定規模、自成體系、比較完整，可以概括泉人著作風貌、反映泉州千餘年文化發展脉絡的地方文獻叢書，取名《泉州文庫》，二〇一一年起陸續出版發行。

整理出版《泉州文庫》的宗旨是：遵循國家的文化方針政策，保護和利用珍貴文獻典籍，以期繼承發揚中華民族優秀文化傳統，增進民族團結，維護國家統一，提高民族自信心和凝聚力，加强社會主義核心價值體系建設，增强文化軟實力，爲泉州的物質文明和精神文明建設服務。

《泉州文庫》始唐迄清，原著點校，收録標準着眼於學術性、科學性、文學性、地域性、原創性、權威性，具有全國重要影響和著名歷史人物的代表作優先。所録著作涵蓋泉州各縣（市、區），包括金門縣及歷史上泉州府屬同安縣，曾在泉州任職、寄寓、活動過的非泉籍人氏的作品，則取其内容與泉州密切相關的專門著作。文庫採用繁體字橫排印刷，内容涉及政治、經濟、歷史、地理、哲學、宗教、軍事、語言文字、文化教育、文學藝術、科學技術等領域，其中不乏孤稀珍罕舊槧秘笈，堪稱温陵文獻之幟志。

值此《泉州文庫》出版之際，謹向各支持單位、個人和參加點校的專家學者表示誠摯的感謝！由於涉及的學科和内容至爲廣泛，工作底本每有蛀蝕脱漏，加之書成衆手，雖經反復校勘，但限於水平，不足或錯誤之處還是難免，敬請讀者批評指教。

泉州地方典籍《泉州文庫》整理出版委員會
二〇一一年三月

整理凡例

一、《泉州文庫》（以下簡稱"文庫"）收録對象爲有關泉州的專門著作和泉州籍人士（包括長期寓居泉州的著名人物）著作，地域範圍爲泉州一府七縣，即晋江（包括現在的晋江市、石獅市、鯉城區、豐澤區、洛江區）、南安、惠安（包括泉港區）、同安（包括金門縣）、安溪、永春、德化。成書下限爲一九四九年九月以前（個別選題酌情下延）。選題内容以文學藝術、歷史、地理、哲學、政治、軍事、科技、語言教育等文化典籍爲主，以發掘珍本、孤本爲重點，有全國性影響、學術價值高、富有原創性著作優先，兼及零散資料匯總。

二、每種著作盡量收集不同版本進行比較，選擇其中年代較早、内容完整、校刻最精的版本爲工作底本，并與有關史籍、筆記、文集、叢書參校，文字擇善而從。

三、尊重原著，作者原有注釋與説明文字概予保留。後來增加者，則視其價值取捨。

四、凡底本訛誤衍漏，增字以[ ]表示，正字以( )表示，難辨或無法補正的缺脱文字以□表示，明顯錯字徑直改正，均不作校記。

五、凡底本與其他版本文字差異，各有所長，取捨兩難，或原文脱訛嚴重致點讀困難，或史實明顯錯誤者，正文仍從底本，而於篇末校勘記中説明。

六、凡人名、地名、官名脱誤者，均予改正，訛誤而又查不到出處之人名、地名、官名及少數民族部落名同異譯者，依原文不予改動。

七、少數民族名稱凡帶有侮辱性的字樣，除舊史中習見的泛稱以外，均加引號以示區別，并於校記中説明。

八、標點符號執行一九九六年實施的國家《標點符號用法》。文庫點校循新版二十四史及《清史稿》例，一般不使用破折號和省略號。

九、原文不分段者，按文意自然分段。

十、凡異體字、俗體字、通假字，如非人名、地名，改動又無關文旨者，一般改爲通用字；異體字已經約定俗成、容易辨認者不改。個別著作爲保持原本文字語言風貌，其通假字則不校改。

十一、避諱字、缺筆字盡量改正。早期因避諱所產生的詞彙成爲習慣者不改正。

十二、古籍行文中涉及國家、朝廷、皇帝、上司、宗族等所用抬頭格式均予取消。

十三、文庫一般一册收錄一種著作，篇幅小的著作由兩種或若干種組成一册，篇幅大的著作則分成兩册或若干册。

十四、文庫採用橫排、繁體字印刷出版。每册前置前言、凡例。每種著作仿《四庫全書》提要之例，由編者撰寫《校點後記》，簡略介紹作者生平、著作内容及評價、版本情況，説明其他需要説明的問題。

泉州地方典籍《泉州文庫》整理出版委員會辦公室
二〇〇七年二月五日

序　一

　　晉江耻古王先生，少負大志，奇傑卓犖。自爲諸生時，而文章意氣已不屑於今人，又從鄉之先正，講學聞道要焉。先生雖聲華奕然，然苦於終窶，藜蕴不充，鼎革之間，仳離尤甚。人事遭逢之厄，先生更嘗爲多。故先生之立朝也，進則拊膺時事，退則蒿目民間。自立國根本、紀綱風俗之大，至于刑名、錢賦、漕輓、邊儲、徭役、徵調，外及南徼北塞，軍伍之虛寔，敵情之向背，靡不周知。被遇先皇，屢蒙襃異。凡論列奏對，多所施行。方將大究於用，而先皇遐徂，又五年，而先生殁矣！地丙午鄉薦，謁先生於京師。時先生投閒已久，然傷時論事，感切動人，民生疾苦，有所聞見。雖身無言責，必遍謁卿貳臺諫，激以大義。其自任以天下之重者，雖至死而不忘也。時以策論課士，先生私發策試予。惓惓以強藩悍將，世及爲憂；官貪民怨，釀成揭竿爲患。及甲寅之變，距先生之殁且七年，所在用兵，卒如先生料。予以是歎先生憂國之誠，經事之智，其所籌畫，蕴抱欝而未施者多矣。

　　先生有古今淵源之學，而切於救世，詮經論史，多未遑暇。是編尤蒐拾散軼，先生之僅存者耳。雖然，先生之所建明於朝，擬議於家，醻酢於寮執之間者，其大致如斯，後之欲知先生者，猶有以考焉。

　　先生之子三人，皆與予少同學，且爲姻親。先生既殁，事繼母、處兄弟，古人所難，其孳孳力學，又足以不墜先生之緒，可謂有子矣！間爲予言："先君雖不大用，而文章學術不可以無傳。今者區區殘缺之餘，存十一於千百，子其序而行之。"予雖唯唯，而先生子貧，竟未能致。程鄉令王君先生猶子，致書敦促，割貲鳩工，毅然以表章爲己任。余惟先生之志行德業，蓋不必以文顯，

1

其文亦不必以予言傳。然以其弱冠受知之深,景仰之久,今日之役,不可無言。且感令君之能以鞅掌之暇,留意先哲,表而出之,蓋可以爲俗吏風矣!

時康熙甲子陽月朔日,鄉後學李光地謹譔。

序　二

昌昔受知于吾夫子也，函丈周旋，獨蒙器許。比之官陳倉，寓書以訓誨小子者，甚慇且篤。先大人暨太恭人誕辰，夫子不惜如椽而錫之辭，諄諄戒勉之意亦與焉，蓋非特文字之知已也。夫子既騎箕尾，木壞山頹，歷二十餘年，所任宦參隔，無由一拜下馬之陵。而長公文人、次公文成，以夫子平生撰著來，且屬爲之序。嗚呼！小子又安敢序我夫子哉！

昔子期徂而絃絕，鍾同逝而矢抽。一技之末，留連知己，縈念師承，猶不禁其情深而泪进也。矧我夫子校士戍闈，列門牆者二十四人。三十年間，仕宦偃蹇，死生伸屈，散在四方，不能相嚮一哭師門，而僅得之簡編梨棗之餘，其爲痛心，可勝道哉！夫子自爲縫掖時，即毅然以天下爲己任。吾楚聖洋陶先生視閩學，即以國士遇之。及取高弟，選入清班，一時典册鴻篇皆出其手，而尤邃于性命之學。探月窟，躡天根，與諸名流講說，娓娓不倦。其爲文波瀾壯闊，氣魄渾熊，兼廣川、洛陽之長，而必根極理要，無一字一句戾于聖人之旨者。已而翱翔瑣闥，屢獻讜言。凡吏治、兵刑、財賦、民生，大利大害之所在，罔不抗首而陳。雖至于攀檻補牘，未肯少自屈抑也。故其纍纍建白，多見之施行，而當世蒙溥仁之利，即有一二齟齬者，未嘗不可告天地而質鬼神，今其疏稿猶存集中，讀者能辨之。方是時，夫子聲望赫奕，天下識與不識，慕想其風采，群以公輔相期。令夫子稍一委蛇，秉鈞衡之軸，優游論思密勿之地，其所建樹，當更有發皇而四達者，而夫子掉頭竟返初服矣。又未嘗不嘆夫子之高，而惜夫子之所以用其才者有未盡也！

雖然，夫子往矣，而諫草未焚，遺書尚在，文人、文成又能世其家學。昔宋仁宗感韓魏公之言孫復也，命其門人祖無擇就復家，得遺書十五萬言，錄藏秘閣,特官其一子。況夫子之忠誠亮節,賢于明復萬萬哉！小子肇昌,謹濯襫俟之,是爲序。

　　康熙三十年歲次辛未仲春月,都察院左僉都御史、楚黄受業門人陳肇昌頓首拜撰。

序　三

歲丙寅，吾友王君文成以明經高等應試大廷，攜其尊人耻老先生文集示余，且致其伯兄文人意，屬余爲序，將以傳之後世。余謂：序者，紀行事、昭文章、樹論議者也。必其人能與於斯道之選，然後言之也眞，而辨之也當。辟如望華嶽者，宜親至其巓；溯河源者，應身歷其地。由是，以所見布之詠歌，勒成圖記，可與金石共垂不朽，爲其言之眞而辨之當也。今先生之學問，則余所景行而不至者也，其丰采則余所仰望而難及者也。其所爲奏疏，通達似長沙，剴切似敬輿。至於序銘、詩賦，凌迫秦漢，俯視魏晉，又余所終身揣摩而不得其一二者也。陟華嶽僅躡其麓，問河源僅窺其委，欲以闡揚至德，表彰偉行，是荆公不敢序歐者，余顧悍然握筆也，豈不貽笑於士君子之林哉！

雖然，先生之文固非余所敢序，而先生之行誼，風烈赫赫，昭人耳目，余亦不可以不傳。蘇眉山有言：“士不以天下之重自任久矣，言語非不工也，議論非不敏且博也，而臨事鮮不喪其所守者，其才小也。”又曰：“才滿天下而事不立，天下所不足者非才也，氣也。”由是言之，氣爲才之本，才爲氣之用。有才而無氣，則畏靡退縮，遇事中阻；有氣而無才，則素屬徒勇，莫辨設施。自古及今，如王、魏、韓、范之流，皆具是氣足是才，而以其身係天下輕重者也。先生自爲諸生時，即有任天下之志。及入史館，轉給諫，危言危行，所條陳中、國家利弊，民生休戚，審時識務，洞合機要，而非但以披鱗逆頸，博抗直聲名者。猶記己亥、庚子年間，閩南用兵，桑梓多故，有所不便，則鄉閭翹首而望曰：“王耻老應爲吾鄉請命也。”而先生之疏果上。既而，先生請假歸，鄉人又群聚而喜曰：“某害未除，某弊未清，先生回，必有説也。”比先生入里門，則害除弊清，悉慰所願。

今者先生殁已二十年矣！朝之大老先生，每對余言，輒咨嗟歎息，謂先生丰骨棱棱，正言侃侃，直節自持，不以患難存亡易操，當今垣掖之内，思得此人，如憶汲黯而需田錫。余以是知先生之才本於氣，氣發爲才。夫是以剛方不回，而流行不圉，信乎能以其身係天下輕重也。昔召公遺愛，庇及其樹；魏徵遺直，念及其笏。先生遺文，班班炳炳，豈僅樹與笏比哉！吾願後進之士讀是集，想見其爲人，懦者思奮，靡者思起，柔曲者思勁直，則先生是編，其有益人心者甚大也。

鄉後學陳遷鶴謹撰。

徵遺文小引

先君兩載史館，六年諫垣，所有代言，或未焚草。雖稍合爲卷帙，曾各漸付鐫雕。既經高名，聊識孺慕。然不揣小子，尚靡忘前人卓犖觀書，發天禄石渠之秘；俶儻立說，跨雕龍繡虎之才。所訂蘭薄石交，嘗徧海内；幸逢名公鉅輩，同列朝端。方且西抵三秦，又復南極兩粵。大江南北，泰山陰陽，名勝古跡，靡不車馬經過，高山大川，亦皆留連信宿。類多題咏之語，不乏贈答之章。或床頭捉刀而代雄於遠國，或新豐獨酌而言事于草茅。長句短篇，觸懷揮灑；連章累牘，任人取攜。疑有遺言，惜無存笥。度先君萬斛隨湧，何計落筆去留？恨小子什襲無幾，復少授庭章句。歛襟再拜，惟願每得乎父書，舊物青箱，徒念永思於王氏；所祈出門知己，或録砥錯而猶附簡編。抑念當年締交，或篤嗜痂而且置几篋，勿靳賜還脱稿。庶幾積成完書，未敢云公諸同心，仍將奉正於有道。先君感且不朽，小子錫卣等，亦感且不朽。

先君諱命岳，字伯咨，號耻古。乙未進士，授翰林院庶吉士，改工科給事中。歷任户、兵左右給事，刑科都給事，建言降級調用。閩之晉江人。

錫度

康熙十二年癸丑春，男王錫卣全百拜啓。

錫齡

目　　錄

序一 ……………………………………………… 李光地　1
序二 ……………………………………………… 陳肇昌　3
序三 ……………………………………………… 陳遷鶴　5
徵遺文小引 …………………………… 王錫度　王錫卣　王錫齡　7

恥躬堂文集卷之一 …………………………………… 1
奏疏 ……………………………………………… 1
議經國遠圖疏 ………………………………………… 1
論吏治不清皆由舉劾不當疏 …………………………… 2
酌議吏部尚書王永吉銓政第三本原疏及第七本部覆疏 …… 3
駁參部覆王尚書銓政第十八本寄憑疏 ………………… 5
請勅設法捕蝗疏 ……………………………………… 7

恥躬堂文集卷之二 …………………………………… 8
奏疏 ……………………………………………… 8
漕弊疏 ………………………………………………… 8
乞速遣閩省學臣疏 …………………………………… 10
請立法清查錢糧疏 …………………………………… 11
請定京官久任之法疏 ………………………………… 12
再陳漕糧實行祛弊疏 ………………………………… 13
恭繹恩詔疏 …………………………………………… 14
懲陽脩省疏 …………………………………………… 16

1

条陈闽旱补救要策疏 …………………………………… 17
乞停遣部堂清丈芦洲疏 ………………………………… 18

耻躬堂文集卷之三 ……………………………………… 21

奏疏 …………………………………………………… 21

楚地协饷疏 ……………………………………………… 21
贡途冒滥疏 ……………………………………………… 23
棘闱䞋对宜精疏 ………………………………………… 24
议清复军屯卫官疏 ……………………………………… 25
辨州官张登俊纵盗诬良疑案疏 ………………………… 26
枢政疏 …………………………………………………… 28
请岢官清丈荒熟地亩疏 ………………………………… 29
请假葬亲疏 ……………………………………………… 31
再陈清丈应行事宜一十四条疏 ………………………… 31

耻躬堂文集卷之四 ……………………………………… 35

奏疏 …………………………………………………… 35

靖海总疏 ………………………………………………… 35
纠参藩臣疏 ……………………………………………… 40
论滇饷疏 ………………………………………………… 41
推详矜恤事宜疏 ………………………………………… 44

耻躬堂文集卷之五 ……………………………………… 47

奏疏 …………………………………………………… 47

议图粤东南澳疏 ………………………………………… 47
论粤东兵饥处置之宜疏 ………………………………… 48
请勒蚕颁由单疏 ………………………………………… 49
乞留教职疏 ……………………………………………… 50
慎刑总疏 ………………………………………………… 51

| 遵旨回奏疏 …………………………………………………… 54

    言官陳奏疏 …………………………………………………… 55

    擬進呈千秋寶鑑疏 ……………………………………………… 56

恥躬堂文集卷之六 …………………………………………………… 57

  議 ……………………………………………………………………… 57

    君德脩省要議 ………………………………………………… 57

    經學要議 ……………………………………………………… 58

    用人議 ………………………………………………………… 59

    理財議 ………………………………………………………… 61

    懲貪議 ………………………………………………………… 62

    蠲恤議 ………………………………………………………… 63

    史職議 ………………………………………………………… 64

    實邊議 ………………………………………………………… 66

    時務五條 ……………………………………………………… 66

  天下何日太平，享國何由長久議 …………………………………… 68

恥躬堂文集卷之七 …………………………………………………… 69

  策 ……………………………………………………………………… 69

    殿試制策 ……………………………………………………… 69

    問平定雲南、貴州等處地方策 ……………………………… 72

恥躬堂文集卷之八 …………………………………………………… 74

  詔諭表 ………………………………………………………………… 74

    擬漢文帝以春和議賑貸窮民詔元年 ………………………… 74

    擬宋太宗求遺書詔 …………………………………………… 74

    詔群臣言得失 ………………………………………………… 75

    諭部臣勤職薦賢 ……………………………………………… 76

    諭觀回各官 …………………………………………………… 76

耻躬堂文集

擬大功告成上嘉悅羣臣賀表崇德元年·················· 77
擬聖母皇大后萬壽羣臣賀表順治十三年·················· 78

耻躬堂文集卷之九·················· 80
論説評·················· 80
堯舜禹授受論·················· 80
爲君難爲臣不易論·················· 81
人有不爲而後可以有爲論·················· 82
經學道學説·················· 83
二十一史得失評·················· 86

耻躬堂文集卷之十·················· 89
序·················· 89
御製翻譯五經序·················· 89
御製順治大訓序·················· 89
御製道德經註解序·················· 90
重刻御刊牛戒彙鈔後序·················· 91
丙子程墨緣賞序·················· 92
庚辰房書覺序·················· 92
養正編手録序·················· 93
孫劼初制義序代·················· 94
感應篇引經徵事序·················· 94

耻躬堂文集卷之十一·················· 96
序·················· 96
重脩蔡虛齋名賢坊序·················· 96
葉僉憲興泉政略序·················· 97
嚴灝亭奏議序·················· 98
蔡祖生移旌疏序·················· 98

賀張溫如總制八閩序代 ………… 99
賀閩撫軍劉憲平序代 ………… 101
賀袁侯令將樂序代 ………… 102

耻躬堂文集卷之十二 …………… 104
序 …………………………… 104
司理鏡水伯父壽序 ………… 104
劉乾所先生五十壽序代黃東崖 ………… 105
隱君潘峙繹五十初度序 ………… 107
黃劭菴公祖壽序代 ………… 109
永春令鄭公壽序代 ………… 110
田陽令李琢月壽序代 ………… 111
太原守王心任壽序代 ………… 112
伊太公太君雙壽序代 ………… 113
李雲洲侍御母張太恭人壽序代 ………… 114
吳太君八十壽序代 ………… 115
少司農朱右君太夫人六十壽序 ………… 116
民部方聲木尊人雙壽序 ………… 118
陳植其太公六十雙壽序 ………… 119
大中丞張公壽序 ………… 120
吳母李太安人壽序代 ………… 121
張太公吉園六十壽序 ………… 123
封工部主事洙源吳公壽序 ………… 124

耻躬堂文集卷之十三 …………… 126
記碑傳讚箴疏 ………………… 126
擬慈寧宮記 ………………… 126
擬重脩翰林院瀛洲亭記 ………… 127

耻躬堂文集

石鐘記	127
重建蔡忠惠洛陽祠碑文代	129
重脩翰林院先師廟碑文	130
晉江叢邑侯碑文	131
永春馬邑侯碑文	132
傅門雙節傳	133
瞻拜蔡虛齋先生遺像題讚	134
讀倪鴻寶先生集題讚	134
黃石齋先生讚	134
題洙源吳太公真讚	134
負土圖讚	135
梧披自箴	135
賻晉江叢父母喪疏	135
募脩開元寺緣疏	136

耻躬堂文集卷之十四 …… 137

誌銘墓表 …… 137

前大中丞霖寰曾公暨配郭陳二淑人合葬墓誌銘代	137
桃源王聚台墓誌銘	138
魏元賡二尊人墓誌銘代	140
恩進士仲玉莊公暨配陳孺人合葬墓誌銘	141
韓太公暨配馮太孺人合葬墓誌銘	143
張太公吉園墓誌銘	145
劉母李孺人墓誌銘	146
戶部主事澹泉侯公暨元配華安人墓表	147

耻躬堂文集卷之十五 …… 150

祭文行狀 …… 150

劉乾所先生祭文 ⋯⋯⋯⋯⋯⋯⋯⋯⋯⋯⋯⋯⋯⋯⋯ 150

曾霖寰先生祭文 ⋯⋯⋯⋯⋯⋯⋯⋯⋯⋯⋯⋯⋯⋯⋯ 150

廣東總制瑞梧李公祭文 ⋯⋯⋯⋯⋯⋯⋯⋯⋯⋯⋯⋯ 151

封侍讀富觀曙先生祭文 ⋯⋯⋯⋯⋯⋯⋯⋯⋯⋯⋯⋯ 152

慕恩伯鄭公祭文 ⋯⋯⋯⋯⋯⋯⋯⋯⋯⋯⋯⋯⋯⋯⋯ 154

封太夫人黃母祭文 ⋯⋯⋯⋯⋯⋯⋯⋯⋯⋯⋯⋯⋯⋯ 154

許母黃太孺人祭文 ⋯⋯⋯⋯⋯⋯⋯⋯⋯⋯⋯⋯⋯⋯ 155

祭先妻孝恪尤孺人文 ⋯⋯⋯⋯⋯⋯⋯⋯⋯⋯⋯⋯⋯ 155

御史張映湖先生行狀 ⋯⋯⋯⋯⋯⋯⋯⋯⋯⋯⋯⋯⋯ 157

請假歸葬祖父母父母乞言狀 ⋯⋯⋯⋯⋯⋯⋯⋯⋯⋯ 158

先妻孝恪尤孺人行狀 ⋯⋯⋯⋯⋯⋯⋯⋯⋯⋯⋯⋯⋯ 161

恥躬堂文集卷之十六 ⋯⋯⋯⋯⋯⋯⋯⋯⋯⋯⋯⋯⋯ 163

尺牘 ⋯⋯⋯⋯⋯⋯⋯⋯⋯⋯⋯⋯⋯⋯⋯⋯⋯⋯⋯ 163

與李總督公祖 ⋯⋯⋯⋯⋯⋯⋯⋯⋯⋯⋯⋯⋯⋯⋯ 163

又 ⋯⋯⋯⋯⋯⋯⋯⋯⋯⋯⋯⋯⋯⋯⋯⋯⋯⋯⋯⋯ 163

與徐撫軍公祖 ⋯⋯⋯⋯⋯⋯⋯⋯⋯⋯⋯⋯⋯⋯⋯ 164

與馬提督 ⋯⋯⋯⋯⋯⋯⋯⋯⋯⋯⋯⋯⋯⋯⋯⋯⋯ 164

與王提督 ⋯⋯⋯⋯⋯⋯⋯⋯⋯⋯⋯⋯⋯⋯⋯⋯⋯ 165

與葉僉憲公祖 ⋯⋯⋯⋯⋯⋯⋯⋯⋯⋯⋯⋯⋯⋯⋯ 165

與胡兵憲公祖 ⋯⋯⋯⋯⋯⋯⋯⋯⋯⋯⋯⋯⋯⋯⋯ 165

與岳兵憲公祖 ⋯⋯⋯⋯⋯⋯⋯⋯⋯⋯⋯⋯⋯⋯⋯ 166

與熊兵憲公祖 ⋯⋯⋯⋯⋯⋯⋯⋯⋯⋯⋯⋯⋯⋯⋯ 166

又 ⋯⋯⋯⋯⋯⋯⋯⋯⋯⋯⋯⋯⋯⋯⋯⋯⋯⋯⋯⋯ 167

與葉郡守公祖 ⋯⋯⋯⋯⋯⋯⋯⋯⋯⋯⋯⋯⋯⋯⋯ 167

又 ⋯⋯⋯⋯⋯⋯⋯⋯⋯⋯⋯⋯⋯⋯⋯⋯⋯⋯⋯⋯ 167

與金司李公祖 ⋯⋯⋯⋯⋯⋯⋯⋯⋯⋯⋯⋯⋯⋯⋯ 167

- 與駱邑令父母 ·· 168
- 與蔡培自先生 ·· 168
- 復黃恭庭先生 ·· 168
- 與黃鷗湄先生 ·· 169
- 與楊似公先生 ·· 169
- 與富雲麓先生 ·· 170
- 與何玉水先生 ·· 170
- 答陳瞻平年兄 ·· 170
- 與黃無菴先生 ·· 171
- 與洪霞農 ·· 171
- 又 ·· 172
- 與黃原虛世兄 ·· 172
- 與黃御遠 ·· 172
- 又 ·· 173
- 答雲田弟 ·· 173
- 與子野弟 ·· 173
- 報友人 ·· 174
- 長安寄示諸子 ·· 174

恥躬堂文集卷之十七 ·· 177
- 賦雜著 ·· 177
  - 蒐獵賦 ·· 177
  - 慕通賦 ·· 178
  - 使粵拜揚 ·· 179
  - 讀感應編 ·· 181
  - 鼎象 ·· 183
  - 日月說 ·· 183

紀夢 …… 183

鴨長年 …… 184

家訓 …… 185

恥躬堂文集卷之十八 …… 187

詩 …… 187

奉別陶聖洋宗師歸楚 …… 187

感懷 …… 187

寒日泛泖 …… 188

擬古 …… 188

弔某氏母 …… 188

闕題 …… 188

贈周澄禎先生令子 …… 189

月下閒步時泊横雲 …… 189

題梅岡圖 …… 189

邀周宿來遊裴巖，適是日袁丹侯齋捧又至，輒行，余亦問津嶺表，戲爲裴巖詩以期之 …… 189

辛卯春，送張謀遠歸雲間，余亦整嶺南之轡矣 …… 189

壽洪在菴五十值迎鑾使 …… 189

送洪在菴之五羊 …… 190

家兄爾由舊總潮戎，因買弓洲山隱焉，間余來潮，有詩却寄步和 …… 190

澄海、潮陽二令，俱叨宗盟，清政惠聲，嘖嘖口碑，意甚榮之，各賦一律 …… 190

古棉秋聲 …… 190

代答新會令劉袁星見詢，兼致家報 …… 190

代答謝平山寄子，兼索命名 …… 191

9

鄭二若賁,秋夜夢余同遊蓮花峰,覺四壁皆山,隔窗甕雲,舟中有驚濤數丈、明月三更之句,續夢見寄,却和二章 ………… 191
中秋心任家兄招攜文光塔,同盧江周采岳、天使古榕劉仲介、鎮戎邑文學林君儀 ………… 191
代柬建石弟 ………… 191
潮陽別心任大兄入郡,建石弟適之渡頭菴,淒然有懷 ………… 192
將歸清源別建石弟 ………… 192
擬古留別心任大兄令尹 ………… 192
擬古留別薛國符太守 ………… 192
擬古留別彭紫珈外翰 ………… 192
擬古留別黃可程 ………… 193
留別陸蘭陔兵憲 ………… 193
涉江采芙蓉 ………… 193
長安月 ………… 193
長安七夕 ………… 193
代織女懷牛郎 ………… 193
補九日詩 ………… 194
露花參始芽限韵同黃鷗湄翰林 ………… 194
賦得雨慣曾無節,同黃鷗湄翰林刻燭限韵 ………… 194
邵旭若乞言壽節母吳太孺人,作宛鸞六章 ………… 194
燕銜泥 ………… 195
病吟三首 ………… 195
壽郭丙奏進士 ………… 195
遊龍門即事 ………… 195
贈蔣太初 ………… 196
嘉禾遲何大子長、何二次張二世兄不至,悵然有懷 ………… 196

目　錄

甲午上元次日，金吕又邀同宜陽紳袍遊錦屏山即事 …………… 196

月夜過友人書舍 ………………………………………………… 196

駐蹕南海子考選庶吉士應制 …………………………………… 197

上親試武進士，拔二十三人，隨蝦學習騎射 ………………… 197

初雪 ……………………………………………………………… 197

燕臺懷古 ………………………………………………………… 197

玉河冰泮 ………………………………………………………… 197

文廟秋祭紀事 …………………………………………………… 197

恭讀御製表忠錄紀事十六韻 …………………………………… 198

壽大司農某公 …………………………………………………… 198

送御史王公出使江南 …………………………………………… 198

駸駸吟有引言，得十二首 ……………………………………… 199

壽黃澹叟先生七十 ……………………………………………… 202

壬寅冬，奉旨以六曹改授梧垣，正誼崔公，夏邑人，名行兼脩，滿漢咸仰，稍俟晨夕，必膺簡命，乃以終養遄歸，衆競場中得此人，古今罕見其儔，特歌數行，以勵末風 ……………………………… 203

歲寒詩第一章上杜公純一 ……………………………………… 203

歲寒詩第二章上梁公玉立 ……………………………………… 203

壽朱右君少司農 ………………………………………………… 203

壽魏石生中堂五十初度四章 …………………………………… 204

送楊脩野吏部南歸，悵然有感 ………………………………… 204

壽楊自西給諫尊人 ……………………………………………… 204

壽黃進士易尊人 ………………………………………………… 205

贈別友人歸武林 ………………………………………………… 205

送蘭束崖給諫請急南歸 ………………………………………… 205

送柯退谷儀部 …………………………………………………… 205

11

耻躬堂文集卷之十九 …………………………………… 206
序一 …………………………………………… 王光承 206
序二 …………………………………………… 王　烈 208
跋 ……………………………………………… 李光地 210
周易雜卦牖中天 ………………………………………… 211

耻躬堂文集卷之二十 …………………………………… 219
讀詩 ……………………………………………………… 219

跋一 …………………………………………… 王吉人 228
跋二 …………………………………………… 王錫卣 229
附述先事 ……………………………………… 王錫廞 230
附錄 ………………………………………………………… 232
　　四庫全書總目提要 ……………………………… 232

校點後記 …………………………………………………… 233

耻躬堂文集卷之一

奏　　疏

議經國遠圖疏

工科給事中臣王命岳謹題，爲敬陳經國遠圖，以寬民力，以壯國勢事。

竊惟開國之初，必先立遠大之規模，其功用能及於數十世之後，而其效驗亦即在一二年之間。臣請以理財言之。方今國家所最急者，財也。歲入一千八百一十四萬有奇，歲出至二千二百六十一萬有奇，出浮於入者四百四十七萬有奇。此四百餘萬者，皇上即日令諸臣焦思持籌，竭盈朝之心計，以臣度之，不能措至數十萬，而國體已傷，民心已愁，甚非長策也。臣因和盤打算，國用所以不足之故，皆由養兵耳。各省鎮滿漢官兵俸米豆草之費，至一千八百三十八萬零；大兵過往餧馬糧草等項，約算一百四十萬兩；其在京王公及各官俸薪彼甲月餉，不過二百萬有奇耳。則是歲費二千二百萬餘兩者，凡十分在養兵，一分在雜用也。臣因思今日之事，不宜再議剥削以給兵餉，而當議就兵生餉之道。今河南、山東、湖廣、陝西、江南北、浙東西、江西、閩廣之地，或因兵火、或因水旱，荒田極多。宜令各省駐防官兵，分地耕種，稍倣洪武年間屯田之法。初年，猶煩有司給與牛種、耕具、餱糧，未免稍費。次年之後，各兵自食其力，便可不費朝廷金錢。此其爲利甚溥，而今日不行者，由於有兵册無兵人也。古者各府兵丁，皆有什伍相配，整百整千，結營成旅，故有現在之兵，將、帥因而轄之耳。今將官管下兵丁，多係自帶家人充數，下至厨役戲子，皆應兵名，其實能操戈殺賊者十不得二三也。故食糧有兵，充伍無兵，官有陞遷，兵隨官去，既無定着，難議屯種。爲今之計，當先核兵。每府各有定數之兵，官有升降，兵無去來。然後可給地課耕，

1

漸收富强之利。

或有難臣者曰：一意於耕，則不得戰；分力於戰，又不得耕。譬如鳥之飛，則不得啄；獸之走，則不暇食。夫鳥獸之食啄者，常也。飛走者，暫也。耕之日多，戰之日少，又何礙乎？且如湖南、福建、廣西，與賊相持之處，數有震鄰，宜勿遽責耕種。其餘各省，平定地方，及去賊二三百里而遥者，皆可耕種，以給兵食。因人之力與地之宜，一歲便可生財至千餘萬。緣事體重大，群情憚於舉行，故因循苟且，不過議節省某項，清查某項，以爲生財之至計。譬如盤水，何益旱田？臣見今日因賊而設兵，因兵而措餉，因餉而病民，因病民而民復爲賊，展轉相因，深可隱憂。故爲皇上籌經國之遠圖，而不爲苟且目前之計，要在力破因循，實實舉行，斷無不可核之兵，斷無不可耕之田，斷無不可生之財，論事甚艱，課功甚近者也。如果臣言可採，伏乞勅部議覆施行。

論吏治不清皆由舉劾不當疏

臣竊惟天下之治亂，繫于民生之安否，所與皇上共安百姓者，不過一二有司而已。使郡縣皆循良，監司皆廉法，則皇上可以安坐而致太平。臣見皇上孜孜求治，痛惡天下貪官污吏，不得已爲"犯贓十兩以上籍没家産"之諭，無非欲令諸外吏洗心滌慮，潔己愛民，以昭宣朝廷德意。宜司牧者各懷敬慎，化貪作廉。然而糾墨之章，無日不上，法愈嚴而貪不止，其故何也？臣愚以爲，皆由舉劾不當。所舉未必皆賢，故舉不足勸；所劾未必皆不肖，故劾不足懼。人人皆思圖目前之利，以爲善事上官之資。則雖日懸懲貪之令，而貪必不可止。當明季時，緣撫、按啓事不實，廉謹者苞苴不入門，則目爲罷軟；貪饕者金帛相承奉，則盛稱幹才。甚至糾爲貪者皆真廉，獎爲廉者廼大貪。黑白倒置，濁吏橫行，民生日蹙，馴致亂亡。興言前事，足爲殷鑒。我皇上乾綱獨攬，群吏承風，諸督、撫、按必不敢公然顛倒是非，以負朝廷。而臣因貪風未息，不能不請責成于督、撫、按也。臣於目不經睹之事，不敢指陳。即如去歲十月，內科臣、道臣各駁糾督、按舉劾互異，內開陝川督臣金礪，所首薦左布政黄紀，及興屯道僉事白士麟，旋被巡按陕西御史王繼文特參貪污，贓私纍纍，督臣業經奉旨罰俸。使非按臣執白簡於後，則黃紀、白士麟方且以薦剡望內遷矣。此一人之身，而督薦之按參之者也。又如督臣金礪，初爲遵旨薦舉官員事，內開分守關內道左參議何承都，持己品同永玉，憂時念切痌瘝，旋又爲道臣"貪婪有據事"糾參。據督臣疏稱，藩司黃紀，初揭何承都考語甚優，列應薦之內，及至黃紀被按臣糾參，仍覆揭何承都事跡。此則一人之身，而始薦之繼參之者也。又如偏沅撫臣袁廓宇，初薦永興知縣周渾，旋因士民執詞赴訴，乃始具題檢舉，爲有司縱蠹等事。此又一人之身，而始薦之繼參之者也。即是而推，則從前之官評不可問者，恐不止一二人、一二事已也。夫舉劾關係勸懲，何等重事！宜親訪確當，然後可入告君父。之前其游移無定，倐賢倐愚，非屬輕率失詳，則屬線索由人。至於賄賂偏私，又臣所不忍逆億於諸臣者也。前事業蒙皇上處分，臣不必更贅。今復陳及之者，以見督、撫、按舉劾未必件件確當，所宜立法振作，慎重將來。以後凡遇督、撫、按舉劾疏上，奉旨下部者，吏部當參酌公論。果有賢而見毀，不肖蒙譽，部臣據實覆駁，毋得只憑原疏覆與紀錄革職字樣。如部臣耳目有限，科道臣皆得執奏駁參，庶賢否辨而吏治清，民生其有賴乎！

又，按臣原有都察院考核甄別，雖賢愚不齊，而黜陟亦隨其後。至督撫，本係重臣，且多久任，銓臣言官，歲有外轉，人懷瞻顧，恐一旦爲外吏，仰鼻息於屬下，故言官參督撫者絶少。伏乞皇上特發玉音，遍諭責成各省督撫從頭洗滌，勿以喜怒爲低昂，勿以厚薄爲愛憎。務期簡別精實，以稱上旨。每歲終仍命銓臣、憲臣，同加考核：某督某撫，舉某人，劾某人，皆確當；某督某撫，舉某人，劾某人，或失實。詳列開呈，聽皇上親加甄別去留。庶幾源本既清，末流自净，是亦激勵大法以倡率小廉之一助也。

酌議吏部尚書王永吉銓政第三本原疏及第七本部覆疏

臣惟吏部者，天下百官根本，最宜立法詳慎。使賢人鼓舞，而平流亦得勉循職業；群臣守度，而奸役亦無由竊弄名器。庶吏治清，而太平可致也。近見吏部尚書王永吉敬陳銓政，共二十本。節經部臣具覆，內有原疏未妥當者，有部覆未明白者，臣職司封駁，請得補牘言之。

據王永吉第三本疏稱，兵部武選司、職方司郎中管紅本，司官戶部雲南司、福建司郎中、坐糧廳司官、刑部十四司郎中，應聽該部堂上官精加選擇，列名題請，或俸滿優陞，或加銜久任。該部覆議相同，奉旨依議，欽此。臣按，禮部儀制司郎中，專議朝廷大典禮。工部營繕司郎中，職司國家大營建。戶部廣東司郎中，銷算兵馬各錢糧。此三郎中者，豈宜獨輕乎？是永吉之疏，似有遺漏者也。又如刑部十四司郎中，原取用于十四司員外。其員外才品卓越者，既已特陞郎中，其未甚卓越，而行能亦無過差者，業不得陞授正郎，又不宜輒加斥棄。欲外陞之耶，則員外未有外陞之例；欲不陞之耶，則又無以員外終老其身之理，不知當作何安頓？作何遷除？此永吉之疏似有格礙者也。以臣愚見，天下人才不甚相遠，但鼓勵有方，則賢能輩出。不惟永吉所疏二十員宜得才識清通之人，凡六部郎中，誰無緊要職掌？豈宜使冗闒庸流，謬廁其中，總在堂官，虛公無我，精簡僚屬。除照例京察外，中有大貪極鄙者，堂官得不時特疏糾劾。則所存在部，皆恪慎明敏之士，儘足挨資叙進，共修職業，于銓法較爲通行無礙者也。伏候上裁。

又據王永吉第七本疏稱，推陞、急選當改在單月，凡單月二十五日以前所出之缺，俱歸急選、推陞。大選當仍在雙月，凡雙月二十五日以前所出之缺，俱歸大選。出缺多寡，各不相犯，至直捷亦至均平。該部覆稱，八年四月，臣部題爲"呈明職守"一疏內，開初五日推陞，二十日急選，二十五日大選，奉有依議之旨在案。今議主事各缺，單月出者留推陞急選，雙月出者留大選，其餘推陞、急選、大選，應仍照題定日期舉行，奉旨依議，欽此。臣細按部覆，有主事各缺及其餘等字面，似覺含糊。所謂主事各缺者，單就各部主事而言耶？抑兼推知而言耶？如兼推知而言，則爲銓法之平矣。如單就各部主事而言，豈主事之缺，則宜分單月留推陞急選，雙月留大選！至於推知截選，乃可不爲定制，任意多寡，漸長奸弊，料部臣必不如是之疏略也。但臣當爲提明，無令書役得夤緣爲奸利耳。大約急選推陞，多是經做過官的人，大選盡是未做過官的人。貧富既懸，巧拙亦異，故大選每歎河清難俟也。況急選推陞人數少，而守候之日淺。大選人數多，而守候之日深。故今日最宜疏通大選。就大選之中，推知人數尤多，守候尤久，其苦又甚於主事。故今日又最宜疏通推知者也。臣又按，單月、雙月缺出，俱憑書役開截查明，未有藏缺、賣缺之弊。藏缺者，無使費則匿缺不開；賣缺者，有使費則截人就缺。此弊相沿年久，機關難破。臣愚以爲，凡地方報缺，及吏部陞轉議處出缺，皆由吏科發抄。伏乞勅下科臣詳覈登簿，每到單月二十五日，即將二十五日以前所出之缺具題存案。到雙月二十五日，亦將二十五日以前所出之缺具題存案。吏部截選須與科臣題案相符，如有藏缺、賣缺等弊，科臣得指實糾參。但恐急選推陞人數少，缺每有餘；大選人數多，缺苦不足。如急選推陞之人已盡，遺下剩缺宜歸併雙月，以待大選。大選原無剩缺，即有之，亦宜歸併單月，以待推陞急選。吏部亦當每選題明，以示無私。至于推陞急選，又宜將單月之缺，配二項人數多寡，均勻品搭，題明撥選，不得偏有輕重。如此，則銓選之法大公無弊，伏候上裁。

臣繕疏已過半月，因永吉第十八本未經部覆，欲俟覆完，一起參酌具題。查十八本寄憑一議，頗堪救弊，亦王永吉補過之牘也。茲部臣覆奏獨緩，都中藉藉，咸謂不便于書役，故持不即覆。臣謹將第三本、第七本二議補牘先陳，總之代皇上料理百姓不過此數百十推知。臣區區愚忠，欲爲朝廷立法去弊，使選推知者，無所耗費，日後得一意做清廉好官，爲皇上愛萬民、致太平而已。

駁參部覆王尚書銓政第十八本寄憑疏

臣于去年十一月內伏讀上諭，今後內外大小官員，凡受贓至十兩以上者，除依律定罪外，不分枉法不枉法，俱籍沒家產入官，著載入律令，欽此。臣仰見我皇上痛惡貪官害民，故立法嚴慎至此。吏部爲百官綱領，當如何仰體宸慮，共行教廉息貪之政。不意今日覆王永吉第十八本一疏，乃有未盡善者。

謹按永吉十二年八月，內題爲酌定銓法等事一疏，議州縣正官照考定等第，點卯聽選，其餘不考等第者，以點卯多寡爲序。至今年四月間，永吉再奏銓政第十八本事一疏，始自悔前疏之非，條議大選各官照序挨選，文憑發各巡撫轉發各該州縣正官，當堂給領。蓋永吉歷事既久，利病自知，故爲此救弊之牘也。部臣不復斟酌永吉新議，反引十二年八月永吉舊疏爲案。内稱，議得凡銓選官員，大政所係，如概令回籍候選發憑，安保其無規避假冒之弊？仍應在京點卯等事。奉旨依議，欽此。臣見今日滿漢堂官，新奉簡用，立心自是公忠，其所慮規避假冒，誠從慎重起見。但規避多繇在京探缺。今在籍照序候選，無由揀擇，是使規避者益無所逃也。發憑各該巡撫轉發各州縣，當堂面領，自有本籍里長、族長、鄰右甘結，是使假冒者益無所容也。若慮在籍候選，或有丁憂事故者，請立定法，令該州縣立報巡撫，巡撫每月彙咨報部，則扣除選人，亦甚直捷。臣按，永吉二十本中，未必件件該依，至若此本，實有益于教廉息貪，如復齟齬，殊堪歎息。臣請得昌言之。

　　夫時勢有格礙，則立制宜有變通。今銓法壅滯已極，在京聽選各官不下數千，怵于點卯不到，題參議處，及一卯間斷，前卯盡銷之法，皆踽踽都門，不敢刻離。近者守候一二年，遠者四五年。衣食房錢，咸資借貸，措金四十，名曰一票，限期四月，取盈一百，又應別借，以償前負。展轉一年，揭債四十，還息六百，若復倍借，更至千餘。候選數年，負累數千。一到地方，貪昧隱忍，身犯功令，以完夙帳，犯贓之數，何止百千。此皆在京守選之累也。上臺若憐其苦情而匿不以聞，則是上下相蒙也。皇上若憐其苦情而稍示寬宥，則是詔令不信也。若上諭必行，而守選之法不改，則是驅天下之官而納之籍没之阱也。不惟此也，一官聽選，例送書辦贄禮二兩四錢，若一選五十官，則是得金一百二十兩也。此猶其小者也，每遇大選，屆期書役沿門打詐，或索百金，或索數十，乃爲截選，卯多卯少，任意顛倒。又有不肖之官，暗乞綫索，籤有暗記，缺有高低，種種弊端，盡出書役。若在籍候選，則行賄何從？以故，書役持在京點卯之議甚堅，而爲規避、假冒二説，以聳部臣，言之成理，按之多奸，莫過于是。皇上方欲以廉繩百官，使之愛養百姓，獨奈何驅百千群吏，以飽債主奸書之腹，俟其勢窮入貪，蠹國害民，乃置之不赦之條哉！皇上果知其弊至此，未有不惻然動念者也。

臣新進孤踪，不知忌諱。職在以持論報國恩，治亂所關，誼當極言。既不敢扶同隱默，亦非樂故爲異同，誠欲以理道，與部臣相成也。部臣亦宜集思廣益，斟酌時宜，以求一是。伏乞皇上，將永吉第十八本重加睿覽，勅令部臣虛公再議，具奏施行。庶源本既清，貪風自息，則銓法幸甚，天下幸甚！

請勅設法捕蝗疏

臣見各省頻告水旱爲灾，民生疾苦至甚。今年山東愆陽，幸畿甸甘澍時降，庶幾有秋。不意近者天津以下，延至德州等處地方，蝗蟲漸熾，臣聞之不勝私憂過計！夫畿南山左爲國家腹心重地，數年以來，流移未復，今復加以蝗灾，不惟民生日蹙，抑且國計全虛，安可不早爲之所乎！

按：唐明皇時，姚崇爲相，山東大蝗。崇遣御史、都督、州縣捕而瘞之，至今傳爲美政。查捕蝗亦係古制，伏乞皇上倣其法而行，勅令部臣，行各督、撫、按，轉行府、州、縣，立法收捕。凡州縣皆有積穀，其有蝗處，所募貧民能捕蝗一石者，予穀若干。富民能捨穀募人捕蝗者，酌議石數多寡，量與獎勸。犯罪杖笞以下，權其罪輕重，准捕蝗若干石贖罪。有司捕蝗獨多，地方收成不害者，准與紀錄。衆力既齊，蝗其能與人爭乎？臣察督、撫、按報灾傷，皆在失收之後，故今日未有以蝗灾具疏入告者，誠恐部臣拘攣故事，先行各撫按查報，然後請旨施行，則文移往來之間，動費月日。今乘蝗翅未長，容易收捕。過此翩成飛去，人力難施，時乎不可失也！且立法捕蝗，以禦灾患，正可永著爲令，不止暫行一時，宜迅舉行，無煩再計。臣從國計民生起見，事似細微，關係甚大。如果臣言可採，伏乞勅部速議施行。

耻躬堂文集卷之二

奏　疏

漕　弊　疏

户科右給事中臣王命岳謹題，爲漕弊勢重難反，東南民力已竭，欲恤民力，先蘇軍苦，仰祈勅部條議祛弊良法，以便永遵，以圖足國裕民事。

臣承乏工垣半載，荷恩叨陞戶右，感激高厚。惟是循分進言，以圖報稱，則在戶言戶，臣之職也。念國家大計，莫過于漕。比年以來，東南辦漕之民，苦于運弁旗丁，肌髓已盡，控告無門。此可晏然任之，而不爲之所乎！按：前蘇松按臣秦世禎題定，每兌漕糧一百石，准加米五石，加銀五兩，業經奉旨遵行在案。乃聞近者民間赴兌水次，每漕糧百石，米加至三十石、四十石不等矣，銀加至六七十、四五十兩不等矣。此外尚有潤米，每石加五六升不等矣。民視弁丁如同虎狼，至于典妻賣子，拆屋鬻衣，以飽驕軍之腹。稍不遂意，甚至糾衆凌官。如漕臣周卜世所題吳江鼓噪一案，豈惟民膏吮盡，抑且國體大傷。漕事至此，尚可言哉？臣再四察訪，乃知弊之所流，必有其源在。運弁旗丁，亦有所迫而然也。今不先寬軍力，而徒禁其橫取于民，雖日鬻一弁于市，而弊風決不可止。

以臣所聞，弁丁有水次之苦，有過淮之苦，有抵通之苦。何謂水次之苦？其一，爲買幫陋習。幫有高低，高者丁殷易完，低者丁窮必欠。當僉運時，富弁行賄買幫，費至二三百金，貧弁坐得低幫，是貧弁處必欠之勢。而富弁甫僉運，已費二三百金矣。此一苦也。其一，爲水次陋規。衛丁當承運時，有衛官、幫官常例，每船二三兩不等。糧道書辦常例，每船四五兩、八九兩不等。至府廳書辦，各有常規。常規之外，又有令箭、牌票、差禮，漕院糧道令箭、令牌一到，每船送五兩十兩不等。刑廳票差，每船送一二兩不等。其名目則或查官丁，或查糧艘，或查修艙，或查日報，或催開幫，或提頭識，名目數十，難以枚舉。間或清廉上司，不肯差人到幫。書吏又巧立名色，止差人到糧道及刑廳處坐催，又有刑廳差人代爲斂費。蓋船未離次，每船已費五六十金。又一苦也。其一，爲勒靳行月二糧。布政司派給行月錢糧，舊例行文各府縣支領，每船約送書辦六七兩不等，否則，派撥遠年難支錢糧及極遠州縣，而州縣糧書又有需索，每船約送二三兩不等。十金之糧無五金之實，又一苦也。此三者所當清釐于交兌水次之時，以恤弁丁者也。

何謂抵通之苦？其一，爲投文之苦。船一抵通，倉院糧廳大部雲南司等衙門投文，每船共費十兩，皆保家包送書辦，另保家索每船常例三兩。此一苦也。其一爲胥役船規之苦。坐糧廳總督倉院、京糧廳雲南司書房，各索常規，每船可至十金。又有走部代之聚斂，其不送者則稟官出票，或查船遲，或取聯絡，或押取保，或差催過堂，或押送起米，或先追舊欠，種種名色，一票必費十餘金，又一苦也。其一爲過壩之苦。則有委官舊規、伍長常例、上斛下盪等費，每船又須十餘兩。而車户恃強剪頭偷盜，耗更不貲，又一苦也。其一爲交倉之苦。則有倉官常例，并收糧衙門、官辦書吏、馬上馬下等等名色，極其需索，每船又費數十兩。又有大歇家、小歇家需索，雖經奉旨題革，今又改名復用。小歇家改名儤長，大歇家改名住户。借口取保，每船索銀四五兩不等。有送者可得先收，無送者刁難阻凍。又一苦也。其一爲河兌之苦。河兌法本兩便，但間有踐踏、偷盜、混籌、搶籌，種種難言之弊。前經督部臣王永吉疏題，又經運官盧廷選等登聞控告，屢經部臣疏覆，未見所以整頓之方。此又一苦也。此五者，所當清釐于抵通之後，以恤弁丁者也。

至于過淮之苦，亦有積歇攤派、吏書陋規、投文過堂，種種諸費。往年過淮，每幫漕費至五六百金或千金不等。自總漕臣蔡士英剔弊釐奸，並不差一官一舍下幫，凡船到投文，即親臨河干盤驗發行，頃刻不停，是以官丁分毫無費，今歲完糧遂多。以是而觀天下，無不可清之弊，存乎其人耳！

9

以臣愚見，水次之苦，責在糧道運官。宜全用守千，不用土弁閒散。每遇僉運，將應委職員，或彙報漕撫漕院過堂拈鬮，或公同布按都司當堂拈鬮，則買幫之苦除矣！令箭牌票，片紙不到幫，以漕務責成刑廳并禁其雜票，則水次陋規之苦除矣。布政司現給行月二糧，勿行州縣，則勒靳之苦除矣。布政司糧道有不率者，立行糾參，則漕撫漕院之責也。抵通之苦，責在部堂倉督，使投文者立收立拆，嚴革保家，則需索之苦除矣。禁止差票，嚴革走部，則胥役船規之苦除矣。嚴訪委官伍長之弊，則過壩之苦除矣。依船次先後交納，不許攙越，曬揚有節，則交倉之苦除矣。每遇河兌，先一日糧廳躬赴河干，與運弁兌過米若干石，令本弁自備蓆木，官撥人役領守，次日官自兌與旗下，則河兌混搶之苦除矣。皇上仍不時崙官察訪，有官不勤敏、役仍需索者，以法治之，則朝廷綜核之權也。凡臣所言，皆積年舊弊。夫去弊之法，不在追究既往，而在嚴飭將來。如果臣言不謬，伏乞皇上勅下部臣及總督諸臣，詳議去弊良法。無論臣言所及所未及，悉心條奏施行，如督捕條陳故事，然後重申約束，有敢悖旨，橫增于五石五兩之外者，官拿問，丁梟示，孰敢不遵？庶幾漕政一新，東南之民，稍有起色，于國計亦有裨也。方今新漕將起，整頓難緩。臣從國計民生起見，焚浴拜疏，悉陳利病，字多逾格，并乞皇上鑒宥施行。

乞速遣閩省學臣疏

竊惟閩省久罹兵燹，民不聊生，猶幸士氣未衰，佔畢之聲，比屋相聞。邇因前任學臣孔自洙稱：緣兵亂遲於報滿，計自甲午秋闈後，至今秋始竣歲考事。而亟選學臣之議，僅見于臣同官柯聳閩省棘闈一疏，業經部覆，奉旨依議，各部亦已咨送應考官員，臣拭目以俟，謂可歲終考定，開春就道。不謂旨下閱月，未聞取試，意者數時舉行大禮，又冢臣正在交代，故未暇及耳。今吉禮告成，轉盼履端，就令開正取試，上元陛辭，七千數百里道必費三月兼程，是到任已在四月中旬，距八月初旬只三箇餘月，其間馳驅各郡者數十日，開場試士者數十日，所得操衡鑑進退群材僅數日耳。前人以二餘年完一歲試而不足，使後人以三月餘完一科試而取盈,恐戞戞乎其難之也！勢必弔考各府生童。當兹兵火流離之後,使鶉衣鳩面之書生,跋涉豺虎之逵而就功名,將必有狼狽傷心而不忍言者矣。若復再遲旬日,則學臣目力窮於短陰,多士數奇艱於逢場,必至有誤賓興曠廢大典,所關國體又非細。

故伏乞皇上立勅院部諸臣,開印之日,立行取試,恭請欽定,即于正月初旬,勒令星馳就道。庶幾於後時之餘,猶獲黽勉終事。不然,日復一日,致妨秋闈,恐先事無言者,將來不得辭其責也。

請立法清查錢糧疏

臣叨任計垣,見各處拖欠錢糧益多。查參之法網日嚴,徵補之欵數日虛。臣蒿目焦心,晝夜推求,苦未得其要領。日辦事垣中,見浙江撫臣陳應泰錢糧交盤不清一疏,奉旨：據奏,烏程等縣,節年未獲批領,侵冒銀米共至三十餘萬,好生可惡。劉璽、郭尚信、孫奕焕,着各該撫按差的當員役押解至浙,與經管各役面質侵冒情由,據實速奏。該部知道,欽此。臣于是知天下侵冒錢糧之故,其要領盡在此矣！抑清查錢糧之法,其要領亦盡在此矣！

以臣所聞,東南各州縣每解錢糧到府、到司,自解批出門之日,解役即日鮮衣綵輿,包娼納妾,做戲延賓,儼然素封,家舉止目,視官鐪如數家珍,其弊不過二端而已。一則挖補解批。如解二萬兩者,即挖"二"字,改作"一"字,赴府赴司投文,及得批回,仍挖"一"字改作"二"字,赴本官銷算。一則壓侵前解。如該縣差役收解銀萬兩,便不獲批回,俟後次再解萬兩,始領前解批回,詭稱上司稽延,下官何敢仰叩？二者皆由解役與布政司書辦通同瓜分也。有此二弊,是生三窮：掛欠分數日多,懸追竟成畫餅,而國用窮；胥役巧避查核,欠數仍攤里户,而百姓窮；前官貽累後官,後官又累後官,至有甫登天部之啓事,已掛司農之參罰,而人才窮。臣愚以及今不立法清查,雖照依分數參罰,不過去此數十人之功名,于國家財賦毫無一補也。

臣按：東南如華亭、上海諸邑,官未抵任,錢糧先欠數十萬以待之,不獨烏程等縣爲然也！合無請勅條省撫按察各州縣，欠數多而或因那借，或因有解無批，有批未獲者，悉宜查參具奏，吊各經手前官至本任，與領解胥役對質，如劉璽、郭尚信、孫奕煥例，果係官有侵冒，追賠在官，役有侵冒，責追在役。庶幾民不爲官累，官不爲役累，後官不爲前官累，而國課亦以得完，此清楚已往之法也！伏乞申飭州縣，以後解銀、解糧，或親解，或輪委佐貳代解，有仍差役解者，以不謹論。申飭布政司及各府，以後州縣解銀、解糧到，務立發批回，有遲至一二日者，該撫按訪出參罰，亦以不謹論。至于前官離任，毋論陞降丁艱，必與署官徹底交盤。如有虛冒在官者，官補在役者，責立認狀，估抵家產，方許身離。地方署官交盤後官，亦然。此戒愼將來之法也。如此，則前欠庶有頭緒，而後徵漸無侵冒乎！

臣尤有請者，各省財賦，責在藩司。凡有解無批，有批未獲，該司安得辭其責！臣愚以爲，亦宜吊去任該司到各省與各縣對質，徹底清查，方無遁情。而現今各省藩司，某人收銀原封不拆，某人收銀加索火耗，某人案無留牘，某人塵封山積，乞勅各督撫按據實查，奏以備甄別，此又原本之論也。

請定京官久任之法疏

臣觀自古興朝致治，皆由官多久任。我朝設官分職外，而各省兩司、郡邑，猶行三年考績之法。在京自京堂而上，有半載一遷者，有一二月一遷者，蓋緣缺一正卿必陞一亞卿，缺一亞卿必取諸司寺。于是右者轉左，少者轉正，丞者轉少，故陞一官而舉朝之官皆陞也。臣思朝廷建立百官，將爲諸臣名位顯榮計乎？抑爲國家料理庶事計乎？如爲諸臣名位計，則一歲數遷，無所不可。如爲國家庶事計，則如前速化，臣誠未見其宜也！夫人之才智不甚相遠，初授一官，百事茫然。數月而後，知其大略，又數月而後知其節目，又數月而後悉其情弊。雖甚奇材英敏，初不得不問諸吏胥，迨經事既久，肯綮熟嘗，而下人始無所逃其照，此久任之效也。今也不然，其歷任半載者，署中典故纔略通曉，而此身已爲他衙門所有矣！其歷任一二月者，跋前躓後，未知所措，忽更一署，又復如是。以故廨有十年之吏，堂無百日之官，官生吏熟，官暗吏明，線索在下，百弊叢興。諸臣之官階日崇，而各衙門之政事日壞矣！

今欲矯其偏，非久任斷斷不可。蓋久任則歷事久而陞遷遲。歷事久則職業修，陞遷遲則名器重，名器重則朝廷尊，職業修則郅隆奏。而且人絕僥倖之心，仕靜凌躐之氣，所謂一舉而數善備也！伏乞勅下吏部詳議：凡正卿亞卿，必滿三年之考。其餘卿寺，或宜滿三年，或量滿兩載，酌妥具奏，以便永遠遵行。將唐虞庶績、咸熙之盛，可再見于今日矣！毋徒因循現行事例，而不更求良法也。

再陳漕糧實行袪弊疏

臣承乏計垣，凡國家財賦所關，利害所伏，不得不悉心圖維，以求實效，蓋臣職掌所存也。臣辦事垣中，見巡漕臣侯于唐"冬兌之漕限宜飭"一疏，內稱大河衛旗伍歃齊屯丁，宰牲祭神，訂盟釀變，通邑碎膽，則是弁丁不安於五兩五石之定制，而爲此糾衆倡亂之舉也，此軍情之大可隱憂者也！續據侯于唐"法紀凌遲"一疏，內稱常熟縣民蜂擁道署，吶喊之聲震動天壤，打入大門，執事藿粉等情，則是弁丁必欲多索，民情必不能堪而爲此糾衆倡亂之舉也，此民情之大可隱憂者也！夫人心可靜而不可動，聖人見微而能知著。臣切謂今日謀國者，不可不慮事深長，蚤爲之所，使處置得宜，則軍民俱可相安於無事。

臣于去歲十一月間，拜有"漕弊勢重難反"一疏。內稱水次之苦、抵通之苦，業經部覆，以水次之苦責成該督、撫、按；以抵通之苦，責成倉場巡倉，奉旨遵行在案。使臣疏果能盡法力行，則運官五兩五石之成規儘恢恢乎有餘地，而尚求多于民無已者，此輩疑責成之語，恐徒付紙上之空言，一旦抵通，種種需索仍在也。又河兌一項，部覆稱應照舊兌放，倘果有混籌、搶籌，方聽倉場臣查參究治，尚未詳所以防混搶之法也，佰爾運官船未抵通，安知其不撥河兌，宜乎求多於民無已耳。臣謂事勢當極重難反之時，不立大法，不足以革人心；不破情面，不足以立國法。所謂立大法者，如臣前疏所云：各衙門投文，每船費共十兩，有包送之保家。各衙門常規，每船費又十金，有代斂之走部。過壩則有委官、伍長之常例，車戶、剪頭之偷盜。交倉則有倉官、書吏之名色，僱長、住戶之要挾。現

13

經倉場臣出示張掛，似乎着實釐剔。諸蠹果能斂手奉法則可，如復仍前需索，必致弁丁掛欠，所當聽該弁將被騙實數首告，果贓證審確，即就本犯追賠，仍發刑部從重究擬者也。所謂破情面者，河兌混籌、搶籌之苦，漕臣、倉臣言之屢矣！即部臣亦心知其弊，而竟苦付之無可如何者，則情面牽掛于胸中也。此搶籌、混籌者，聞多係旗下之人，一當河兌，十百擁擠，數鞭齊發，衆丁皆逃，運官一人之耳目，安能防十百之手足！目一轉瞬，則米去十斛；動手一搶，則百籌皆散。故兌米一萬，僅耗千石，猶以爲幸也。諸臣往往隱容回護，即有抱寃而控登聞者，又復窮詰以是何姓名，令其指實，人雜面生，則弁丁之辭不得不窮。嗟乎！在漕諸臣，僅知所搶者爲運弁之米粒，而不知爲百姓之脂膏，即是朝廷之國計也。混搶之後，又致弁丁掛欠，欠多力窮，敲朴不前。在弁丁，抛必死之餘生，而國家已擲難追之成數。今國餉告匱，司農仰屋，何不就此河兌一項詳立法度，禁其混搶，一年之內，便可加收數十萬之擔石，以還朝廷，誠非細末也。臣前疏所請：弁兌與官，官兌與旗。部覆既恐觔延，合無請勅倉場二臣，每遇河兌，間輪一人到彼監視。如有前情，立行題參。方今任事，正宜一馬二役，躬巡河干，頃刻幸至，如風如雨，乃能盡清夙弊，庶盡職業。如仍前因循，不立成規，再有混搶，別經訪聞，臣惟有白簡從事而已。

臣維國家財賦半出東南，而東南百姓苦於運官已極，運官又有種種之苦，不得不苦百姓。故屢進源本之言，冀以恤民力，而消隱患耳！一片苦心，倘蒙睿察，伏冀勅部議覆施行。

恭繹恩詔疏

臣奏爲恭繹恩詔，敬陳遵行事宜，以期畫一，仍請勅該督、撫、按速查完欠確數，分別在官、在民，以杜侵隱，以便追徵事。

伏讀順治十三年十二月初六日恩詔，內除拖欠錢糧、漕糧等罪不赦，再于二十五日恭奉恩詔，內一欵順治八、九兩年，地畝、人丁本折錢糧拖欠者，該督、撫、按確查果係拖欠，在民者具奏豁免，已徵在官者，不得藉口民欠侵隱。欽此！普天之下，莫不頌皇仁之浩蕩，欣欣乎舉手矣！臣繹前後詔旨，原自明白，竊恐奉行者失其本意，臣不得不分疏言之。

按：八、九兩年內，分別在官、在民。其在民欠者，毋論本色、折色、漕本、漕折，總謂地畝、人丁之銀，其已徵在官，則有本色，有折色，有漕本，有漕折之名。故已徵在官者，必不容寬。未徵在官而在民者，雖屬漕糧改折等名，總是地畝、人丁之銀，當遵詔蠲免，以成大信，不得仍執錢糧漕糧不赦之條。臣所謂遵行事宜，期于畫一者，此也。

再查八、九年，錢糧有經戶部撥給兵餉者，今既奉詔赦免，則欠在民者，宜有扣除，另撥別項錢糧抵餉矣。但因在官、在民尚未分晰，近日仍以未完一概參處，臣竊疑之。夫既蠲免之銀在有司必不敢違詔私比，既蠲而復，以未完參處，在有司又不得不避罰復徵，則是詔令不信於天下也。民聞赦蠲而喜，又聞復徵而疑，民必不肯輸之官，而官窮，官又日敲朴于民，而民苦。官與民兩困，部罰與赦詔相左，則惟在官、在民分晰未明之故耳。臣愚謂：有司以八、九兩年舊欠被參者，宜俟查明官民分數，然後處分，乞速勑該督、撫、按勒限清查某州縣八、九兩年舊欠若干，內欠在民者若干，其已追在官者，某官侵若干，某吏侵若干；官吏之侵立宜追比，民欠照數蠲免。夫然後百姓得實沾浩蕩之恩，而有司亦不至罹赦後之罰，其有欠在官而追不前者，照例參處，可無飲恨矣！此事之最急，關係兵食、民生、國計，臣所謂宜速查完欠確數，分別在官、在民，以杜侵隱，以便追徵者，此也。

抑臣尤有請者，十、十一、十二、十三等年之舊欠，亦有在官、在民之不齊。臣愚謂：宜并勑該督、撫、按，令各府、州、縣確查官民分數，造簡明冊報部，要使頭緒清楚，則朦混無由，日後追完若干，或係在民項下，或係在官項下，照實填報，則官民之欺項皆不得而匿也。而臣又以爲吏之弊，實甚於官。吏多侵盜爲奸，所固然耳。官非甚狂惑，鮮敢攫惟正之鏹，間或因公供應而那借，或奉公採辦而賠賍，派之民不可，取之家不能，無奈暫動錢糧，稍舒目前之急，遂成積逋之目。此等苦情，臣同官曾飛漢所以有"錢糧拖欠之由"一疏，業經部覆，嚴禁透取，奉旨依議嚴飭行在案。臣因言欠在官者，而痛心及此，蓋緣《賦役全書》既定，下官已無絲毫餘地，爲上臺者，亦宜軫念前此作何詳核，後此作何體悉，庶自今而後，無復有侵欠之官乎！固臣所厚望也！如果臣言不謬，伏祈勅部議覆施行。

愆陽脩省疏

臣聞南人以稻爲命，北人恃麥資生。故立夏前後，必冀滂沱之澤，始收京坻之積，失時愆陽，則終歲望虛。伏見本月二十二日立夏，屆期于今又六七日，全無雲雨之施，更有風霾之象。審氣觀候，未見雨徵，臣竊憂之。又聞陝西、山西、河南三省亢旱尤甚，自大江以南，到處望澤，皆興杲杲之嘆。臣維國餉告匱，全冀有秋，且萬艘轉漕，更資霖雨。今天氣乾炎，遠過南荒，麥實之槁，可立而待，漕河閣淺，催趨法窮。臣職司計垣，與聞國計，安得不勞心忉忉也！至于歲之豐儉，民命攸關，民之死生，國脉攸繫，興言及此，益增深慮。

恭惟皇上勤民慎刑，上契天心。去歲祈雪，致齋三日，雨雪雱雱，應時連降，平疇霑滿，豈非皇天鑒格呼應如響者哉？今恩詔屢頒，窮簷沐澤，宜有靃霏之施，以應雷水之解。乃復致此苦旱，適當扼要之時，揆諸人事，未得其故。意者，大小臣工，未能奉揚皇上德意，使恩澤壅遏，致干元和歟？刑獄，人命所關，得無有非罪加罪，應赦未赦，沉冤莫控者歟？計部職專錢糧，得無有數金掛欠，概革多官，人才摧折，微傷天意者與？得無有錢糧業經赦免，部議仍從參罰，官避參罰而急諸民，數載並徵，民不堪命者歟？樞部責在戢盜，得無有晝劫公行，國門士旅裹足莫問者歟？其各省督、撫、按得無有舉劾顛倒，弗若于帝心者歟？抑聽斷失中，下情弗能上達者歟？諸如此類，皆足廣召氛祲，致傷多稼，臣不能保其盡無也。我皇上素以齋禱之誠，爲民請命。今日深宮祈澤，計在舉行，無容臣贅，所冀勅行内外大小各衙門，實行修省。果能隨事洗心，仰體皇慈，共修寬大之政，以承眷祐之心，數日之内，當見霡霂沾足，轉祲爲熟，天人相應之理，或不誣也。

條陳閩旱補救要策疏

臣辦事垣中，於本月二十日，見浙閩總督李率泰彙報全閩亢旱一疏。續於二十六日，見閩撫劉漢祚疏同前事。臣不覺撫膺下涕，曰：何天之降割臣鄉一至此耶！海氛未靖，瘡痍未起，流離未復，今又加之以大旱，尚望一二郡有收，可相告糴。今又全閩俱旱，臣鄉收成又在六月，六月不雨，春稻已枯，秋秧復槁，終歲之計虛矣，民何以得食？課何以得辦？餉從何而出？兵從何而飽？馬從何而騰？且飢寒所迫，必爲奸盜。小者掠鄉里，大者憑山海蜂擁蟻聚，勢有必至，此數者皆不可不蚤爲之所也！臣閩人也，習知閩事，且上廑軍國之慮，下懷桑梓之憂，不得不瀝血披陳，仰祈皇上採納焉。

一、請緩徵。民爲邦本，食爲民天。民既乏食而復急徵，徵之無益，反以釀亂。臣閱督、撫二疏，俱稱約略通省旱災已逾七分。今計臣議覆，例必不敢遽與蠲免，必發督撫開造被災分數花户名册。閩地離京八千里，往還一萬六千里，一駁一覆，動輒經年，將來雖邀朝廷浩蕩之恩准與蠲免，嗟此萬民已作溝中之瘠矣！臣愚乞就督撫七分之報，按被災七分，應蠲免若干分數，暫照此例徵收。仍令督、撫、按星速造細册奏報，應蠲再蠲，應補追補，就此先後轉移之間，便可全活無數生靈。伏候上裁。

一、請買糴。閩地所產之穀，原不足供閩人之食，向年全恃粤東海艘。近粤艘不通，一遇旱災，民且坐斃。臣再四思維，江西由杉關入閩過山，只五六十里，餘皆水路。江南上江諸郡，今年穀價頗平，每石不過七八錢。由上江抵江西，一水可達，乞勅協濟閩餉，各省先將協餉撥數十萬兩，就上江買米運至江西杉關地方，聽閩撫自搬過山，救此一方兵民。仍乞勅閩省督撫，發銀自赴上江、江西等處買米，搬運入閩，源源接濟。又募勸商民各赴江南、江西買米，撫按給與照身，以便行路，既可救民，又可贍兵，策莫便於此者。伏候上裁。

一、請勸賑。臣見近例，順天各府，凡有司、縉紳、士民捐貲賑濟，全活飢民若干名口，各有紀錄授職，准貢之條，合無請依此例行。令督、撫、按廣勸官紳士民,開以功名之路,鼓其樂善之心,庶幾聞風興起施捨者多,亦救濟窮黎之一法也。伏候上裁。

一、催協餉。兵不可一日乏餉,而荒旱尤為急需。上年各省協閩銀兩泄泄沓沓,疾呼不應,幾同畫餅。際此奇旱,若仍前隔膜,必釀莫大之患。乞勅部速催協閩各省,預將正項錢糧星火發解閩省,仍立與限期,如有稽緩,該部指參,罰倍往時,庶幾接濟不至遲誤,有救燃眉。伏候上裁。

一、議本折。平時兵餉給銀,穀賤則兵尚有餘利,穀貴則兵必至艱食,有荷戈之勞,無宿飽之資,甚可念也。合無酌給本色,以贍飢兵。但年凶粟死,本色從何所出?則鄰省買糴之法,急宜舉行。伏候上裁。

一、嚴奸盜。前二三年,興泉城外、城中有夜劫之苦,挾弓帶刀,登屋索貨,無夜不然,民無寧寢。去歲王師駐臨,此風稍衰。誠恐年荒人窮,復出於此,不可不預為防。要在有司嚴保甲,慣盜藏匿必清;將領緝兵丁,夜離營伍必禁。如再疏防,文武各官俱應從重議處,庶幾法嚴難犯,奸盜漸消。伏候上裁。

一、議安插。投誠閩中主客兵丁,所需月餉已費經營,今皇靈遠播,山海之衆,節次歸命,實繁有徒,不願歸農,必入營伍,既入營伍,必需錢糧。當此三空四盡之時,給餉則無米難炊,缺餉則脫巾立見,且聚百千新附之人於城郭之內,不飽其肉,為害滋深。伏乞勅部確議安插投誠之法,要使頭目不失其職,兵丁不失其餉,而餉又不累及地方,庶幾歸命者日衆,而地方亦銷隱患矣!伏候上裁。

以上各欵,皆關切臣鄉兵民利害,臣謹潔誠上陳,倘蒭蕘可採,伏祈皇上睿鑒施行。

乞停遣部堂清丈蘆洲疏

臣辦事垣中,見工部一本題為"直陳財賦之先著等事",緣本部稱江南、江西、湖廣各督、撫、按報到所屬丈過蘆洲文册,恐有遺漏隱匿,請差滿漢堂上官親詣江寧等處地方清丈,因請鑄給關防,奉旨在案,臣於是不能無議焉!國家設立督、撫、按，隆之以節鉞，假之以事權，任不爲不重，職不爲不尊。一切地方事務，關係國計者，自宜悉心綜核。有弊必剔，有利必興，以仰副我皇上倚仗至意，庶乎職守有賴，素餐無譏。今小小一片江干蘆洲，合三省督、撫、按文册多未開明，致使部臣心懷疑猜，自請行江清丈。嗟乎！三省督、撫、按皆安在，而至勤部堂之僕僕役車也。小小蘆洲丈册，尚不足信，何況其大者？且以蘆洲丈册不清，即遣工部堂上官；若使某省錢糧數目不清，即遣户部堂上官；使某省兵額册籍不清，即遣兵部堂上官。是督、撫、按總無足恃，而使居中綜理之大臣，日役役于郡國不休也，各省督、撫、按又將安用之？

查蘆洲之在前朝，每給與功臣作薪火之需，當是時原不甚珍惜也。今我朝龍興，尺地屬皇，自宜丈量起科，即文册未明，不妨一駁再駁，務期清楚，何至煩動堂堂之部臣俯蹈區區之荻港，于國家大體似有所傷。且工部職掌天下，各省、府、州、縣皆有錢糧相關，中間稽察非一耳一目所能周，而其大者，關係敬祖重宗，莫過于奉先；關係漕脉民命，莫過于河道。今奉先之工未竣，宣房之決無常，滿漢堂官當朝夕急此數事，乃姑舍是而蘆洲是圖，毋乃輕所重而重所輕乎？部臣官尊體崇，一出都門，則沿途郵驛傳續策應，郡邑有司到處逢迎，臣因見比年以來，州縣官以驛遞過往供億不前，甘心投繯者屢屢見告，言之令人傷心。今江左、江右暨及三楚水旱爲災，無地不然，民生凋殘，官府疲敝，似宜寧民，與之休息，所謂生一事不如省一事者，惟此時爲然也！去年皇上清問下民，期于省刑，特命部堂出審冤獄，此吉祥善事也。今歲亦復停止，只令司官出董其事矣，誠以部堂爲天下政務所關，不宜以一節細瑣輕易差遣。兹以部堂清丈蘆洲，臣愚亦願皇上睿裁三思，收回成命。特勅部臣將三省文册詳細察核，果有參差，小則咨駁，大則查參，仍乞皇上嚴旨責成督、撫、按着實清出隱匿侵占，以防病國；隨時造報，東流西復，以防病民。務令國課有增，民生不擾，如有溺職，則嚴法隨其後，庶各知儆惕，雖部臣不出，督、撫、按未必不能奉職其慎，以稱任使，則内外之職掌明，而天下治矣！

臣又有言焉，請差滿漢堂上官工部之疏也，工部請之，而臣願止之。臣非樂與部議相左也，誠恐國禮之有傷，部務之廢弛，供億之騷擾，故不得已而爲憂時之言，以效忠皇上。倘蒙皇上俯鑒微臣一片苦心，伏乞獨秉乾斷，鑄印銷印，出自上裁，則天下幸甚。臣愚幸甚。

疏入，銷印寢差。

耻躬堂文集卷之三

奏　疏

楚地協餉疏

兵科左給事中、加一級臣王命岳謹題，爲楚地用兵方殷，協餉豈堪延緩，急議著實接濟之法，以足兵食，以鼓敵愾事。

臣連日辦事垣中，見湖督李蔭祖一本，爲"楚兵需餉等事"。奉旨：楚地急需協餉，何得拖欠如許，着勒限嚴催速解，以濟軍用。如再遲延，即將該管各官參來重處，該部知道。欽此！又經略洪承疇一本，爲"查報江南、浙江欠解協濟事"，奉旨：這協餉關係軍需，何得遲延拖欠，着各該督撫勒限嚴催速解。如再延誤，即將經管各官參來，從重議處，該部知道。欽此！臣拜讀之餘，仰見我皇上惓念封疆，留心儲時至意。臣甫從戶右叨轉兵左，兵食之事，皆臣職掌所宜籌畫，且目擊時艱，不勝私憂過計，是用深揆事勢，覃思補救，庶竭蒭蕘，有裨軍需。

臣竊惟江南、浙江各省協餉，實楚中滿漢兵丁朝饔夕餐、仰命之資，乃至有十二、三年所撥之餉，至今尚在遲延，不知此數年來兵丁作何度日？經略作何借箸？其東支西吾，捉襟肘見，補苴之苦，可勝道哉！今大兵雲集，視昔有加，深入敵地，轉輸尤亟。若仍前拖欠，求索之迫，必至脱巾。就不脱巾，必坐枵腹。是其小患氣餒，大患變生。此臣所日夜焦思不能安寢者也！臣以爲撥餉之法，原當改轍，不可不察也！蓋所撥者，間或有舊欠之錢糧，與夫贓罰之銀兩。凡錢糧舊欠，皆累經敲撲，叠被催徵，民力已竭，官技亦索，乃懸掛欠數，年復一年，積少成多，便成重累。夫本年之糧完納已艱，若追舊欠，斷難應時清楚。至於贓罰，多出貪官猾吏。從來貪官皆天下極愚之人，浚削百姓，以肥其家，上官聞知，動有挾索，百密一疎，便掛彈劾，事既敗露，贓名在己，利實歸人。而奸胥惡吏原無遠計，藉官嚼民，鮮衣怒馬，挾妓宿娼，備極享受之樂，一旦敗露，欵則犯真証確，贓則花落水流，追比之際，十無一二。故舊欠贓罰二者，原係遥遥難必之數。國家即立法窮追，無所不可，而獨不宜以此充至重至急之兵餉也。在部臣，撥餉之時，原藉軍需重事，迫地方官以不得不完之勢，可謂備極苦心。在地方官，解京之鍰現關考成，不得不那甲移乙，黽勉報完。而別省兵餉完欠之數未即達部，亦頗視爲緩圖。以故，部臣撥餉，此曰紙上之目，即當本年軍中之儲，而閫外待哺，合兩省百萬之金，竟是一紙子虛之目。語云：樵蘇後爨，師不宿飽。況於本年之糈，歷三年而未給，以此禦戰，何由執銳？以此攻城，何賴摧堅？疆場之事，一彼一此，延誤至是，漫無變計，毋乃以三軍爲兒戲乎！臣愚謂：協餉就外撥支終非通計，不如使江南、浙江各省新舊正雜欵項錢糧，盡數解歸京師，然後司農如期發下楚省。部臣和盤打算，舍緩圖急，必能源源接濟，以資騰飽。借曰江、浙解京，京復發楚，往還之際，反稽時日。豈知時日雖稽，不過二三月間，何至如江、浙延緩至於二三年之久哉！事宜變通，概可見矣！不然，使各省新舊正雜欵項錢糧盡數解歸京師，而另撥淮、浙鹽課及户、工二部各關額銀，如期解充楚餉，此則歲有定額，原無掛欠，亦足源源接濟，以資騰飽。昔人有言，琴瑟不調，必改而更張之。今日楚事方裹，楚餉正急，從前撥餉，茫無着落，政宜更張之時，萬勿曰撥餉久有定議，不便紛紛爲也。

　　臣近又見户部一本，爲"閩餉萬分緊急等事"內覆江寧巡撫張中元題前事，稱十三年正月內，撥江南省贓罰銀十五萬兩，解交福建大兵糧餉，至今二載，止解過四萬三千七百兩，所完尚不及三分之一，則二年以來閩兵匱缺，所不待言。今海氛未靖，固山提兵駐劄，而海澄公黄梧部覆增兵至四千名，總兵蘇明亦增兵一千名，若協餉仍前拖欠，將來閩事益費收拾。臣愚謂：閩餉亦宜與楚餉一體別議更張，庶不至以塵飯土羹，餒三軍之銳氣，貽國家之深憂也！臣區區愚誠，竊謂今日百事皆緩，惟兵餉最急，故不憚瀝血披陳，伏惟皇上垂鑒採擇焉！條陳兵食，字多逾格，并祈鑒宥施行。

貢途冒濫疏

邇者，皇上慎重遴才大典，創懲鄉場弊竇，數十年相沿陋習一朝頓洗，天下文明之徵莫大於是矣。而臣更有進者，則今日貢生廷試之典是也。臣按天下士子經皇上尚官典試，鎖闈三較，然後登賢書。又聚天下舉子于南宫，仍鎖闈三較之。既中式，又奉殿試，分甲第，然後成進士，授之官。其爲詞林、部曹僅僅耳，餘皆州縣之牧也。蓋試之若是其多方，得之若是其匪易，故名器足重也。今天下貢生則異是。貢生之選由督學，其進身之始，已不若鄉、會之嚴密，倖竇往往多端，然而一赴廷試，制義一篇，得選知縣者十之五六。則是鄉、會兩闈皆爲贅瘤，反不如貢途之徑捷易邀也。況其間名目繁多，又有恩貢、拔貢、選貢、監貢、功貢、准貢。每有一條名色，皆與舉人、進士分欵並選，每逢大選，十縣之缺，進士僅得一二，舉人次之，餘皆貢途充斥。是以乙未科知縣至今未選者尚多，若戊戌科則遥遥未卜選期也。于國家慎重鄉、會大典之初心，毋乃刺謬乎！

今廷試在即，臣以爲試之之法不得不嚴，取之之額不得不限。往日閱卷各官皆有定屬，可指數而知，誠恐有親友預行囑托，暗通關節者，則閱卷之官似不必專拘一衙門，當示人以不測也。往日試後或隔日始傳集閱卷，誠恐有連宵謄寫呈身求售者，則閱卷之官似當先期點定，即傳入閱卷衙門，倍加關防，俟卷到勒令并日閱完也。往日廷試只制義一篇，以定士子之高低，誠恐有夙搆偶值遂掇前矛者，且鄉、會場皆三書四經以觀其內識，論表、策判以觀其外才，題目繁多，故僞鼎難倖。今寥寥一藝，坐得司牧，于法非備，則題目似當一書一經，隨加論策一道者也。往日閱卷後，或遷延數日始發榜案，誠恐日久弊滋，則閱卷甫完，似當立出榜示，以明無私者也。往日部科未有磨勘，誠恐高才掩抑，闒茸混收，莫之稽察，則發榜之後，似當將卷發下部科，照例磨勘，以防奸弊者也。至于知縣一官，乃三甲進士所授，查前明貢途，得選此官榮垮科第，故考取之額甚嗇，宜命禮臣查採往例，嚴立限額，寧少毋多，寧刻毋濫，庶幾名器珍惜，積薪漸通，有俾銓法，誠非淺鮮。今皇上離照中天，百弊悉釐。廷試一途，理難冒濫。與其因仍舊習，致生繁言，然後疏章糾參，勞皇上之勅法，孰若預爲指陳，銷弊未萌，使大典有光，上下和樂也！

抑臣尤有請者。今吏部積薪，不惟三甲進士揀選、舉人壅滯至數百人，疏通無術。即貢途現考縣銜者，亦自爲壅滯，至紛紛呈改受教，而教途又塞。揆其弊端，皆由貢之名目多，而監之途徑捷也。臣請自今日始，一切恩拔、選貢悉行停止，功貢、准貢等名目概罷不行，惟歲貢仍舊起送。而監生、官生教養國學者，宜採前明舊例，嚴加考試，授之廩給，有上舍、下舍之別，積分五六年，然後得試職銜，則國學之育材有方，而銓部之積薪自破矣。

棘闈謄對宜精疏

臣蒙皇上恩渥，簡臣分較會闈，受命瀛臺，齊趨貢院，洗心潔志，每晨望空拜祝，祈爲國家得端良正直之士。其登堂較閱，目之所見，有宜申飭者，敢不一一爲皇上陳之。

臣見謄錄硃卷，其間明楷無疵者固多，而參差錯亂者尤復不少。中有點畫粗鹵全不成字者，亦有硃淡如水點畫難辨者，亦有訛數字而文理遂乖、落數語而股段不對者。夫字者，文章之衣也。雖有錦心繡口之文，而抄謄不佳，譬如珠璣埋于瓦礫，豈復能自呈其耀哉！至于訛字落句，輒使通識疑于不慧，名篇誤于闕文，掩抑奇才，莫此爲甚。尤可恨者，謄役錯落字句，懼于撲責，私自洗補，冀逭小懲，遂使已經入彀之文不得不避忌放棄，其爲悼惜，何可勝道！又如對讀用黃筆，黃之著紙，若滅若沒，平明尚難辨色，燈下徑無字痕，亦足埋沒文心，致失佳士者也。夫四方公車之人，近者千百里，遠者或萬里；積三年之物力，然後得達京師；積三年之精力，然後能成七藝。其間冒霜露，被盜賊，萬苦千辛，以期得當南宮，而胥吏一差池，則珠遺滄海，玉泣荆山，臣誠痛之。竊恐及今不立法嚴飭，將來三年一大比，仍蹈前愆，貽誤人才，政未有已。

臣按作字粗鹵，硃淡無色，及因錯洗補，責在謄錄書。訛字落句，不行註改，責在對讀生。二者皆由各縣起送。以後謄錄書宜令該縣考選善書者，備造年貌,將正身差押起送。對讀生亦宜起送正身。如有謄錄難堪及因錯,起補者本役議罪,起送者一并議處。如有訛字不改,落句不添者,本生議罪,起送官一并議處,而謄錄官、對讀官議處亦如之,永著爲令。發榜之後,落卷仍舊發下第本生領回。其有前弊致誤真才者,許本生赴部投控,部據呈題參處治。庶幾立法既嚴,真才畢出,有裨興文,誠非淺鮮。至于黃字滅没,似宜另定紫、綠二色,以便觀覽,且別硃、藍者也。

議清復軍屯衛官疏

臣一介書生,荷蒙皇上拔之儔衆之中,得與清華之選,教習一載,擢授諫垣。臣濫竽垣中又近二載,循資平進,復從户右叨轉兵左。惟是日夜矢心,願爲國家建百世不拔之業,以報主恩於萬一。臣見今日小醜未盡,用兵未休,有事地方師行糧食費固不貲,無事地方郡邑鎮兵亦需芻餉。是以閫外日苦無米之炊,司農計絀點金之術,不得已取閭左編民而催科之追窮,夙昔取二三有司而考成之,算及錙銖,未免官心惶惑,民心怨咨。舉朝臣工,惟以督責爲效忠,以參罰爲盡職,但顧目前之計,全無百世之規。臣正恐悉索財賦,就令盡無掛欠,當兹軍興旁午之時,即求足目前,尚未易言,況民窮勢變,所伏隱憂,又有在意計之外者。興言及此,則久安長治之策,不可不亟講也。

論富強之法,莫踰兵屯,古人行之無一不效,今人言之無一肯行者。臣于十三年五月間,拜有"敬陳經國遠圖"一疏,議格不行矣。大抵發議之際,莫敢擔當,必委之各省督撫查報,督撫詢之將帥,將帥樂責餉於官,而不樂責耕於士,咸報不便。人各懷自便心耳,安得有憂國奉公其人者?此兵屯之議所以屢陳而卒不舉也。今臣且亦未望諸臣以兵屯,竊謂前明軍衛屯田之制,田不可不清,官不可不復也。當洪武年間,養兵百萬,不費民間一錢者,恃有軍屯耳。今天下各衛所不具在乎?各衛所屯田不具在乎?各衛所食田之軍不具在乎?一舉而清之,國家可崇朝而得數百萬之餉,可崇朝而得數百萬之兵。臣請備言之。自我朝定鼎以來,前朝指揮、千、百户等官悉落職不襲。官既落職,軍獨擁田,此於理爲不甚安矣。又有典兑於鄉紳富民之家者,揆之國法,益復舛謬。雖曰今日屯田已派入民田納糧,其實在前朝時屯以養軍,亦未嘗不輸糧於官也。前朝食屯之軍,有百萬軍之用;今日食屯之軍,竟不得一卒之用,豈不重可惜哉!臣按,天下屯田,皆地極豐美,歲足登收,請按籍而稽其現屬舊軍管掌者,報名於官,官給新帖,人有限田,歲時操練,以備戰守。無漕之地,專禦封疆。有漕之地,更番運漕。其有絶戶無人,或有人而典兑於富民鄉紳之家者,許令自首,以歸於官。官選經制之兵,以補受屯之軍,亦人有限田,歲時操練,與舊爲伍。如此,則經制之兵不必處處皆設,按屯之數可以得兵;養兵之費不必仰給司農,按屯之數可以得餉。餉何患不足,兵何患不强。臣又觀今日漕事之壞,皆由旗軍無世職之官統之,故軍熟而官生,軍猾而官懦。今既清屯田,必復設指揮、千、百戶等官,以本朝勞久功多之臣膺其任,世其子孫。無漕之地專固封疆,有漕之地即煩領運官。有長子孫之心,即有護桑梓之念,而債帥虐民之患息;軍有世管之官,即安受約束之條,而奸猾偷盜之弊亡。此臣所以因清屯而請設官也。

今皇威遠播,革面來歸者,鱗集麇至。皇上嘉意招徠,大者加之五等,次者咸與高官,此曹感激天恩,料無反側。而朝作寇於兹土,夕拜官於本方,向來被害之家兩情未能相忘,似應處置得宜,方爲盡善。臣愚以爲:果復設指揮、千、百戶等官,不妨以新附之弁,擇其功高行淑者,亦膺是任。量易其地,勿在本省,俟立功勳,一體世襲,彼欲爲子孫計長久,必復益勵忠貞,克終令德。箇中機宜,更有妙用。此臣所以因請設官而并及安頓歸命之人也。

凡人之情,艱與慮始,易於樂成。且舊屯多入有力之家,一旦議清,必拂衆多之情,而設立衛所官,事屬創始,尤動非常之懼,自非皇上明照萬里,慮周千年,獨斷力行,恐微臣瀝血之苦心,竟付紙上之空言。臣區區愚忠,願爲國家計久安長治之策,齋戒數日,然後拜疏。伏惟皇上留意垂察,臣不勝惶悚待命之至。

辨州官張登俊縱盜誣良疑案疏

臣辦事垣中,見直隷巡撫董天機一本,爲"州官縱盜誣良等事",奉旨:張登俊等，着分別從重議處具奏，該部知道。欽此！臣反覆原疏，恭繹上旨，知張登俊之議處，斷斷不容假借者也。使登俊而誣兵爲賊，則是枉入人罪，其應議處分，不待言也。使登俊即不誣兵爲賊，而州衙被劫，疎玩致寇，其應議處分，亦不待言也。但以疎玩處登俊，可不煩再訊，而登俊無辭；以誣兵爲賊處登俊，則尚當詳細推鞫，使是非確當，然後有以折登俊之心耳。

謹按撫疏内有應推究者數端焉。據把總張錦後稟稱"卑職率領兵丁四外攻打，至西門，扒城而走。有賈銀被賊追，急跳入州衙內，爲衙中所獲"等情。臣竊疑之。夫張錦既云領兵攻賊，賊扒城而走，當是時賊既圖竄，其勢趨出，必不趨入，何暇復追賈銀入州？且州衙自有垣牆，豈倉卒可跨而上？此皆情理所應推究者也。據張錦稟稱：打杖時得清字箭五枝。即此五箭便可得真賊姓名，而該撫府廳累審全無清察，此又事理所應推究者也。張錦與州官次早同審賈銀，銀之所供，錦皆與聞，當時何不明告州官，曰"打杖時賈銀跟隨在我身後"，既絶口無言，直至數日後，閆秉忠查問，始爲是説。此又先後情辭所應推究者也。張錦既云："打杖時賈銀跟隨在我身後。"錦非狂非醉，如何反與州官同下文書，申出賊情？此又事理所應推究者也。有此數端，似屬疑案。復據撫疏内稱："推官鄭興曲向臣言，即題參亦無妨礙。"此固以一言激成撫臣之怒。臣亦竊疑此一言有不平之鳴。伏查近例，撫參者督按審，督參者撫按審。臣亦願皇上照例，先將知州張登俊革職，發督臣從公鞫審，疑義數端，一一推究明白，果係誣良爲盜，再加重處，登俊其何辭之與有？

嗟乎！盜情一案小事耳，何足煩微臣之補牘！臣心誠有所私憂過計耳。竊見今四方未能寢兵，而兵之爲盜者，實繁有徒。通衢大道，越人于貨者，豈盡綠林子弟哉？而外省府、州、縣，夜劫之風，往往而有，官民之苦，有不能盡訴之九閽者矣！今州官失盜而兵目現在，州衙捉獲，未究盜情而先究誣指，使四方聞知，未免長抄掠之風，驕悍卒之氣，致使肆劫成習，亂將日熾，甚非國家之利，此愚臣之所大懼也。故願勑督臣再審明白，即賈銀果有寃屈，然後將承問各官一一從重擬罪，天下士卒知朝廷之處各官而宥賈銀，實係白枉，非爲兵丁姑息也，

27

則法紀肅而地方亦靜矣。

部覆：發按臣再訊，賈銀伏辜。

樞　政　疏

臣備員兵垣，與兵部政事相爲表裏，則在兵言兵，臣職掌之所存也。近見兵部及臣科遵諭，條陳現在奉旨議覆外，尚有應釐之奸，應剔之弊，應斟酌損益之事，宜爲部、科條議之所未及者，臣謹補牘言之。

臣按：武官之繇樞部，猶文職之繇吏部。功名所在，奸弊叢生，如方司書辦洪爾昌因賄賂不遂其意，竟落守備王化熙一薦，致陞轉差秩一級。化熙不平，投呈，爾昌仍改添薰簿，另換紙張，私標日期，希圖撐飾，業經堂司現在察究。此等膽大包天、任意增減，飽其欲則夤緣代陞，不飽其欲則埋沒薦紀。臣所知者只一洪爾昌，臣所不知者又不知其凡幾也！夫爲政之道，不恃胥吏之不敢爲奸，而恃在上之法使奸弊之不得行。臣愚謂：以後兵部俸册，堂、司均有。堂官宜用堂印，司官宜用司印。但有督、撫、按舉劾本章，科抄到部，堂、司官隨即親填註册、薦紀、罰停、開復等樣字面，一遇推陞，披籍瞭然，奸弊何從而生？萬不可寄註册於胥吏之手，以長弊竇者也！又如督、撫、按彙參各項未完錢糧，每一疏中文職、武職並開者時有。疏下吏科發正抄，則兵科發外抄，送抄發抄，遲速之間皆有不可究詰之隱弊。況吏部覆本重複備述武職，但云武職應聽兵部議覆外，兵部覆本重複備述文職，則云文職應聽吏部議覆外，頭緒紛紜，徒煩筆札，甚無謂也。臣愚謂宜乞勅下督、撫、按各衙門，以後疏參未完錢糧，宜分晰文武爲兩疏，使吏、兵二部各自議覆，既可以杜書役寢閣外抄之弊，而去煩就簡，以便宸覽，尤爲得體者也。此二欵者，臣所謂應釐之奸，應剔之弊是也。

我國家文武並重，鼓勵維均。按文官考察之外，又有三年考滿，所以昭勸懲也。而武職獨無此例，致不肖者得以優游尸位三五年，賢者不遇覃恩，則終身不獲誥命，甚非所以激勸師武臣也！臣愚謂：武職亦應照文官事例一體舉行，自軍政而外，仍行三年考滿，分別稱職、平常、不稱職，則甄別之中，而鼓舞之義存焉矣。至各直省千總員缺，查順治十年間，題定以本省武舉選本省缺，如本省無缺，始選左右鄰省。至十二年，又循十年前勞苦均分舊例，不論道里遠近，一筒掣選，遂有微末蟻程，半肩行里（李），跋涉數十里之遙者矣！又有資竭力盡、棄任不赴者矣！以致各省懸缺甚多。夫千總雖微弁乎，然亦有地方之寄，兵馬之職者也。使懸缺日多，曠位日久，萬一地方疎虞，責將誰歸？臣愚謂：國家之制其畫議已妥者，不宜數數紛更，則順治十年千總一官人地相宜，舊例似可復議舉行，垂爲永久，使人樂赴選而缺不虛懸者也。

武闈之設，所以收技勇、備捍禦也。今四方梟音尚多未懷，政需才孔亟之時。查各省武闈一、二場試馬步箭，三場試韜略，此外尚有提石舞刀，以觀其技勇。至北闈則提石舞刀之制缺然不講，烏在其爲辨異才而羅絕等也哉！又查《會典》，凡六年一會舉，比照文士恩拔之例，惟取才於京衛武生，而他省不得與焉，示京師獨重於他省也。從來順天每科就試武舉，得不過三四百人，去歲至千餘人，人倍于昔而額不加增，遂有逸才未蒐之歎。臣愚以爲試之之法不得不嚴，而取之之途不妨略寬。則提石舞刀當加入考試之條例，而六年會舉似可查照《會典》修行，以儲國家干城之用者也。此三歎者，臣所謂應斟酌損益之事宜是也。

以上皆關樞政，臣職掌所存，一得之愚，不敢不陳，續有猷謀，尚圖節次入告。如果芻蕘可採，伏乞勑部議覆施行。

請耑官清丈荒熟地畝疏

臣奏爲國課正匱，本利宜圖，除荒多隱占之奸，興屯悉烏有之籍，伏乞耑官清釐，并議寧民省費，以弘裨國用事。

臣惟今日事勢最可慮者，莫大於財用之不充。皇上俯念度支，側席求言，而各衙門所陳，其爲碩畫遠計，足裨國是者幾何也。夫天下有自然之利而人莫言之，即有言之者而人莫行之，即有行之者不過馳一條紙上於撫按，而撫按亦以紙上應之究之，未嘗行也。年復一年，悠悠相視，實政何日得舉，國用何緣得裕哉？

謹按：各省除荒之數，歲縮銀五百五十萬兩有奇，而除荒之地，河南、山東爲多，二省册籍不清，尤甚他省。間有以熟作荒者，亦有以荒作熟者。以熟作荒旣除荒之地是也，田則連阡纍陌，册則水流草堙，豪強收不稅之租，公家喪惟正之鏹。如是者病國。以荒作熟者則興屯之籍是也，荒田旣已不墾，乃取里中而均派之，每田一頃令加坐一二十畝不等，於是設虛册、編假丁，上下相蒙，以欺朝廷，而眞正以熟作荒者，反無清察。于是官報興屯之數，以博一日之功名；民受抑勒之害，竟釀他年之逋欠。如是者病民，而究以病國。夫朝廷日議搜括議節省，蒿目維艱，而空拋此就地生財數百萬金錢，以飽豪右之腹，豈不痛哉！大約以熟作荒居其八九，以荒作熟居其一二，而河南之弊甚于山東。臣因憶去歲五月間，部臣孫廷銓曾具除荒甚多一疏，業經部覆通行，各該撫按委選廉幹官員履畝均查，奉旨依議行在案。歷今一年，未曾見有報出隱匿之熟地，清出僞增之屯田。則各撫按之委擲故紙，奉行無狀，概可見矣。意者撫按政務繁多，誠有日不暇給者耶！

臣謂：政在實行，人貴尙責。伏乞皇上愼選御史臺中素著淸正骨鯁，不畏強禦者二人，分督察二省田地。不理刑名，不考貪廉，惟嚴率各州縣履畝淸丈、編造魚鱗圖册，勿爲限期，以盡其才。丈册旣繳，不時親自行丈，按圖覆核。有昏耄聾瞶，不能履畝者，奏罷之；有因仍前弊，朦隱懷欺者，奏請擬罪；有輕重不均、賣富攤貧及騷擾里甲、派取供應者，奏請重治。臣保竣事之後，就此二省，能爲國家多增百萬金錢，而包屯岡上之弊，亦以一淸。其餘各省，察其除荒多者另議，照例均丈，此足國宜民之大道也。臣懷誠欲吐，已非一日，而徘徊顧慮，亦有二端：一慮御史臣欲依巡方體統行事，禮崇費繁，一省兩按，反爲民累。一慮淸察之後，又欲議追舊租，恐拂人情而生他變。如河南連歲河決，民之輸工十倍惟正，即前有隱蔽，情宜包容。朝廷舉事當留有餘之地，以與民更始，不可盡頭悉索，使計無復之也。倘臣議可行，尤祈皇上諄諭其人，百凡徑省，以蘇民苦；勿追旣往，以寧民志。果有成勞，報以不次之擢，則利歸于國而病不及民。此愚臣之所上願也。

請假葬親疏

臣一介書生，荷皇上拔授館職，教習一載，屢蒙御試，悉叨前矛。旋以言路乏人，特簡授臣科員，自工科給事中陞户科右給事中，轉兵科左給事中。循職進言，前後本章，統在睿鑒。臣自去年十二月，接得臣男錫卣等家報，道臣祖父、祖母及父母諸柩附葬在晉江縣井尾山淺土，風雨飄零，漸見剝落。臣聞信心驚，膽裂哀痛，日夜涕泣，幾不欲生。今計臣十二年四月授館職，六月初三日入署肄業，於今三年有餘矣。查得順治十一年五月間，吏部題准事例，京官三年以上，方准遷葬，屈指臣俸，適與例符。又查得刑部尚書劉昌、兵部左侍郎原毓宗、臺臣朱紘，俱以葬親事情蒙恩俞允，臣之下情實與相類。伏念皇上以孝治天下，必使天下之爲子者，皆得養生葬死，斷不忍使微臣泣劬勞於天末，抱長恨于海角也。伏乞一視同仁，恩准援例歸葬。臣蒙皇上厚恩，報稱萬無一分，今之請假，心實難安。但念臣報皇上之日尚長，而臣父臣祖非臣歸家拮据，萬難歸土。蓋以南方地濕土薄，向因託骸非地，早晚難安。臣蚤一日歸家遷葬，則先骨早一日免風水之侵。臣既畢葬事，即當星馳入都，勉盡職業，竭犬馬圖報之誠，以副皇上洪恩，臣不敢愛其頂踵也。臣不勝惶悚待命之至。

再陳清丈應行事宜一十四條疏

臣奏爲丈地既奉明綸舉行，法宜詳備，補牘敷陳，以竟前疏應列之條欵，以收增課寧民之實效事。

臣蒙皇上厚恩，准假遷葬。政在束裝治行，於八月初三日，接得邸報，見户部各衙門覆臣"國課正匱，本利宜圖"一疏，奉旨着慎選廉幹御史二員，前往河南、山東清丈荒熟地畒。欽此！伏思蒭蕘末議，既蒙採擇，中間利弊，理合悉剖。臣既啓其端，不得不竟其說。誼不敢以暫假之身，遂置國事於度外。臣因近者收取雲貴需餉孔亟，裁節、搜括，計無遺算。與其日誅求於現供惟正之人，孰若問輸課於未報正賦之地。蓋興本利以足國，乃可除煩苛以恤民。查河南省舊額，歲納三百七十九萬兩有奇，自順治二年該按題請除荒，歲縮額銀二百四十萬兩有奇。自二年至今十有四年，流亡漸集，戶口漸蕃，草萊漸闢，而報熟寥寥，此其故可知矣！至山東一省，則前計臣孫廷銓"各省除荒甚多"疏稱：臣本鄉西三府，向者一望斥鹵黃茅，近多開熟，村煙相接。廷銓山東人，所言必確，前疏現在可考也。今既專差御史嚴督清丈，興利除弊在此一舉。所有應行事宜，有在部臣議覆者，有責成該差遵行者，有責成府、州、縣遵行者。臣謹列上一十四欵，仰備採擇。

一、請發田賦文冊及丈地成規。二省各州縣原額若干，除荒若干，實在若干，經報屯墾若干，計部宜一一開造明白，交與該差。至於丈尺弓步，配定畝分及因地賦形，截長補短，折成畝數，計部應有成法，亦須頒授該差，以便遵行。

一、議給關防而定舉劾。無關防則權輕，舉劾不行則屬吏無所勸懲。惟是舉劾之法，尚就清丈而言，不宜摭拾他欵，浮泛市恩。如某州某縣，丈地及額，圖冊清楚者舉；某州某縣，丈地尚多，朦隱圖冊不如式者劾。宜著為令。

一、議與地方官更始。從前撫按移檄州縣，州縣責成里書查察，田地惟憑里書開報，實未嘗躬自履畝。今專差督丈，若丈出多田，又追責地方官向來疎忽之罪，必致上下猫鼠互相蔽虧，反礙丈事。相應宥其前愆，責以後效。則上自撫按，下至州縣，皆畢力清察，圖收桑榆之功矣。

一、議與地方人等更始。從來開墾田地，一年利不償本，二年本利相當，三年微獲子粒。故舊例墾田起科，以三年為率。且邇來河工雜派，及大兵過往，二省之民良疲，深可軫念。今專差督丈，相應與民更始，其先自舉首田畝數多者，量行獎賞。其丈後始清出多田者，以丈後照例納糧，寬其罪責。已前所入，姑償民間牛種、耕具、僱工之費。民無倒追子粒之慮，將必爭先自請起科，以為子孫世守之業矣。

一、請嚴丈後之罰。自未丈量以前，臣請與官民更始，所以勸舉首、期後效也。若既丈之後，尚有熟地未報，旁人舉首，則是顯藐王章，故懷欺罔也。隱田之家，籍沒擬罪，官分別徇私朦混處分。其撫按把持阻撓，及鄉紳挾制抗違，致丈法不行者，該差題參處治。如該差狥庇容隱，被旁人糾參者，加等治罪。以上五欵，伏乞責成部臣覆議施行。

一、宜分荒熟之實。以熟作荒者，首應清楚，間亦有以荒作熟者，如興屯墾荒，向來所增地畝，多就熟地，令民加二起科，有增畝之名，無增畝之實，亦應一并清楚，將虛加者除去，實落丈出者增入。以實易虛，以真易僞，挹彼注茲，自有增額。不得因仍舊訛，以致册籍罔據。

一、宜嚴虛丈之禁。有等罷吏不能履畝引繩，亦只就現在熟地，每頃勒令加報若干畝，以作丈出田地之數，則是踵興屯墾荒，加二起科之故智也。相應查察覆丈，仍行糾參，以憑處治。

一、宜懸代丈之賞。州縣不堪者既行糾參，宜別委賢能代丈。如有多清出田地，既非本治，相應照開墾荒田之例，奏請陞轉加級，以示激勸。

一、宜嚴科派之禁。丈量之法，引繩量田而已，別無他費，州縣自有俸薪，衙役自有工食。若至某鄉清丈，便煩民間供億及跟役、弓手、里書人等，借端需索，則是因公厲民也。相應嚴禁，違者立行糾參。

一、宜省騶從之煩。督丈之差與巡方不同，巡方只歷府城，督丈間行屬縣，若儀文繁多，殊滋擾害。宜或安車就道，或單騎躡田，跟從省巡方之強半。要使驄馬所臨，耳目不驚，始爲稱職。

一、宜省供億之煩。凡巡方到境，州縣往有排設，備極豐腆，殊爲擾民，相應禁止。至日用供給，品節定制，亦不得過靡公私之費。以上六欵，伏乞責成該差御史遵奉施行。

一、請明州縣之界。凡各州縣分界處所，皆應樹表，以杜兩邑互相容隱之弊。

一、請造魚鱗册。查魚鱗册昉自前朝，圖畫一縣田地，彼此疆界相連，編配千字文爲號，其有荒地在熟田之上下左右，亦應連接。圖畫則人無匿田，田無匿形。

一、請造方圻。方圻照依魚鱗册分而拆之，每田一段，如其形之長、短、尖、廣，圖於方紙，并書東西南北四至，某人田地及編千字文内某號。每紙鈐印一顆，給與管田納糧之人，將來賣田推收，必以方圻爲授受，無方圻而有田地者，即係隱占。以上三欵，伏乞責成各州縣遵奉施行。

　　要之，有治人無治法，得其人則清田多，而民不擾；不得其人則民徒擾，而清田又不能多。竊意巡方御史，事有成規，爲力差易而體貌優隆，無甚勞苦，差竣稱職，業得優陞京堂。今督丈田地事係創始，無例可循儀從供億。又議裁省巡歷阡陌，勞苦百倍，稽延歲時，又礙陞遷。若果能增出數十萬金錢，其功比巡方稱職尤加百倍，所當破格超擢，與尋常内陞者不同，庶有以鼓任事之心，亦情理之平也！若因循結局，或照管情面，又其甚者借局罔下，圖飽谿壑，舉動乖張，致生事變，則是誤國殃民，大負簡任，所當嚴加處分，以儆官邪者也。故寧擇可而後任，毋任後而試可。今五省題差而外餘人無多，慎選廉幹，有二人則並差兩省，有一人則先差一省。有其人則差，無其人則待。是又在憲臣矢其難其慎之心也。

　　臣區區管窺，灼見利弊，不得不瀝血補牘。憶去歲遣官清丈蘆洲，臣疏參止息，蓋以丈虛地、生實擾，利小而害大。今二省田畝，臣又請崇差督丈，蓋以禁騷擾、別荒熟，利大而費小，又名正而理順也。臣之愚忠，無非從國計民生起見，但臣萬里孤踪，觸犯時忌，今又將有萬里之行，臣心益危，所恃皇上鑒臣爲國苦衷而已。事體繁重，字多逾格，統祈睿鑒施行。

耻躬堂文集卷之四

奏　疏

靖海總疏

兵科左給事中、加一級臣王命岳謹題，爲微臣受恩抵里，海事密訪頗真，謹獻一得，仰冀採擇，以助敵愾，以效忠悃事。

臣自蒙皇上恩假歸里，殫一年之精力，冒風雨，歷巉巖，完臣祖、臣父兩世三墳，霜露之感暫慰，烏鳥之情微伸，臣撫臆誓肌，日圖報稱。適皇上方有事於勦海，臣閩人也，略知閩事。又臣一面經營臣親窀穸，一而密訪賊中情形，及滅賊機宜，頗有一得之見，敢不披瀝爲我皇上陳之。

謹按：逆賊原無長略，不過糾合亡命，偷生海島。衆囂而不整，兵雖多而不當用。且南方氣力脆薄，交鋒片刻，膽力不支，輒思反北，無持久力戰之强。客歲突犯江南，祇因鎮江守將先遁，遂致官民惶惑，開門揖盜，實非賊之能也。其入窺安慶，以一推官黃熙纘開諭衆心，登城罵賊，賊尋憤恨遁去。未幾而梁化鳳以偏師挫其全鋒，積屍盈野，棄甲如山，賊之伎倆概可見矣！但賊習海既久，以舟楫爲室家，視巨浪如安瀾，海戰實其所長。而我師皆北人，不慣水性，與賊翶翔于巨浸洪濤之中，似非萬全之計。方今上策，惟有把截隘港，禁絕接濟，信賞必罰，伸嚴號令，輕徭薄賦，與民休息。使民不爲賊，賊不得資。遲之又久，必有繫醜而獻闕下者。譬如瘡癰小患，祇宜完精固脾，使元氣充足，外患自除。以臣愚見，現在督撫、提督及都統，八旗兵馬分撥汛守，已足辦賊。今皇上又命靖南王移鎮閩省，臣謹就今日之事，權戰守兼用之方，列陳數本，次第入告，差備中策，以供採擇。惟祈皇上鑒臣朴忠，勅部從長酌議，密覆施行。

又逆賊長于偵探，往往能陰刺朝事，凡部咨密行至該督、撫、按者，更有關通報息之人。尤乞勅部：百凡慎祕，其准行事宜，應咨該藩及督、撫、按者，要緊字句，務令親填，勿假手繕寫。該藩、督、撫、按行移上下，亦宜親填，勿令左右窺測。庶幾廟謨深祕，如風雨之驟至，神明之不測，則地方幸甚，臣愚幸甚。

靖 海 一

臣奏爲密陳靖海第一本，在審長短之形，明布置之方事。

臣聞善用兵者，用我之所長以攻彼之所短，必不用我之所短以就彼之所長。則今日辦海，在謹持浪戰，詳布置之方而已。往者布置失宜，兵將皆狃安城郭，高居廣廈，要害無駐鎮，海下無舟師，所造戰船皆在内地。一旦興兵，四面疾呼，各港戰艦動費招攜，兵馬陸行數日始達海岸，我息已露，賊備已完，我勞賊逸，我生賊熟，宜乎未奏獲醜之功也。今之布置，臣請得借箸而籌之。

夫自漳州之海澄縣地方出港，以趨厦門，則必經海門山。向者賊舟泊海門山之外，我舟泊海門山之内，土名大塗尾。因岸上無兵護船，并大塗尾不便久駐，退入鎮城。鎮城去厦門殊遠，賊始解甲高枕而卧矣。臣按：海門山與厦門相望，海門山之左地名青浦，青浦之左是謂鎮海衛。衛則有城，爲逆賊上岸往來通津，此係漳州第一要緊門户，形勢可據。往者棄而不守，臣誠不知其何解也。以臣愚見，宜設大將一員，領兵數千據之，而分駐一營于青浦。青浦下砲，則海門之外賊舟不敢泊。賊舟遁而我舟泊之，則青浦之陸兵可以護海門之舟師，海門之舟師又可以渡鎮海青浦之陸兵。是海澄一路，賊無日不防矣！

自泉州之同安縣地方出港，以趨厦門，則嵩嶼、鼎尾、排頭、高浦、石潯、泅州、劉五店一帶，綿亘三四十里皆與厦門相望。不需巨艘，即扁舟可達嵩嶼者，前撫張學聖過厦門之所也。嵩嶼數里至鼎尾，鼎尾有港。鼎尾數里至排頭，排頭十里至高浦，高浦有城。高浦十里至石潯，石潯十餘里至泅洲，則賊築城此地，以牽制我師者。泅洲十里至劉五店。之數處者，無處不可渡厦門。而高浦爲適中之地，人烟輳集，又有堅城，乃棄而不鎮，反使賊得逍遙于泅洲之滸，臣又不知其何解也。以臣愚見，宜設大將一員，兵數千，鎮守高浦城，則泅洲之形危。

又分一二大營于排頭、鼎尾等處，而泊舟師其下，則岸上之陸兵可以護岸下之舟師，岸下之舟師又可以渡岸上之陸兵，是同安一路賊無日不防矣。

其駐守鎮海衞、高浦城等處者，分撥兵馬，靖南王之事也；分撥海門舟師者，海澄公之事也；分撥高浦、鼎尾各處舟師者，副將施琅之事也。蓋王兵皆北人，臣以爲不宜輕試于巨浸之中，而水師用土兵則與賊共分其長也。況黃梧于賊勢不兩立，施琅于賊仇深殺父，皆足令獨當一面，協力搗巢。但恐二人兵少，宜以漳、泉水師之兵將佐之。如是布置已定，我數數戒師，如尅期將渡者以疲之，又竟不渡。如是十餘次，則賊之意懈而防弛。然後度天時，齊人力，出其不意，約束並驅，一鼓而殲之，直崇朝事耳！至于居重馭輕，則有靖南王鎮守省城；居中策應，則有提督馬得功兵馬久駐泉州。兵民相宜，興化、漳州各有城守，皆足自護城池。其餘港口照舊分汛，則是我逸賊勞，我暇賊忙，此萬全之策而王者之節制也。相機而動，繫群醜之頸而制其命，如掇魚于釜而鹽（醃）其腦也！

靖海二

臣奏爲密陳靖海第二本，在知接濟之路，并知接濟之物，亟絕其所必需事。

今之嚴禁接濟者，皆曰："禁米穀則賊不得宿飽，禁油麻、釘鐵則賊舟敝而不修。"似也。夫米穀、油麻、釘鐵，誠不可不禁。臣愚謂即日懸厲禁，扁舟不渡，賊固未嘗窮于用也。謹按，興、泉、漳三郡之米粟，原不足供三郡之民食，往時皆待哺于高州米船。自海寇噴浪，高米不至，人皆量腹而食，實無餘糧足資海上。間有一二小舟載米鶩渡者，或島中之民親戚相買糴，然爲數不多，賊亦不藉于此。賊之米糧，遠者取給于高州，十日可抵厦門；近者取給于潮州之揭陽，一日夜可抵厦門。高州之粟價賤于閩者數倍，揭陽賤于閩者一倍。在粵東，以隔省而禁疎，禁疎則米粟源源而至，賊又何資于閩穀乎？油麻、釘鐵，則日本之價賤于閩者一倍，賊皆從彼販買。即海邊之民，亦時有接濟，皆爲數不多，賊實不藉于此。臣故曰：即日懸厲禁，扁舟不渡，賊未嘗窮于用也。臣探知賊所必需，而平日皆取給于海濱一帶者，獨火柴、松楸二項。島上多風，草木不生，樵爨之具必資內地。而海船必用松楸燒底，過三月不燒則鰍蟲蠹食，一點砲碎裂矣。

故禁柴禁楸事雖平常，而策中要害，不可不留意也！

臣按鎮海衛之左有井尾港，亦曰南河溪子，青浦之內有方田港。此二港者，漳州地方接濟柴楸之地也。鼎尾港則同安地方接濟柴楸之地。海濱綿亘數百餘里，獨三處應防者。蓋有港處所，則遡港通山，出港通海，山出樹木，扁舟夜行，接濟為便。日者督臣具疏，深以數處接濟為憂，誠非無見而然。倘蒙皇上俯採臣言，鎮海衛設大將一員，以窺廈門，而分遊營于清浦，嚴行譏察，則海澄之山木不得出海矣！仍設營塞井尾港之口，嚴行譏察，則漳浦之山木不得出海矣！高浦城設大將一員，以窺廈門，又分游營于鼎尾，嚴行譏察，則同安之山木不得出海矣！併米粟、油麻、釘鐵，計亦無能越此而飛渡者。其餘興化、福州濱海地方，但有港路通山，皆責成汛兵嚴行譏察，令行禁止，寸木不下。數月之內，賊必拆屋而炊，屋盡火滅，內變必起，楸絕船朽，立見胥溺。至粵東與閩接壤，尤望皇上密勅該督撫，嚴禁高州、揭陽二處海糴，絕其餉道，而粵東海濱有港通山處所，悉宜劄兵，以遏柴楸下海。薪米俱絕，舟楫頓敝，島上之衆必有棄甲揚帆來歸者，可計日俟也！至于海邊有港之山，理宜封禁，居民只許零星採爨，不得販鬻，全山嚴行巡緝，如有積薪積楸在屋在場，足至一舟者，治其罪。此又絕接濟之源頭，不可不講也！

靖海 三

臣奏為密陳靖海第三本，在收難民之心以破賊訛，用反間之術以攜賊心事。

臣按廈門雖居海島，原係賦稅之地，明末生齒實繁有徒。自我朝開疆入閩，閩之士民，朴者以農，秀者以仕，獨廈門一區為賊所踞。島中士民不見天日者十七年，賊之虐政有甚于虎，民思出穴如避湯火。奈鮮舟楫，又牽眷累，舉踵內向，呼號涕泣，望王師之至不啻雲霓。近聞鄭逆故倡浮言，謂大兵過海，海上之民，男殺女掠，當無遺種。此其意不過欲堅島民之心，俾不至內變相戕耳！臣愚謂：當發德音，以破其訛。乞勅藩王、督撫、將帥，搗巢之日，但操戈者殺無赦。其餘井廛，悉係難民，男無戮，女無俘，仍令大宣皇言，使幽邃畢聞此，以示王者之度量，亦收拾島上民心之一大機括也。

又鄭逆所部僞將皆南人，脆弱難用，近收叛將馬信、李必、王戎等，號曰北鎮。又有浙寇張煌言、虞允升、阮美、楊嘉瑞等，係舟山之餘孽。楊復葵、羅蘊章、葉有成等，係張名振之遺氛。騎馬操弓，與我技同，賊實恃此，以爲勁旅。然而南鎮富，北鎮貧，彼此猜忌，嫌隙易生。獨以曾奉勑諭：馬信、李必等，罪與鄭逆同在不赦之條，自知投生無路，故遂死心向賊。所謂困獸猶鬬，何況于人也！臣愚謂，宜勑浙、閩二處總督，募人能説致叛將及北人來歸者，許以官爵，俾到海上宣諭上意，果能擒逆自贖，不惟免罪，且加爵賞，則北將之心必攜。使鄭逆殺北將，則已去吾毒；使北將殺鄭逆，則吾事已濟。豈非用兵之神機祕策乎？但此議尤宜甚密，一有漏洩，則吾計不行，而賊黨之心益堅，無反戈回首之日矣。

靖　海　四

臣奏爲密陳靖海第四本，在芟除土賊以孤賊黨，安插投誠以消隱患事。

日者海寇倔强島上，每潛結土賊以作外援，布置奸宄以圖内應。故城外之賊，凡有二種：其一，則姓名已著，竄伏山海之交以爲三窟，號召黨類，聯絡鄉里。聽聯絡者輸餉穀，不聽聯絡者遭劫掠。其一，則父子兄弟，撥置一二人入海從逆，撥置一二人入衙作蠧。而本人乃在鄉村，或借鄉總名色，或借社首名色，驅遣里民，一呼百諾。日入城市而人不敢問，夜歸鄉閭則哨黨聚掠。比者郡城而外，大鄉劫中鄉，中鄉劫小鄉，日日見告，此曹實爲戎首。鄉民被掠而訟之官，緩則衙蠧牽其線索，急則海上爲其歸巢。諸如此類，皆與海賊遥相響答，臂指相連。但零星草寇，原易芟除，若苟安養癰，必致滋蔓。臣愚以爲，宜勑督撫、提督，但有土賊處所，即宜探其巢穴，立刻撲滅。其陽爲民而陰爲賊者，即宜訪確，立置重典。土寇既除，則海寇之黨孤城以外，無肘腋之患矣。

至于投誠之衆，實繁有徒，皆量加職銜，授之室廬，置之郡邑，與民雜處。此曹既受朝廷厚恩，未必遽懷反側。然而處置失宜，雖初無異志，得無有因利乘便而變其初心者乎？夫以本地投誠之人，安頓本地，其平日黨羽，有跟之投誠同在城中者，有不跟投誠依然哨聚城外者。雖行藏各別，而聲息常通，彼此往來莫能察識，又身在城郭，難于防備，種類衆多，一呼而集，郡中虚實，平昔畢知。加以鷹存未化之眼，虎耐久餒之腸，海寇多勾引之奸，磁鐵有相通之氣，一旦叵測，可爲寒心。即以泉州而論，去歲八月間，鎮江失守，報至閩省，數日之內，投誠之衆，語意眼色，大異平日。臣時在城中，一夜常數驚，幸江南捷音至，人情乃定。倘捷音稍遲，臣恐泉州之禍，不在海上而在蕭牆之內也！此按臣李時茂身在地方，目擊眞切。其撫後陽順陰逆之疏，所由來矣！臣愚以爲，朝廷既開浩蕩之恩，待以不死，加以職銜，亦宜商量處置之方，使變無由生，非徒以安戢地方，亦以全始終之恩於若曹也。按，督臣李率泰現令投誠總兵林忠日備圍隨，林興珠則協總兵吳萬福同守福寧，此中機權，實有妙用，臣請倣其意而行之。凡興、泉、漳投誠之人，或撥在督撫衙門效用，或撥在左路總兵董大用處效用。福州投誠之人，或撥海澄公下效用，或撥董總兵處效用。延、建、汀、邵投誠之人，或撥提督衙門效用，或撥海澄公下效用，或撥右路總兵王進功處效用。皆給以室廬，安其眷屬。其所帶兵目，查其實數，量與跟隨。應有定額，人多者爲分隸別營，以補隊伍之缺。一措置間，而投誠者官樂得其職，兵漸剪其翼。朝廷無疑貳之跡，而海寇勾通應合之計不行，城以內無腹心之患矣。

臣繕疏甫畢，而撫臣徐永禎謀反情眞之疏適至。臣披讀之，則投誠張顯與海逆通謀內應發覺之事，不覺心驚眥裂。臣慮有今日久矣，茲果然，使非藉皇上如天之庇，諸生出首，泉事尚忍言哉！《語》曰：“崩岸嘎虎，聽不待聰。”今投誠之爲嘎虎也，大矣！以按臣之條奏若彼，以撫臣之疏報若此，尚可執守成見，曰蔡人吾人而不早爲之所耶？事關重大，字多逾格，伏乞皇上鑒宥施行。

糾參藩臣疏

臣奏爲粵東瘡痍未起，貪吏不宜承宣，謹據事直糾，以蘇民困，以儆官邪事。

臣辦事垣中，見吏部陞補官員一本，以員盡忠補廣東左布政使，奉旨依議在案。時臣方料理密疏條上，未暇旁及。今密陳次第將畢，用是特疏糾參，爲粵東殘黎驅除大害。

謹按：員盡忠向任山東，穢聲彰聞。特以善事上官，貪陞浙江右藩，恣谿壑之欲，昧止足之戒。值左布政陞任，本官署事，當是時也，協餉孔亟，經奉嚴旨，本官視若弁髦，疾呼不應。夫協餉非無欵項也，部寺起存錢糧應解應給，各有額載，本官以解協餉無抽頭，發雜項有扣尅，擅將糧道解部，輕齎二萬兩借放綾紗、緞絹等項，加一扣尅，得贓二千兩，閩餉絲毫無解。職此之由，庫書聞麟生繳進可鞫，機户馬黃譽、李維寧可質也。杭、衢三色本紙錢糧應發者也，本官先示勒靳，致槽户苦求，講定加二扣尅，然後給放一萬兩，得贓二千兩。聞麟生繳進可鞫，槽户魯龍、姜昂、魯君隆可証也。浙糧道缺出，業經院批知府護印，軍民欣然，盡忠賄囑前撫改批本官帶署，前後批文可察也。既署糧道，將庫銀數萬兩俱係緊要錢糧，盡數那移支放，以遂扣尅之私，印册班班可考。他不具論，即摘其婪贓誤漕之一事，如歲造漕船，價銀六千餘兩，加二扣尅，得贓一千二百餘兩，道書祁伯彰繳進可鞫。致船料不敷，廠匠張升、范文池等憤怨可証也。臣就見聞所及，據實入告，摭一漏萬，不知凡幾。有官如此，而使之張牙舞爪于困苦待盡之粤東，東民其尚有孑遺乎？

最可異者，邇來百官凜奉嚴旨，無敢以優人入室，恒舞酣歌。盡忠方在兩浙，政當三空四盡之時，民有菜色，兵無宿糧，乃以婪贓千金，買置梨園一班名爲秀雅，姣童數十，皆遏雲遶梁，攜至京師。自八九月至今，宴樂不斷，歌舞不絕，鼓鐘于内，聲聞于外，彼以爲借此植私結黨，則上旨可悖，功令不足惕也。輦轂之下，猶膽大如此，況粤東天末，何事不爲耶？伏乞皇上勅下該撫，嚴察盡忠，自署印至交代，收錢糧皆何欵，放錢糧皆何項，有無解過閩餉？并嚴鞫犯証，贓罪立見。至秀雅班現在盡忠之家，本官豈得欺君自匿。臣備員言路，原欲問豺狼不問狐狸，惟是盡忠既係舊人，又身在京師，自知罪過多端，恐掛吏議，揮金結援，黨羽衆多，是亦當道一狼也。臣念粤東困苦已極，不顧身家利害，爲地方去此大憝。伏惟皇上垂察，爲此具本，謹題請旨。

論滇餉疏

臣奏爲國計匱絀日甚，滇南糜費非策，微臣隱憂無窮，謹密披血誠，尌酌籌

41

畫，事在速行，庶幾補救，急請睿裁事。

臣憶自乙未科殿試對策，内稱錢糧入不敷出者八十餘萬，至順治十三年入不敷出者四百四十餘萬矣！臣自十五年九月給假離京，至今年七月還朝，意謂二年之内計臣持籌，量入爲出，當大異昔日。比臣入署以來，留心查核，則今日入不敷出者至七百餘萬。臣憂心如焚，不知所屆。臣此來路經福建、浙江、江南、山東、北直五省直，耳之所聞，目之所見，無一不苦之官，無一不窮之民，真有灑不盡長沙之涙，繪不盡監門之圖者。一入長安而度支告窘，又復如是，此可謂上下交困矣！記曰："三年耕，必餘一年之蓄，反是者其國可虞。"聖賢所言，豈有虛罔？此臣所以廢食而嘆，廢寢而思，不能默默而處此也！

今即以雲南一省言之。總括一省夏税秋糧、鹽課礦課、商魚牛税，共正雜銀止十六萬一百兩零，而今辦滇南兵餉至九百萬兩有奇。夫九百萬兩者天下正賦錢糧，其數尚不及此也。以盡天下之正賦而奉一隅之雲南，以九百萬之金而營十六萬金之地，自古以來，開疆守土，無此算法，偶一爲之，猶曰王者大無外，不暫費者不永寧，若今年此費，明年又此費，費未有止，則是糜數千萬之金而營十六萬金之地，失算至此，尚可言乎！失算而止於得不償失，猶未爲害也。至思及竭百姓之脂膏，以事邊兵，則民必怨；竭國家之命脉以事邊地，則國必虛。國虛民怨，天下之患不在雲南之餘寇，臣恐枯木槁竿，皆可爲梗，蕭牆盡伏戎矣，是可不爲寒心乎？舉朝臣子紆青拖紫，戴紅圍玉，受皇上之厚恩，莫有激切爲皇上言者。彼以國事爲大家公事，若言之切直而賈禍，所關係者自己之功名，故雖知之而不言也。此又臣所憤悒不平，不能默默而處此也。

以臣愚見，雲南餘寇，據目前偵探，逋在孟艮地方。彼處土彝各有世守，外兵入其土地，暫時供億或能勉強爲情，久之必懷吝惜，又久之必生疑忌。我國家但能愛養遺黎，招徠流離，仁聲遠播，必有繫其頸而來歸者，可無事張皇，興師窮荒博戰。然臣度今之議者，必曰餘寇未盡，未可安枕；八旗禁旅，必不可撤；六萬綠旗，必不可裁；用兵必不可休，臣言必不屑用也。臣思其次則留八旗之禁旅，足六萬之土兵，而急議兵屯，以紓國用。古者趙充國辦羌，且戰且耕；諸葛亮伐魏,且耕且戰。此二臣者豈有三面六臂,大異今人？不過視國如家,鞠躬盡瘁,經濟自生。憶臣入垣第一疏,"爲敬陳經國遠圖等事",首議兵屯。近陳協諸臣,又復累疏發明臣説。而覆疏者,不過曰：事難遥度,應勅下該督撫確議而已。督撫咨詢該鎮,則回曰：某營戍卒,分防尚且不足,安有餘力足事田畝？督撫據咨回部,部臣據咨覆奏,而兵屯之事寢矣。嗟乎！今日封疆諸臣,譬如不才之子,父母用度稍絀,令其力田略佐生計,則曰吾料理家務尚且不遑,何暇力田？于是一絲一粒必取給於父母。雖雙親藁目,彼且酣歌飲博自若也。今臣即復理前説,豈有能毅然爲皇上力行此事者哉！

　　毋已,臣復思其次。昨臣入京,舟次安山,適遇雲南撫臣袁懋功舟自北來,時夜將半,臣攬衣提燈,與撫臣相見,諄諄以屯田足國一事相勸勉。懋功曰："受皇上厚恩,捐糜難報,政在日夜籌畫屯田一事,倘至地方,敢不盡力。"言猶在耳。臣查雲南原有舊屯計一萬一千一百七十一頃零,科糧三十八萬九千九百九十二石零,皆現有原種之軍。今當勅令該撫,令其責成原軍換帖領種,永爲世業。軍既領田,即爲我兵籍,其丁壯復成勁旅。如軍故丁絶,招人代墾,愿爲軍者,即給新帖,許爲世業；不願爲軍,即爲官佃,歲納官租。兵燹之後,牛希種絶,宜暫發撫臣二十萬金,聽其買牛辦種,借給軍民,買牛能孳,辦種收償,經年銷算,二十萬金必無虧損,又可以復收三十八萬九千九百九十二石之舊額。不惟此也,官收額内,軍餘額外,米粟既登,價直自賤。倘邀天之庇,每粟一石價可三金,則視今年之每石十二金者,已省朝廷餉費四分之三矣,況賤於此者乎？惟是催徵之官尤當妥議,若責之昔日衛官,則今非世職。若責之委用官員,則屯未能興,而窮軍之髓先竭。計惟責成本府州縣,令其徵收,或本或折,仍照萬曆年間則例,一切濫加悉與蠲除,庶人樂急公,野無曠土,屯事之成,此其一。又當嚴禁主客兵丁,勿擾屯軍、屯民。邇來驕兵悍將自不肯耕,以擾耕人則膽張眉動,牙開爪攫,即現熟者猶去其鄉,況新闢者誰不棄土？必使撫臣得行其法,然後耕人得保其業,屯事之成,此又其一。至於民地荒蕪既多,其有主者,撫臣給以牛種,量收本色,仍課正供；其無主者,撫臣一體募人耕耨,收其西成,屯事之成,此又其一。黔國世鎮雲南，各府置有莊田，不載有司册籍，宜訪沐府經管舊員，令其開報，熟者收其籽粒，荒者一體募人耕耨，屯事之成，此又其一。臣惟平西王一意辦寇，袁撫臣一意辦屯，庶幾兵食兼足，不至竭天下之物力以奉一隅，以釀禍亂。

今時屆仲冬，日月如流，轉眼改歲，臣及今不言，則明年之計虛。管子曰："一年之計，莫如樹穀。"伏望皇上勅部速覆，速發金錢，責成該撫，事在旦夕，難可遲緩。伏惟皇上鑒臣苦心，少留意焉。

疏入奉旨：撥銀十萬兩，聽督撫備牛種、耕具，修復舊屯。

推詳矜恤事宜疏

臣恭讀上諭，明年歲次辛丑爲皇太后本命元辰，又念端敬皇后彌留時，諄諄以矜恤秋決遺言我皇上特沛解網之仁，將監候各犯，概從減等，使之創艾省改，期于無刑。是日群臣方在會議，忽接綸音，歡聲動地。未移時而皇上駕自端門入，進午門，適有鵲鴒數千迎駕，合歡翔舞前導，繚繞不去。時皇上睇視久之，臣辦事垣中，竊窺忻怃，喜不自禁。仰見我皇上行一善事而錫類之孝，刑于之化，推恩四海之仁皆備焉！以人情之歡洽如此，物性之感召如彼，則上天好生，其爲鑒格召祥，何可勝道。臣幸生當泣罪之朝，欣逢盛事，謹就中間事理有應推詳者，備細具陳，仰祈睿鑒。

臣恭繹上諭所云，見在監候各犯，概從減等，意甚普徧也。則凡已經結案者，或斬或絞，法司奉行，恭請減等，不待言矣！其未經結案各犯，間有情可矜疑而經睿駁者；又有各犯口供未確，証佐未明，律例未合而經部駁者；又有奉旨該巡按御史，再行親審具奏者。諸如此類，皆上諭以前事也。較已結之犯情更可矜，誠恐法司凜遵諭旨，奉行減等，止及見在已結之犯，而未及未結之犯，則是情真罪當，應斬、應絞者皆得仰邀浩蕩，概從減死，而情原可矜，事原可疑，再行確訊者，反不得被一視同仁之澤。是無可矜者反生，有可矜者反死；無可疑者反生，有可疑者反死。度亦皇太后、皇上所惻然動念，而端敬皇后在天之靈所愁然不樂者也！伏見我皇上矜恤逃人之例，以上諭以前爲定，凡未結案者，皆得與已結案者一體寬宥，薄海内外咸頌仁恩，此遭盛典，臣亦願皇上申示法司，除謀反大逆外，其餘在内在外、已結未結監候各犯，悉照矜恤逃人例斷自上諭以前爲定，概從減等。尤望申飭内外問官，定人罪案，先按律例，允協無苛，然後就本律上減一等。不得深文煅煉，先加之以過量之罰，然後再引減等之諭，則是名爲減等，實無末減，尤臣所鰓鰓審慮者也！

而臣更有請者，歷稽前代，恩澤所加，有未及死罪而放還流人者，未有死罪邀恩而流人向隅獨泣者。臣聞風土既殊，物性迥别，故牡丹國色，移南方則不生；荔枝天香，徙北地則立槁。凡人體質，亦復如是。臣見諸凡流徙寧古塔、尚陽堡、盛京諸犯，雖罪在應得，而比應斬、應絞之人實有差别。至于子有罪父母被徙，夫有罪妻被徙，父有罪子被徙，兄弟有罪弟兄被徙者，孽非己作，情尤足矜。離鄉去井，水土不服，醫藥莫給，疾病相尋，親絶戚遠，形影相弔，飢寒困阨，溝壑自抛。是故，名爲流徙，實斃他鄉。彼議斬、議絞者，子孫猶得拾其遺骸，歸埋首丘。而流徙罪輕于斬絞，反使一副枯骨送有北之地，飽狐狸之腸。言念至此，能不酸心？至于罪孥孳息，羞辱困苦，生不如死，死無所歸，哀哀窮人，更堪悼痛！日者季開生以言官被徙，猶飽惡棍李乾德之兇拳而畢命，則其餘可知。以季開生甫歿，聞惡棍遂欲焚其屍，分其家口，則凡無主之老母、嬌妻、弱女，又不問可知。臣念此等罪人實可哀憐，必欲以此輩實邊，竊恐竟如牡丹南萎，荔枝北焦，生徃死滅，化成燐青，豈復能望其載生、載育，室家臻臻哉！倘蒙皇上體上天好生之心，加恩流徙諸犯，或念其創艾已久，嘉與維新，或本身犯罪者量與減等，父母、妻子、兄弟累徙者，幸邀罪人不孥之典，亦斷自上諭以前爲定，是天地神明所瞻仰，天下臣民所禱祝，而祈諸臣所願而不敢請者也！恭惟皇上以堯舜爲法，以天地爲心，計睿慮已先及此。臣亦因皇上先有三次德音，故觸類引伸，有動于中，是用齋沐密疏上請，竊效古人入告我后于内，出則順之于外之義。臣聞天子壽親，百族被春臺之色；皇天祐命，幽滯分昭旭之光。伏惟皇上擴推恩之念，敷九睿之仁，爲皇太后元辰萬壽造如天之福，并推端敬皇后矜恤弘慈，慰其於昭之靈,則我國家忠厚之德,卜世卜年,行且軼周室而上之矣。條陳字多逾格,并乞鑒宥施行。

順治十七年十一月二十一日題,十二月初九日奉旨:該部詳議具奏。疏未及覆,而先皇帝賓天矣!

耻躬堂文集卷之五

奏　疏

議圖粵東南澳疏

　　刑科都給事中臣王命岳謹題，爲微臣使粵言粵，敬陳粵島要害之地，仰祈睿算，勦撫兼施，以孤廈門之援事。

　　臣蒙世祖先皇帝知遇殊恩，教育於詞林，拔擢於諫垣，感激高深，矢心圖報。臣前歲給假葬親還朝，是以有微臣蒙恩及密陳靖海五疏，庶竭愚誠，以資敵愾。兹以奉命使粵，身在途中，輒被寵命陞臣今職。又以意外人言荷恩傳問，隨蒙皇上懸日月之照，弘覆載之慈，憐鑒生全，俾得復列班行，從此微臣有生之日，皆報國之年也，但有愚見，敢不披瀝？

　　臣謹按：粵東東北隅有南澳一島，居閩、廣之交，自潮州、黃岡一帶，望見山頭蒼翠，如在戶牖間。前明設副將一員彈壓其地，誠重之也。我朝定鼎以來，未歸版圖，爲賊黨陳豹所據，與廈門聲息嚮應，相爲掎角。粵中接濟，則以南澳爲傳，舍賊舟入粵，則以南澳爲郵亭，粵中大兵欲搗廈門，則又以南澳爲藩籬。故在賊爲要害之地，在我則爲眼前之釘也！客夏，萬禄等以銅山投誠廈門王庭之兵，搗其南，南澳陳豹之兵促其北，常山首尾之形大可見矣！故廈門滅，南澳勢不能以孤立；南澳撤，則廈門勢亦不能以獨存，則南澳不可以不圖也！欲圖南澳，舍勦與撫更無奇策。比年以來，我師數窺廈門，而未嘗一議南澳，陳豹之安心弛備，亦已久矣！此可以輕舟奇兵，出其不意而襲取，甚易易也！又陳豹年已望六，鋭氣銷減，若用得其人，開陳利害，許以爵賞，招之使來，或即翻然改圖，棄暗投明，亦未可知。伏乞皇上勅下平藩，密議勦、撫二策孰優，臨時應變作何機

47

宜，要以卧榻之側，不容鼾睡，定當致陳豹於廡下，清南澳之窟穴，則厦門之賊失其左右手，掃靖妖氛，在此一時矣。

論粵東兵飢處置之宜疏

臣一介書生，至愚極陋，荷蒙世祖先皇帝知遇於前，又蒙皇上照察於後，區區報國之心，無日忘之。臣前歲假滿還朝，歷陳靖海前後五本，從閩而來，則言閩也。今自粵而來，敢不以粵中耳目所及，首先入告。

臣自抵粵境，即聞肇慶兵飢，脱巾欲去。督臣李棲鳳散家財以給將士，僅而後定。嗣是，高州、雷州、徐聞縣、海安所等處，皆旋譁旋戢，幸未潰決。以臣所聞，瓊海之事則大有可慮焉。瓊州營兵餉銀、月米，聞各缺至一年內外，去年五月初間，總鎮下操而旗纛忽嚣然四散，離營出城，稍稍劫掠關廂。至十五日復譁如前，地方官正在設處撫定，而勺水易竭，泉府不繼。至六月十六日，則各營盡叛，或分掠村墟，或據扼城頭，總兵高進庫與親隨數人獨坐衙舍，已處于無可奈何之勢。隨有叛首張騰鳳單騎入署，向高總兵索印，闖入後衙，時各親隨身不攜寸鐵，騰鳳不之忌也。有聽用官張士益尾騰鳳後，度已深入，奪騰鳳所佩刀立斬其首，出白高進庫。而城上叛兵未之知也，尚吹哨呐喊如故。推官姚士升登城而號于衆曰：“首惡張騰鳳已誅，首級在此！餘皆脅從無所問，宜各歸營伍，請以家口保若輩無事。”兵見亂首就戮，又素信推官言，而高總兵亦豎旗招撫，乃漸漸解散歸營。此一役也，島上一區幾幾乎有不可收拾之形，幸賴朝廷洪福，頃刻底定。今能源源繼餉，則可以永安，不然，臣恐瓊海之憂未艾也！且不獨瓊也，廣州水師總兵張國勳之兵，缺餉或以十月計，缺米或以一年計矣。惠、潮、南韶諸營，缺餉其數稱是，在在呼庚，處處可虞，此非保安萬全之道也。伏乞速勅部臣，就粵東一省正餉、協餉，從頭查核，每年未完若干，積年共缺若干，速議撥補，以濟飢軍。至于招墾舊屯，鼓鑄錢息等事，宜并勅督撫多方酌議施行，以補苴罅漏。則三軍之士，莫不踴躍而呼萬歲，永爲朝廷盡力，無有二心。若猶是紙上作餉，畫餅充飢，萬一激成變故，又煩征討之師，更糜不貲之費，此時司計諸臣恐不能辭其責也！

至若高進庫，與諸將士雖相安目前，未免上下俱有疑心，慮將來或生嫌釁，似宜勑下部臣，密議處置。昔宋帥張旻馭兵失宜，軍中思變，兩府會議或欲罪旻，或欲捕反者，相臣王旦曰："若罪旻則自今帥臣何以御衆？若捕謀者則慮震驚都邑，不若擢旻解其兵柄，則反側自安。"臣愚謂此議可採也，別調更置，統在部議，仰聽睿裁。要宜上存國體，下安兵心，則瓊海幸甚，全粵幸甚！伏乞皇上睿鑒施行。

請勑蚤頒由單疏

臣奏爲催科全憑由單，頒發不宜延緩，謹陳目擊之往事，乞加嚴勑於將來事。

從來易知由單爲錢糧額徵之總會，最詳悉，亦最簡明，官不得以意爲增減，民乃得憑單爲輸納。舊例每年冬季，户部即查收明年由單，頒發各省巡撫、藩司，藩司頒發郡縣，各縣俱于春前頒發里班。故每歲之春，深山窮谷之中，莫不曉然知本年錢糧，每產米一石，該銀若干者矣。以臣所知，江南蘇州等處，則不勝詫異焉。

去歲順治十八年，由單至十二月朔日，該府尚未給發，吳縣知縣張叙、長洲知縣蘇仁，皆新任未閱月，兩縣士民向該縣求頒，該縣苦未有以應也。申文到府求發者四五次，而該府不發，其餘各縣概未頒給。詢其故，則以藩司于十月間方行票到府議增減，由單未妥，以故遲緩也。諸士民已完十八年之課，尚皇皇然如坐暗室中，惟恐復蹈十七年之處分，欲求見由單一紙而不可得，亦足憫矣！再細詢之，則十七年之由單至十八年七八月間始發，問由單既不發，有司憑何催徵？則云創爲約徵名色。約徵云者如產米一石，約略徵銀若干，爲游移無定之詞，總之與由單不符。夫部發由單皆係奉旨題定，苟可增減，則是朝制不信于民也，則是撫院、藩司皆可專擅爲政而奉旨頒發之單徑可違異也！臣聞蘇、松、常、鎮事體相同，臣不知該撫院題參十七年紳士欠糧之數，有以錢計、以分計、以釐計者，爲憑由單算乎？爲憑約徵算乎？若憑由單則由單匿而不發，何從而定花户之欠額？若憑約徵則置奉旨部頒之單而不用，是謂違制。創爲游移無定之詞，使紳民無所適從，及陷于罪然後從而參之，是謂罔民。國課之所以不完，胥吏之所以長奸，士民之所以掛罪，皆由單不發之故。則撫院、藩司、知府似不能不與士民共分過也！

夫已往者不諫，將來者可追，今新撫抵任未幾，本年春季甫度，官與民皆在朝氣之中。伏乞勅下該部嚴核該撫，勒限頒發，取具各府、州、縣頒本年由單與里班士民日期，報部稽核。自明年而後，每歲俱以春仲遍發里户，一如舊例，通行天下，使部定錢糧額數，昭昭然如揭日月而行，則上收完課之利，下免逋糧之誅，爲上爲國、爲下爲民，胥兩得之矣。臣從國計民生起見，謹將見聞入告，伏乞勅部議覆施行。

乞留教職疏

臣奏爲汰冗員以裕國計，微臣切有同心，裁教職而妨治體，愚忠慮其不可，謹冒昧密陳，并斟酌存官裕國之宜，乞垂睿鑒，以定典章事。

臣聞近者廷議，欲裁天下教官。蓋謂知府即可兼攝府學，知縣即可兼攝縣學，則各學教官似屬贅員，裁其俸薪足以佐兵餉之萬一也。夫軍需孔亟，司農蒿目，裁官之議，亦出于萬不得已之計耳。臣竊謂：教官職分雖微而關係甚重，有萬萬不可裁者。

夫教官一職，下以約束諸生，上以奉祀先聖。故諸生久不到學者，教官得而申飭之；諸生有不守學規，出入郡縣、結交有司者，教官得而董戒之；有不孝不弟、干倫犯紀者，教官得疏其名于督學而黜退之。然而躍冶之徒，猶有出入公庭，包攬詞訟，抗違錢糧者。夫欲端士習，當嚴教官之考核；考核嚴則教官之督率必勤，而士風自正。今議裁教官而歸郡縣，則劣生莠士偃然與有司往來無所禁忌，曰：太守吾學師也，邑令吾學師也，是驅天下之生員而日與郡縣相酬酢。既與郡縣相酬酢，必與衙役相表裏，歲時餽送，結納奧援，起滅詞訟，隱熟作荒，下病民生，上侵國課，士風日就敗壞，人才日益汙下，職是之由矣。此以約束諸生而論教官之不可議裁，郡邑之不可兼攝者一。

先聖孔夫子德與天地相配，道爲帝王之師，各府、州、縣設立學宮肇祀，數千年于茲矣！教官之署實在其內，朝暮省視，屏除穢濁，廟貌毀則重新，宮牆頹而整頓，皆係教官職掌。今議裁教官而歸郡邑，郡邑有刑名之事、錢穀之事，承上御下、送往迎來、隄防盜賊、接待兵馬，日不暇給，何暇過先聖之門，詢其啓閉，問其掃除，勢必使學宮之内，蕪穢不治，鞠爲茂草。又其甚者，奸胥猾吏潛穴其中，莫之敢問；男女雜處，汙濁之氣，觸犯聖域。皆事勢之有必至者。臣聞福州府官，探得有裁教官之信，即議欲廢明倫堂爲府堂，幸撫臣許世昌力持之而止。則學宮之芫廢，胥吏之侵占，使先聖日聞敲扑之聲，日與皂隷爲伍，已漸見其端矣！夫梵宮道宇，猶有焚脩廟祝之人，以孔子至聖，宮牆之内，不能留一二教官以司啓閉，備掃除，曾二氏之不如，良可嘆也！此以奉祀先聖而論教官之不可議裁，郡邑之不可兼攝者一。且使天下後世謂裁聖廟之員，廢弟子之師自今日始，大非美談，甚傷治體，臣知而不言，是臣不忠于皇上，臣心不安也。

或以國用不足，省此錙銖之俸，足備飽騰之資，臣亦有説以處此。臣見在京漢官，公費錢每官一員，歲支三十六金，皆在俸銀之外，明可裁扣；在外文官，自邑令以上，每官一員，可捐歲俸十之一，如所謂土黑勒威勒者，以佐軍需。計内外官所歲扣，已溢于天下教官薪俸之外。夫讀孔聖之書，受朝廷之禄，捐其涓埃以存聖廟之微官，亦大小臣工所樂從也。臣偶患中暑，誠恐實録一定，則反汗爲艱，爲此力疾敷陳，伏望皇上垂鑒施行。

慎刑總疏

臣奏爲微臣職掌攸關，敬陳慎刑數事，以培元氣，以報國恩事。

臣備員刑科，條陳刑名，係臣職掌。夫幼之所學，壯之所行。以臣所聞，成周忠厚，乃過其曆世逾三十，年軼八百，故文、武開基，成、康繼世，昔人美之，謂太和在成周宇宙間。今皇上纘承丕業，正當成、康之序，宜垂清問，以幾刑措。

愚臣報國之心，惟願我朝曆數與成周後先比美而已。日辦事垣中，每接紅本，捧讀睿旨，其間解網之仁，不一而足，往往出諸臣恒慮之外。臣身當堯、舜之朝，而不能拜手颺言，以成就君德，以培植國家億萬年之元氣，非臣心之所安也。謹齋誠潔志，列陳數本，仰備採擇。臣不勝懇切待命之至。

慎　刑　一

臣奏爲敬陳慎刑第一本，在恪遵欽定實錄，分日閱招，以便公同審核事。

伏讀大理寺實錄，內開：在京大辟重犯，刑部具題，奉旨下三法司核擬者，刑部會同都察院、大理寺公審覆奏，此件照見行事例遵行；在外大辟重犯，經該督撫具題，奉旨下三法司核擬者，刑部會同都察院、大理寺公同核擬覆奏，此件照見行事例遵行。俱奉旨依議。欽此！

謹按：題定部限事屬本部自覆者，限二十日。事屬三法司核擬者，限三十日。此定例也。向來刑部奉有三法司核擬之旨，先將卷案送與都察院、大理寺二衙門遞閱，亦定例也。但聞有迫近三十日之期，始送與該衙門者，每衙門草草披覽，肯綮未詳，輒赴公審。亦有嫌其送遲，嗔不收閱者，皆由不確定分閱日期之故也。人命至重，死者不可復生，既已奉旨核擬，豈宜如此草率？臣請自今欽定分閱日期。如初一日奉有三法司核擬具奏之旨，刑部首先詳閱卷案，自初一日至初八日皆刑部日子；次送都察院衙門詳閱，自初九日至十六日，皆都察院日子；次送大理寺衙門詳閱，自十七日至二十四日，皆大理寺日子。如是則每下一詔，三法司皆已洞若觀火，然後以二三日內公同核議，以二三日內繕本具題。臣科稽察刑部事件，亦并察此送卷日期，有遲緩者，據實題參，庶各衙門俱得詳觀顛末，以便面商，即有冤抑或可清理也。伏候上裁。

慎　刑　二

臣奏爲敬陳慎刑第二本，在破附和之習，以平反定稱職事。

比見外間督撫招定大辟，三法司未曾翻駁一案；刑部審定大辟，院寺未嘗平反一獄。臣竊疑之。夫問訊者，必皆皋陶，然後無可再議。今死獄無一得減者，是古來明允只一皋陶，何今日皋陶之多也？不然，何無一案之可駁，無一獄之可平也？大抵已經問成之大辟，附和者以爲執法，開釋者似涉嫌疑，故一己之功名爲重，而他人之性命爲輕。臣愚以爲，問成死罪，十百案斷無事事皆妥之理。自今三法司宜大破積習，痛絕附和。凡奉有三法司核擬之旨，兩法司曰可死，一法司曰可生，不妨單辭徑題，以聽宸斷。議生者是，勿罪擬死者，恐以瞻顧戒異同也；議死者是，勿罪擬生者，恐爲功名殘民命也。

臣請自今欽定考核之法：凡三法司有能平反在外死罪數人，院寺有能平反刑部死罪數案，或刑部能自平反其成案，宜以異政受上賞。若終歲附和，並無察理，以不職論。則彼此爭先推鞫，必多生全矣！至大理寺，即古大廷尉，漢臣張釋之曰："夫廷尉者，天下之平也，平反尤其職掌。"臣愚請以平反定殿最于大理寺，更宜專有責成也。伏候上裁。

慎刑 三

臣奏爲敬陳慎刑第三本，在遵行流徙之法，斟酌以謹其牽連事。

古者死罪之下爰有軍徒，爲地不過二三千里。比承明末蠱壞之餘，人心不古，百弊叢生。世祖先皇帝慮非大加創懲，不足以振肅紀綱，挽回陋習，乃立爲流徙之法，蓋亦不得已之權敎耳。使數年之後，風俗丕變，人心還淳，在先皇帝未必不弛流徙而僅用軍徒。臣聞文王治岐，罪人不孥。今則并父母、兄弟、妻子流徙矣。其情罪重大者，連及祖孫矣。昔魏主以有罪徙邊者多逋亡，乃制：一人逋亡，闔門充役。光州刺史崔挺諫曰："一人有罪，延及闔門，則司馬牛受桓魋之罰，柳下惠嬰盜跖之誅，豈不哀哉！"魏主遽從其請。

今國法方行，臣豈敢遽參末議，但就奉行近法之中，祈稍寓寬恤之意。如許嫁之女應歸夫家，過繼之子應從嗣父，孫不應帶及孫女，子不應帶及子媳。則法行而恩仍留，威著而仁亦寓，于罪人不孥之意，尚有合焉矣。臣聞廣東解家眷入官者，至連及表妹，用刑一過，波濫何窮，此非朝廷之初意也。仰惟天語申飭，以養元和，實宗社靈長無疆之休。伏候上裁。

慎刑 四

臣奏爲敬陳慎刑第四本，在遵行立決之令，斟酌以防其濫及事。

伏讀十八年三月十四日上諭，內凡强盜、人命、故殺、謀殺等項死罪，供証情真，審擬明確，無可矜疑者，應即立行正法，不必監候。欽此！夫强盜、人命、故殺、謀殺，所謂不赦之條也。供証情真，審擬明確，則又在明允之後也。以不赦之罪加以無疑之讞，立行正法，尚復何辭！臣再閱紅本，自上年三月十四日以後，斬絞各犯蒙旨著監候、秋後處決者，凡三四十起。又見我皇上泣罪解網之仁，未嘗不躊躇斟酌，欲于死中求其生也。即此一念，可以上格天心，下培國脉。但擬定立決，在外則由督撫，在內則由三法司。誠恐奉行新令過于拘謹，但屬死獄概擬立決，未必盡犯不赦之條也。

伏乞天語申飭三法司、督撫，以後問擬立決，必確係十惡不赦，又屢審果無冤抑者，方用此例，其餘仍擬監候處決，庶于前諭益相發明。蓋人命至重，死者不可復生，若行刑之後忽聞小柱，黼座之上必有惻然傷情者，然而已無及矣！古者決囚，則人君爲之減膳撤樂，誠重其事。《易》曰"君子以議獄緩死"，亦即此意。臣之區區願垂照察，伏候上裁。

遵旨回奏疏

臣叨任刑垣，宜循職掌條陳刑事。

臣首拜敬陳慎刑第一本，奉旨：據奏三法司核擬事情，每衙門草草披覽，肯綮未詳等語，係何衙門，何項事情，着王命岳指實明白回奏。該部知道。欽此！臣聞刑部奉有三法司核擬具奏之旨，俱係刑部先定看語，臨當覆奏，然後連卷送到院、寺兩衙門畫題，似此相沿，已成故習。臣雖有聞，尚無確見，因辦事垣中，閱得臺臣李文熙題爲"刑獄關係匪輕等事"一疏，內稱共事覆審之人，以時迫不暇詳行翻駁，雖有核議之名，而未嘗盡核議之實。又稱，向後核議事件，科抄到部，即將原審口供案卷移送都察院、大理寺，發該掌道御史并大理寺官細閱招情等語。臣始信人言之果不誣也。據臺疏所稱，時迫不暇詳行翻駁，非草草披覽而何所稱？雖有核議之名而未嘗盡核議之實，非肯綮未詳而何所稱？向後核議事件，科抄到部，即將原審口供案卷移送都察院、大理寺細閱招情，則前此之科抄到部不即將案卷移送院寺細閱可知。業經奉有該部議奏之旨，亦經部覆，雖不行其言，而未嘗敢駁臺臣所稱時迫不暇詳行翻駁等語之非是也。臣所據者，即係都察院衙門内御史之言，又即係御史入告之言，實莫實於是，確莫確於是矣。臣欲舉何項事情，則各項皆係刑部看語既定，然後連卷送與院、寺衙門畫題，從無先送院寺詳細閱卷，然後面同研審，以定看語之事，事事皆然，難以枚舉。

臣科職在補闕拾遺，其于各部亦存大體，必係執法大事，方行特疏糾參，若夫法制或有未備，舊習或有相沿，則條陳以去其弊，補其偏而止。但臣既奉有指實明白回奏之旨，誼不敢隱默不吐，至于分日閱詔，然後公同審核，以定看語，實係仰體順治十二年十月十九日上諭内虛心商酌、務期情罪適當、律例允協之至意，芻蕘末議，終望皇上採納施行。

言官陳奏疏

臣奏爲言官陳奏多係浮泛塞責，大負下詔求言之意，懇乞嚴勑指實糾參，以禁陋習，以收實效事。

臣伏讀邸報，見皇上下詔求言，雖失實不以罪。凡以作敢言之氣，以勸天下之來者，古韜鐸之懸不是過矣。旋見一二以言謫者，稍疑皇上以言求之，旋復以言棄之，於初心若不相符者，然而不知諸臣實有以取之也。

臣聞人君以納諫爲明，人臣以盡言爲忠。言貴責實，不貴具文；言貴當理，不貴炫名。古之純臣其事君也，將之以誠，持之以慎，上者嘉謀嘉猷入告于内，出則順之于外，誠兢兢於善，則歸君之義。次者循職敷陳，期適於用而止，毋勦說，毋雷同，故人主聽之而不厭也。今觀諸臣奏事，乃有大謬不然者。比皇上詔求直言，亦曰："凡有裨於兵民疾苦、國計吏治者，亟以聞也。"乃應詔而實矢鴻謨者，誰乎？臣見諸臣生平既無所表見，於國家大計亦未嘗平昔揣摩，一值詔言，則仰屋而思，取其不犯時諱、无咎无譽者，苟且稱塞，章奏交上，茫無碩畫，誠意既寡，施用轉疎，致皇上厭聞咈觀，以爲是皆無益，徒亂耳口，稍稍棄不復省。

55

是言負陛下，非陛下負言者也。厭心既生，頗有言事失實者，則雷霆之威或隨其後。故言路之塞，塞於通之日，而不塞於塞之日，臣切私心慮之。

夫內者開廣聖德，外者弘裨政務，坐而言，起而可見諸行，是之謂直。若夫游移浮襲，瀆擾聖聽，揆厥本情，全乖忠愛，皇上政惡其言之不直耳，非惡其言之直也。臣愚以為宜下嚴勅，繼自今言官言事，務有關於民生兵困，足可實見施行。臺臣陳其所掌，省臣陳其本垣，其有仍前浮泛塞責者，許科道互相劾實糾參，庶幾忠藎嘉告，實效可期，且糾參出於諸臣而雷霆不發於五位，於皇上求言之初心亦不悖矣！

抑臣更有請焉。因事納忠者，人臣之義也；曲賜優容者，人君之度也。其有言事非關浮泛而指陳註誤失實者，倘邀浩蕩肆赦，使天下咸知其臣之過而益頌吾君之仁，是亦聖朝盛德事也！臣冒昧上陳，不勝隕越待命之至。

擬進呈千秋寶鑑疏

臣受先帝厚恩，日圖報稱。今皇上冲齡，宜於暇時披覽古今史鑑，知古今成敗興衰之由，然後效其所以興，而戒其所以敗，則久安長治之本也。臣謹錄夏、商、周以來，至于元、明之故實。其詞約，其事明，數紙之上，興亡了然，名曰《千秋寶鑑》，以備御覽。伏乞萬幾之餘，時加寓目。以皇上聰明天資，力與年長，然後遍觀朱子《綱目》諸史，以會其全，則又微臣區區所望於將來者也。

耻躬堂文集卷之六

議

君德脩省要議

蓋觀三代之君、有道之長者，德勝才也。天下之大，萬民之衆，非可以文法繩，非可以刑名理，非可以智籠而術馭，惟德可以治之。而所謂德者，又非徒隱之無形無聲之內，存其意焉而已。其永圖在穆清之上，而其應在於天人之間，與夫人才駢集、政簡刑清之會。今皇上仁智性成，聰明天亶，冲齡而膺寶籙，遂有九有之師。然而耳不狎淫哇之聲，目不繫靡曼之色，身不習便安之事，未明而衣，宵中而起，日圖維於天命之不假易，四方太平之未臻也。其葆微慎危幾幾，上接堯舜之心精，可謂至德在躬者矣！夫德非有名物可求，存乎一念之敬，肆其側席而憂，常懷否德，積年累月而此意加勵者，斯德之盛也。其或苟而自怨，曰我於治，則既所其無逸矣，德若是是亦足矣，則德已離而放之乎忽荒之區，邈乎與君身其不相屬也。今天下雖定，灾祲未平，民生未康，賢士未附，刑措未成，數者皆足以磨礲聖德底於淵淳。故世有極治而庸主以之敗德，世有未大治而聖主以之廣業，在能慎不能慎之間而已矣！

比者，齊、楚、秦、豫，大江南北，數告水旱為灾，議者率云郡邑無狀所致。夫郡邑所應不過百數十里之內，何足廣召祲氛？漢蕭望之以御史大夫欲應天變，上猶薄之，何況郡邑之區區者。天下陰陽順逆，皆視當宁之心氣：當宁之心敬，則陰陽之數皆靜；當宁之氣和，則陰陽之氣皆平。皇上誠能遇灾而儆，退而思曰：吾心有相於慢而馨香不薦於明神乎？吾心有近於戾而干天地之和者乎？蓋事事克治其心，以求合天心而後即安焉。占者，天時不為灾蓄積預也。今一方失歙,則仳離載道,有司悉索惟正,竭髓敲肌,是重困也。其被寇地方,民或妻子不相保,寇至則攎掠無遺,寇退兵至,復繫用徽纆而加之頸者,民生迫蹙甚矣!皇上而念及此也,攬衣而徬徨,則曰:民得無寒者乎?當饋而惕若,則曰:民得無飢者乎?四境捷音至止,惻然而傷曰:吾民得無斃於賊而盡於兵者乎?日惟小民之依是念,有欲安敢從,有傲安敢長,有樂安敢極,尚有怊淫匪彝之撓其道心者哉!

皇上念天意之未若,民瘼之未恤,亦嘗側席而思賢人,求所以輔政出治也。然而求之日以急,去之日以遠,此必有故矣。昔湯之遇伊尹也,曰咸有一德;高宗之遇傅說也,曰恭默思道。由此觀之,人君不疾脩敬德,而能致賢人者,未之有也。皇上誠亦反躬而自問曰:朕居心或未專乎?挾數用術,以馭士大夫而未能以誠相感乎?夫求賢未至而積精以致之者,德之本也;求賢已至而相與考道進業,亦德之輔也。

自古未有聖君、賢臣相得益章,相與廣教化、美風俗,而桁楊交望於道者。今郡國錄囚不具論,大司寇之庭數數斷死獄不以季冬順天道、行時令,讞成輒置法。夫法重於他時,而犯法者衆,寡廉鮮恥而俗不長厚,此亦在上者化行之闕也。是以人君退而脩德、崇禮、尚讓,以風天下,天下則之,仁義相維,訟獄衰息,刑措不用,囹圄爲虛,是君德之成也。

故臣願皇上成就聖德,必願皇上敬心以敬昊天,敬天以敬兆民,敬兆民則必敬其俊乂,敬俊乂則必敬其刑法。治躬數年,和氣洽流,德澤汪濊,起而問其天時,則時和年豐矣。問其民生,則家給人足矣。問其人才,則師濟充庭矣。問其刑獄,則歲讞不過數人,然而犯法者鮮矣。夫德之成也,必有其應,豈意之云乎!

經學要議

古帝王之爲學也,大而行政用人,細而盤、盂、几、杖,莫不求其義類之所歸。故其行政用人垂之於《書》,爲典爲誥;其盤、盂、几、杖一寄其心,爲箴爲銘。古帝王即其所學著而爲言,今帝王以古人之言,求古人之學,作者謂聖,述者謂明,其有關於政治則一也。

　　我皇上以冲盛之年，端拱而受九有之師，乃聖不自聖，日幸太學，釋奠先聖，數幸内院，命翻譯五經四書，可謂天縱之資，加之以時，敏之勤矣。臣以爲人君之學，與經生異。經生之於五經，取其分章句、飾文詞而已。若夫帝王之學，則必稽古聖人治天下之道與歷代致興亡之由，延登正人，博訪世務，以求合於先王舊典，其有不合者又能虛心受諫，遷善改過，此真聖學之要務也。

　　今夫《易》之吉凶、《詩》之美刺、《禮》之汙隆、《春秋》之善惡、《書》之得失存亡，無不紀述，誠足以開廣聖德，弘神高深。臣願陛下學《易》則體乾御坤，進陽退陰，使天下常爲泰而無至于否，常爲晉而無至于剝，斯深於《易》者也！臣願陛下學《詩》，則表貞而黜淫，善善如《緇衣》，惡惡如《巷伯》，敬止如文王，悔過如武公，斯深於《詩》者也！臣願陛下學《書》，則稽上古之得失，制方今之法令，以唐、虞之二帝爲模範，以夏、商之末王爲龜鑑，斯深於《書》者也！陛下必欲正六職，治六官，則學夫《周禮》；必欲定威儀，詳辭令，則學夫《儀禮》。陛下必欲禁亂于方將，止邪于未萌，賞善而伐罪，進忠孝而誅亂賊，則學夫《春秋》。而又親近儒臣，訪落元老，開經筵之席，定日講之規，每討論一書必令隨事引譬，今日行一事所合於古人何事也？今日用一人所擬於古人何等也？天顏威嚴，則少垂和霽，使人臣得盡其言，有疑互質，虛懷商確，不恃智以窮物。若夫游息之間，從容宴語，不獨漸摩道義，凡人情物態、稼穡艱難，皆得從容進説，則經籍以養其内，陳善以輔其外，聖學日進于光大，聖德日崇於高明，不亦宜乎！

　　昔唐太宗取名儒爲學士，番宿迭侍，相與討論古今，考前代之得失。後世經筵之臣，阿意苟容，動存忌諱，侍講者講吉不講凶，講治不講亂；侍讀者讀得不讀失，讀存不讀亡，豈所以廣聰明之義乎？故欲端聖學，則取端亮方正之儒臣以輔之，尤爲要務云。

用　人　議

　　臣聞立法以濟事，在事前則當慮其弊之所終，在事後則當勿忘其意之所始。

今皇上側席求人，制凡數更，然而法初行而弊已隨，事方舉而遂失其初意，迄今未收用人之效者，則諸臣奉法無狀，負皇上甚也。臣請得悉數而極言之。

　　國家以外吏賢否寄其權於撫按，使撫按各殫心察屬，毋索寵賂，毋徇私交，朝廷亦可收人才之用。而撫按不然矣。其交章掄薦者率懷錢裹金，昏夜謁投，然後得之，此其中非無賢人也，以爲不如是不足以自致，及其自致而又將取償焉，故自是國無賢人也。撫按既不足恃，部堂簡厥僚屬，題授加銜，或有真才品出其中者，而部堂不然矣。以其能稱職而加之銜耶，則外是者皆溺職也，不得其職則去，奈何復尸之位也；苟外是者皆稱職，又何獨取此數人者，而被之異數也。謂其綜覈名實，才料過人耶，問數年所綜覈者，爲朝廷興何利、除何害。恐未有以應也。且向所加銜，不旋踵而以賄敗者多矣！輦轂之下，尚猶如此，外復何望乎！

　　求之在任，未得其人，則求之地方人材，而近日處置又或失宜矣。臣讀朝報，撫按所舉，凡屬前朝及本朝革職者，部覆概遺。夫前朝之所以敗政，爲貨賂公行，舉措失當，輦金入都者登清華，飲水塵甑者墮泥淖。向令所黜陟者足爲定據，則是敗類盡去，嘉禾盡登，我國家又安得承其弊而有今日哉？興朝鼎新而襲勝國之月旦，臣不知其何解矣。且人少壯之所失，閱歷或更之，事跡之所遺，原心或恕之。即本朝褫黜之人，豈無才智出於其間，使未經革職，彼自有其官矣，地方又何舉焉。不問可否概從擯棄，則一胥吏按簿書可以操用舍，大柄烏用是銓衡者爲哉！且銓司亦有以墨去官者，其人既以墨去，所用舍宜不可爲訓，而後人守若畫一，又遵何道耶？臣見群臣於利不歸己之事，則循故常避形迹，必不肯爲國家破格用一人才，是亦旁求之一闕也。

　　求之地方不足，又復開維新之門，間有本朝選授之官，反面事僞，比大兵至，則智窮力屬而復來歸，藩王就本地委用題授，毫無違駁者。亦有全省從逆，一人孤貞棄職逃歸，請師討賊，撫按保奏而部覆不行者。亦有同一失城而或覆復官，或議革職，此其顛倒剌謬，皆有挾利懷私、不可告人之處。當事者盡如此，皇上又安得人才而用之乎？

夫天下未嘗乏才，如金之在沙，但簡別精核，則俊傑盡出。今内計積歲寢格不舉矣，問其故則曰：去赦前未久。夫普天皆赦，以外吏則計之，以内吏則免之，行外計則外者輸鍰以飽内，罷内計則大貪巨憝安坐而致公卿，此曹自知才德汙劣必干清議，故爲阻撓延過之計。皇上試密詢諸臣中孰爲緩京察之説者，斯即其可察之人者也。然而銓曹泄泄曾不議及，使賢否混淆，貞邪無別，皇上又安得真人才而用之乎？臣觀用人一事責在銓部，銓部之事，四司爲政，是宜責成冢宰，俾先甄別司屬，漢人知漢，滿人知滿，各自爲甄別，以報皇上，使一堂之上冰壺映徹，而皇上亦宜時出睿斷，行度外之事，破拘攣之觀，以識拔奇英異賢。此則鼓舞不倦，惟至尊得而行之矣。

理財議

天下未嘗無財也，財滿天下而曰天下無財，非無財也，無以理之也。古者大國提封千里，爲田百萬井，去三之一爲六十萬井，方里籍一得卒六十萬人，而車乘、糗糧、器械之數盡出其中。今天下句股之大率萬萬里，乃至仰屋而憂匱財，是臣所仰思而不得其故者也。

且夫財之多而無算，宜未有過於今日者也，今制度多照萬曆初年矣。萬曆間寧夏、朝鮮、播州之師，通費一千三百餘萬，大婚、大工又費千萬，既二千餘萬矣。兼以九邊之餉卒，宗室之禄俸，費以億計，皆取諸歲入而足，百姓未盡加派也。今天下一家，九邊化爲中土，創業伊始，玉牒可數天潢，雖有楚粤之師，比之寧夏、朝鮮、播州之役，僅乃相等。惟正之供十分爲度，較之萬曆間八分準爲全完，已濫十之二三矣。然而司農告匱，職歲之額浮於職内者，獨何歟？夫地盡財而患無財，此前代流極難反之勢，今殷周因禮損益大略事多規隨，所以不驚天下之耳目，而收拾人心恒於斯，所以未振本朝之朝氣，而制度苟且亦恒於斯，今欲舉而更端之，非有他謬巧也。

欲得財而理之，必先明財用之源。臣愚以爲，司農大臣宜取天下財賦出入之數而總會之，問正供之入，其遐荒僻壤未歸版圖，所嗇於前代幾何矣？問宗室禄秩之省，於前代者若干也？問九邊屯戍之糗糒今稍稍撤去，所省於前代者其數若何矣？問當今之費所溢於前代者何條之亟也？其可斟酌而議裁減者幾何矣？中州、晉、楚之田土，其曠而未闢者幾何方也？其匿於民間以熟作荒者有之乎？以經制之兵墾未闢之田，以奸民之隱占給什伍之耰鋤，養兵百萬，究不費於民間，行之一年，若有格格未安之慮，行之再歲，即有還至立效之功，國可以富，兵可以強，亦何憚而不為此？若夫因循故俗，取給催科，棄其膏腴以肥豐草，草木暢茂，百姓愁苦。又不按其出入稽其盈縮，權其緩急輕重而劑量之，徒蒿目而憂，年以繼年，迄無成計，其何以紓重泉之困，而成豐大之治哉？

而臣於斯又自有感也！國家費千萬金錢號為養兵，宜於本地將帥足自辦寇。今一方有事則入請大師，師行糧食遠者不下六七千里，比師至而寇遁，百姓亦自驚怖遠竄，舍其稼事，雖粗足止亂而民逃田荒，賦又安出？地方將帥皆安在，而煩苦大兵，駭擾百姓至此也。臣觀今日將帥，無事則大將不恤小將，將不恤兵，兵不衛民而反毒之。一旦有事，則鎮營之內已不能如臂指之相使，望賊棄甲，漸有明朝弊習，此輩徒糜國家金錢，亦安可不一為振飭哉？因籌財賦而及兵事，臣又不覺其私憂過計之，無已也。

懲貪議

臣聞致理必在懲貪，懲貪莫先旌廉。今天下吏治方飭而糾墨之章日滿公車，議者謂小吏之不廉，大吏導之也，至大吏之不法又誰導之？臣于是不能為在內諸臣諱也，蓋其一能鬻朝廷之爵，而使天下無廉吏。其一能賣朝廷之法，而使天下之貞良無所勸，污黷無所懲也。夫天下無廉吏，而又善者無所勸，惡者無所懲也，幾何不縱百千虎狼於天下，而盡吮天下之蒼生哉！舉朝大小臣工莫不心知其故，然而莫肯為皇上言者，人懷自為心也。今夫同一遷除也，或則以遲，或則以速，遲必有為而遲，速必有為而速也。同一削黜也，或復其故物，或錮之終身。其錮也必有為而錮，其復也亦必有為而復也。今有同犯一科也，或則以出，或則以入，出非無故而出，入非無故而入也。同罪同情也，或則議輕，或則議重，重非無故而重，輕非無故而輕也。凡若此者，皆貪人所以盜名器、竊威福，而行其黷貨之私者也！彼所借以文其貪者，則例爲之階耳。夫朝廷惟典章法度爲不可移，若夫例則亦有輕有重，有予有奪，皆足便其轉移遷就之端，以遂其私圖也。

今懲貪必自近始，而懲貪良不易。功令，糾參贓吏必有實跡証據，否則以其罪罪之。夫買官於銓曹，受金者隱，受官者亦隱，肯出而証之曰：若人以某官購吾金乎？買法於秋曹者，賣法者隱，脫法者亦隱，敢出而証之曰：若人得吾金而逭吾罪乎？如是，則証據必不可得，實跡必不可求。夫貪廉之行不同也，廉者不告人以廉，貪者亦不告人以貪，然而品行在人，公論難掩，質以國人之輿情，廷臣之僉議，與衆棄之可也。昔者楊綰爲相，而百僚減騶從、毀第舍；毛玠爲尚書，而群吏無敢爲好衣美食者，今豈遂無其人乎？苟專其委任，待以至誠，以風勵庶官，矯易俗尚，即有貪人，能不革面而回心哉？而其大本則在朝廷崇惇大之政，毋使貪人得借以圖其奸。蓋貪人往往於賕賂不入之時行其刻深，故惜名器似忠嚴，用法似正人，君不察而信其心，則彼於其受賕者得以徑行其私，而人主不之疑。今朝廷事事寬大，則貪吏無由操其急，以要索寵賂，豈惟吏治可清，將國家悠久之福，實始基之矣！

蠲恤議

人主父母也，百姓則其子也，子有疾痛阽危，則父母爲之食不甘味、寢不安席，將疾趨而往省之歟，抑意其不必然而曰：盍往觀乎，然後起而安全之歟？愚知其必疾趨而往省之，苟可蘇其危苦而與之安全，致之不遺餘力矣。

比年以來，灾警洊臻，水灾旱灾，秦晉被之，齊魯被之，楚豫又被之，江以北、江以南則概被之。老弱塡委溝壑，壯者輾轉就食東西，顧而不知所往，飢寒迫而後怨咨，怨咨深而後憤恨，憤恨甚而後人心離逖。嗟乎！使百姓坐而待死不忍言也，使百姓不肯坐而待死尤不忍言也，事勢如此，尚可不爲寒心哉！解之曰："堯有九年之水，湯有七年之旱，水旱數行，究何損於聖世？"此惱心之言不可不亟絶也。夫堯之九年水非盡郡國而灾也，湯之七年旱非盡川澤而涸也，彼溢此竭，東穰西歉，相尋不已而至九年、七年耳！堯、湯値其一則既憂心如擣矣，今合堯、湯兩聖人之所憂而幷之，爲人上者當若何焦思乎？

愚觀撫按上灾荒之疏，聖天子非不惻然軫念，議蠲議恤，而愚猶鰓鰓然患之，以爲美意雖勤而德澤不加也。上有蠲恤之名，而被恩者寡也。何以明之？撫按不能見灾而遽入告，方其入告則當三野既空，百穀告殄之後也。郡邑請之監司，監司請之撫按，撫按移會而後拜疏。邇者曠旬日，遠者易月乃達京師，輾轉之間已逾數時，就令亟下明詔，立與蠲除，加之賑貸，孑遺之民亦已存者半、亡者半矣。況復遲之以行查，俟之以報章，載往載來，此其近者復累月，遠者動經歲，然後奉旨蠲恤，孑遺之民，幾何不存者什一、亡者什九哉？且夫行查之撫按，即向者拜疏之撫按也，以爲不可信乎，則即查而復報議無易辭，是終不可信也。以爲可信則當其拜疏之始而已可信矣，何不以此時發德音、下膏澤，使澤中之哀鴻蚤被恩施，而全活無數也哉？愚知朝廷非有所悋惜而故遲也，不過循故事、守具文而已。愚聞之救火者不解帶，救水者不褰裳，奈何以億萬生靈旦夕之命，坐耗於故事、具文之區區者乎？願自今灾傷地方，令有司立行詳報，監司、撫按次第確察，然後入告，疏至即如請而蠲恤之，著爲令。至於有司奉行不謹，奸胥壅遏上意，藉爲中飽者，據實處分，則地方撫按之責也。雖然，此揆事而救濟，尚未爲本論也。昔宋景德間，李文靖爲相，郡國灾傷，輒聞輒奏曰：人主當使知四方艱難。夫知四方艱難則必思危，思危則必退而脩省，是神堯其咨儆予之心，而成湯、女謁苞苴之懼也。愚於聖主敬天，大臣格君，又俱殷殷有厚望云。

史　職　議

臣觀今日史事，視前代加難，其故有二焉。國家大業初興，史臣侍立，位次未有規定，所謂記言、記動者闕漏滋多，此於本朝之史其難一也。前史不成，後代之羞也，今明史自崇禎元年以來未有編纂，而遺藁盡付於大盜之一炬，此於前代之史其難二也。

夫大業初興亦既十年於茲矣，皇上躬攬萬幾亦既三歷王春矣，及今而不循掌故定記注，日復一日，歲復一歲，使朝廷之言行一朝失錄，則萬世不復見，豈不重可歎息哉！考漢事，記注無定員，而太史有常職，是時近臣皆得持囊簪筆，入侍左右；唐天子御殿，則左、右二史夾香案而立，上記得失。宋制，史臣立於御座之後，歐陽脩以爲史官當視人君言色、舉動，徙立御座之前。由此觀之，史臣未有不與天子相追隨者也。今史臣所錄者，用一人、布一令，六曹章奏可否而已。此可以委蛇退食，臥而書之，惡所稱珥筆侍從之清班哉！比皇上勵精求治，數幸政事堂，與輔臣商略時政得失，閒暇譁語時，誡諭大臣以勉職脩業，佐深宮宵旰之勤也，嘉言美事，史不勝書，而左右無載筆之臣，雖或躬被天語者，私自詮次，以寵家乘，然此錄而彼遺，舉一而廢百，曠闕多矣。且人即堯舜豈能事事盡善，夫十瑜者或一瑕，千慮者或一失，其無之則天下臣民之願也，其有之亦當令史臣得執簡直書，以垂將來，庶遷善改過，日就月將，其裨益高深，良非淺鮮。頃者左、右史記注之疏有陳之者矣，然而未見脩舉。臣願陛下亟行之也。

　　自崇禎實錄經甲申之燄，亦十年於斯矣。夫使十七載之事蹟缺然不備，恐天下後世無以責於殘賊草寇，而謂我朝文章不立，史館無光，是亦國家之恥也。今內府既無可考之文，所幸十年之內故老未盡凋謝，其一時與事之臣猶有存者，夫有成書於朝者，必有副本於家，臣愚以爲，宜令各省撫按，彙察崇禎十七年以內所嘗纂修及總裁諸臣姓名，其沒者徵遺書於其子孫，有成書以應者酬其庸，則人各搜索以副上詔，不然，懼父書出不能無生得失，則寧藏之名山也。其存者，徵其人及其書至京師，別開一局令合修明史，責以事而不強以官，且誡之曰：「若皆前代舊臣，其協力存前代憲章，亦以教忠也。」其有衰老不能至京師者，許於本籍錄舊聞以獻。昔唐張說退罷，許在家脩史，沈傳師出爲湖南觀察使，亦令在州譔述。彼本朝記注尚許私藏，況前世遺編，何妨家纂。夫衆腋集而成裘，衆材集而成室，如此，數年之內於明史則既彬彬矣。及今不舉，臣恐故老漸次痿落，後雖欲起往者而問之，其道末由。頃者亦嘗搜訪明事，以裨史闕，然而文移徧下，未有應者，臣願陛下之實行之也。二史既成，國家文明之治，雖與日月爭光可也。夫史者萬世之公論，一日失實，千古貽訛，誠不可以不慎！臣聞班固受金,陳壽取米,雖文采可觀,乃與穢史等誚,臣愚於總裁之人,又不能無厚望云。

實 邊 議

今天下大定,六合一家,上念東北邊根本肇基之地,土廣人稀,募民能招徠百人以上官拜郡邑長各有差,群臣詿誤有罪或徙置者,雖以教人臣事君宜翼翼小心,使百爾臣庶擇行而蹈,行必臧擇日而發,言必當實爲根本,磐石之慮至深遠也。臣請得颺言之以廣上意。

向者改革以來,攻城獲邑,大將軍多用器使爲吏,吏不盡由科目,掾胥往往夤緣爲奸,所嚼吮民間貨幣無慮巨萬。故有兩造之詞未質于庭,而經承、差皂先饜索百千,其人乃得坐肺石聽訊。即有所祈請,耗損千計矣。以故,有司多墨去者,而掾胥反以戍杖蔽辜,所服贓不能十一二,捐其毫毛輸罪於官,反益鮮車怒馬、買田宅遺子孫。故墨吏之敗或餒不能還田里,而掾胥乃愈揚揚得意。又通神者易姓名轉換投上臺爲役,使官以黜掾吏反陞以豪。比年天下郡縣悉用三途,人稍稍自愛,然掾胥之風不爲少衰云。臣每見參劾有司,得旨官先革職聽勘,其有名蠹犯,該督、撫、按提問追擬,而已官革職則一家哭,而掾胥以微故,雖革役不爲憂,況所追不及十一二,所擬不過戍杖,事過之日,小者鮮車怒馬,大者轉換投役,惡覩所爲懲奸者乎?漢主父偃說武帝曰:"天下豪傑并兼亂衆之民,皆可徙茂陵,内實京師,外銷奸猾,此所謂不誅而害除。"臣謂今天下無豪傑并兼之徒,而掾胥挾官府害民不可勝數,請自今督、撫、按參劾有司,官革職聽勘而止,蠹犯贓罪既服,輒徙東北邊。巡方廉訪歷年積蠹,情罪當者法如之,不數年,而東北之地可轂擊肩摩而蜂蟻聚也。皇上或念諸臣創艾之久,間與賜環,沛浩蕩之恩,以成千古美談。語曰:"隻鳥飛不爲之少。"東北未爲虛也,豈非兩得之道哉!

時 務 五 條

今天下大業已定,幅隕已廣,六官具舉,庶政咸熙,宜於時務無所闕失。然而得喪相因，利害相伏，不爲之所，則善政皆弊端也。苟爲之所，則可以綱舉目張，而天下大治。夫治道莫先於用人，今議者爲保舉之說，良由銓政積薪循資論俸，庸材以次得高官，故變爲保舉，以拔舉夫賢而淪於下位者，所以佐銓政之不逮，意甚善也。行之既久，得無私所親而授所喜者歟？得無躁冶之儔借是而自媒歟？得無有招權樹黨之嫌歟？故事有可暫行之而不可常行之者，保舉之法是也。

自人情之喜內而惡外也，於是京朝官坐養俸至公卿，監司輾轉外吏，積歲不得望京華。夫內者未必盡長於才，外者未必盡短於行也。而懸絶至此，苟非有以通之，是使英俊困於天末，而庸具盡登清華也。則內外兼用之説當也。然而循資格，不足以得異量之賢，而亦未必來異量之奸，兼用之説興而通神者思奮矣。故事有可慎行之而不可苟行之者，內外兼用之法是也。

察典之有內外也，所以儆官邪而風有位也。而察內爲重，內多賢者，則外吏不敢爲非；內多匪人，則外吏於何取法？今外計雖行，而內計遷延屢寢，再遲數歲，不肖者或拾級而至上卿矣，或衰病而身死矣，是則不肖終身尊榮，以爲天下鵠也。夫察者不賢，賢者不察，今有爲阻撓京察之人者，此即其可察之人者也。故事有宜急行之而不可緩行之者，京察之法是也。

古者燕、秦、趙、代皆地數千里，四面而當諸侯，內無吳越之餉，兵革靡歲不舉，然卒無庚癸之患。今則沿襲舊迹，以北邊億萬生靈仰給東南之漕，而係命於一線之河，此危道也。今欲易之，則宜勿以漕予河。勿以漕予河，將更爲海運乎？吾并勿以粟予漕。西北之屯興，則東南之漕可息。故事有常行之而不可一日安之者，漕河之法是也。

古者提封甚約，至漢始通閩粵，我國家北方之地，足當天下之半，又加之以十餘省，句股之大，自古未有也。區區粵西、雲貴，穴鼠之地，勤天下之兵，師行糧食，公私交困，臣誠不知其何解，何不罷兵歸士，與民休息？文德既脩，必有斂袵而朝者矣！故事有行之不如其止之者，征粵西、雲貴之議是也。

此五者，臣之所日夜思維，知得而計其失，知利而計其害，故具陳之，或可少補當世之務云。

天下何日太平，享國何由長久議

人主莫患乎政教未施、德澤未加，而曰天下已安已治。又莫患乎無百年必世之規，而侈然自大，以爲吾誠建子孫帝王萬世不拔之業也。今皇上覃思上理，戀懷永圖，進臣等而以太平何日、長祚何由爲詢，此天下萬世之福也。臣敢不畢議願知，陳其所學以獻？

蓋聞古者致治之君，必有二三元老相與講明尚德緩刑之義，而其臣亦清心無慾，以與人君興禮樂、崇教化。于是賄賂不行，訟獄寡息，風俗淳朴，民氣和樂，禹、湯、文、武之治由此其選也。今天下已定，規模已立，威已加、令已行，惟是風俗尚未還淳，人心尚未畫一，苞苴未去，好惡未端，上教未施，下俗未化，以此而求太平之烈，臣未見其可也。《書》曰："在知人，在安民。"皇上誠慎擇諸臣中有德器淵宏、學問純篤，可任以周召之職者，與之簡別庶官，分泣天下，而又專之委任，遲之歲月，行此十年，臣以爲太平可立睹也。太平既興，然後國祚永久可次第而議矣。

臣聞欲觀將來，先稽往古。三代之君，所以有道之長者，德澤厚而元氣全也。秦漢以還，所以易代之亟者，權術盛而德澤衰也。今夫匹夫之家、肇基之祖，觀其行事之厚薄，而子孫之福澤猶因之，況天下之主乎？古者唐虞之稱其臣曰鄰、曰股肱，殷周之稱其臣曰友邦、曰甥舅，其言語之和煦如此，後世則不啻僕隸而頤指之焉。古者卿大夫之祿，從君十一，等而下之，其養廉之優渥如此，後世曾不得具輿馬而遊焉。古者公族有罪，三宥而後致刑，其親親之委篤如此，後世曾不得苟全圖土而請命焉。以古若此，以今若彼，長短之數其應如響。今國家之所以治天下者，其由秦漢以後之道與，其由三代之道與？誠使先文周之化，屏末流之習，養和平，敦德義，毋雜伯術，毋急近功，優然有太和保合之象、卜曆之休，雖與周室比隆可也。事不可以枚舉，然而大意盡斯矣。

雖然，二者皆本於君心矣，今皇上寬裕持大體，又好學問以益其德，德成而心益粹，然出於光大，於詩書所稱力而行之，臣將與天下父老共觀德化之成矣！

耻躬堂文集卷之七

策

殿試制策

皇帝制曰：朕惟古治之隆，政教彰明於上，六府孔脩，黎民於變，四岳、九官、十二牧，協恭和衷，股肱良而庶事康，猗歟盛哉！朕今夙夜圖治，與大小臣工講學議政，冀登上理，而紀綱猶有未振，法度猶有未張。賦稅考成非不屢加申飭，而官吏之耗蠹尚滋；盜賊勦撫未盡合乎機宜，而小民之安枕無日，其故何歟？揆厥所由，良以百有位偏私難化，瞻仰情面者多，實心擔當者少。茲欲重新整頓，大破積習，俾各興事慎憲，共矢公忠，何道而可？從來有治人無治法，豈非人存則政舉，而用人爲理財之本，知人尤安民之要歟！爾諸士懷家脩而際廷獻，其詳切敷陳，以真學問爲真經濟，毋事浮襲，朕將采擇而施行焉。

臣對：臣聞聖君不愛爵祿，以求髦士；忠臣直進所學，以顯其能。故審能而授官者，致治之君也。因職而效忠者，立名之士也。君得人以宣理，則紀綱之所由以肅，法度之所由以明，何憂乎財用之不充？何畏乎寇賊之不平？所謂勞於求人，逸於求理者是也。臣實心以任事，則內之而綱舉目張，外之而法脩令明；以籌國用，則收如坻之積，以安反側，則奏買犢之勳。所謂政生於才，才生於誠者是也。古者丕基初建，百效未臻，以神堯之廣運，至舜而乃彈阜財之琴；以帝舜之重華，至禹而尚勤干羽之舞；以成湯之聖敬，而尚禱於桑林之野；以成周之化行，而尚塵于多方之告。故庶務之未康不足憂也，法令之未審不足慮也，蓄積之未豫不足恤也，小醜之逆行不足患也。九載之洪水不能勝明揚之典，七旬之有苗不能勝謙益之靜臣，出於虞衡之伯益。七年之蘊隆不能勝一德之佐，王監之竊發，不能勝碩膚之德音，出於居東之元老。誠以苟得其人，則百務皆臧。然則集吉士以調玉燭，奏幾康而鞏金甌，端在今日矣。

欽惟皇帝陛下，乘六龍而首出，闢四門以升猷。勤萬幾則夙興夜寐，接兢業於二帝；崇聖學則日就月將，躋緝熙于周王。諸如節城工以省費，却貢獻以息民，數幸政事堂，與儒臣相親近，至溫也。赦宥時行，至慈也。念兵民疾苦，詔群臣各言得失，至虛也。常降諭法官，用刑從輕，至恕也。德已至矣，治已成矣，乃猶聖不自聖，進臣等于廷，咨以治人治法，重新整頓，大破積習，是誠泰山之不棄土壤，而河海之勿擇細流也。臣敢不畢其一得，颺言以獻？

竊惟上稽古治，庶績咸凝，六府克脩，萬邦協和，無有梗化。其時岳牧和衷，股肱稱良，揆厥化理，存乎其人，至今遐思，欣然隆盛。皇上橫經講學，同符精一，疇咨議政，遠紹克艱。因欲效法唐虞之治，而慮綱紀之未振，法度之未張，賦稅之耗蠹於官吏，小民之茶苦於盜賊，乃歸其故于百爾有位，偏私尚多，顧瞻不少，煌煌天語，實為至謨。今彝倫之教已叙，等威之辨已明，而五禮六樂有待脩舉；律令之書已刊，度數之制已定，而輕重大小有待畫一。賦議緩則病國，議急則病民，而官吏之蠹蝕其小者也，何道而使公與私交便者，有待其人。賊議勦則竭餉，議撫則養禍，而小民之被殃又無論已，何道而使勦與撫兼用者，有待其人。

大哉，制策有曰，用人為理財之本。臣請得就今事而言之。今天下固慮之財哉，考明季九邊盡宿重兵，兵不可裁而餉卒不可省，又宗室日繁，祿米日費，故憂用匱也。今九邊化為内地，天潢之派未繁，而司農仰屋有踰昔時，此臣所百思而不得其故者也。謹按天下賦稅，歲入凡一千五百餘萬，歲出凡一千六百餘萬，出浮於入者七十餘萬。此七十餘萬者，能從天來乎？能從地出乎？不能，則將取諸民間乎！試即以一千六百餘萬者而會計之，兵餉支銷凡一千一百餘萬，其餘若大内之供億、百官之祿薪、祭祀賓嘉之典禮，不過五百餘萬而已。誠如明太祖所云，養兵百萬不費民間一錢，講求其道而舉行之，是歲餘一千萬也。歲餘一千萬，是一歲而存再歲之儲也。其道不過興屯田，使兵民合歸於一而已。屯有新屯，有舊屯，舊屯則天下郡縣皆有之，今盡歸於富屋，没於士大夫，清而出之，則天下之屯可以養百萬之兵。一方有事，以數郡之屯卒辦賊而有餘，以數郡之屯糧辦餉而無不足。然而莫有起而言之者，即有言之，亦莫有起而行之者，其爲偏私歟？其爲瞻顧歟？新屯則今之官屯是也，官屯雖舉，亦未見有幹敏才辦之吏大抒經濟，流戶至而不知招，牛種靳而不早給。間或詢察編戶，以熟作荒之田，攘之以當屯數。故未清則吏與民分肥，既清則屯官與守土爭地，彼此相蒙，總無實心任事之人，而上官容之，莫有起而糾之者，其爲偏私歟？其爲瞻顧歟？夫天下有自然之利，顧得其人何如耳。誠得其人而用之，兵可以不更遣，而兵藏於農；餉可以不更發而餉藏於兵。歲餘既裕，蠲租之令可以屢下，而以賦稅爲考成，亦可以少緩矣。大哉，制策有曰，知人尤安民之要臣復得就今事而言之。今天下之民未安，固因寇患哉。民之爲寇者有二，一曰奸民，一曰飢民。飢民之爲盜，匪有所大欲也，無可生之計，是以爲冒死之策，以爲飢則無可生之理，而爲盜猶足濟旦夕之命，歲豐則逡巡蓄縮，返而顧其求生之路，此在慎擇良守令治之足矣。大河以北，流移頗多，其先事而安插之，萬不至有萑苻之事，則又消亂未萌，屬賢督撫之能也。奸民矯命橫行，妄想非分，小者掠鄉里，大者窺州邑。亟加撲滅，則奸黨微息；養寇不芟，則漸致燎原。故勦以爲本朝之神威，威行則知恩撫，以明聖主之寬仁，仁至而義行，賊之怙終不悛者既鋤，而脅從者漸次安集，則算勝于內者，賢中樞之能也。故得賢中樞以握勦撫之機宜于內，得賢督撫、良守令以輯綏銷弭于外，然而潢池不息、民生不寧者，未之有也。

　　由斯以觀，理財、安民皆繫于人。所謂人者安在哉？異量之英何代蔑有！才能之具，可以練習而出也；廉節之行，可以激勸而成也。故高位厚祿不可以黌緣得，則人思勵職業矣。寵賂財賕而反以速官謗，則人思飭簠簋矣。賞罰嚴明，故人勉於興務也；督責不緩，則人企於脩能也。如是，則鵷鷺之班，皋、夔接踵，而伊、呂比肩也。故人毋務分別之太明而在鼓舞之有方，分別之則賢、不肖既各居其半，而猶有名實不符之慮，乃歸於知人惟帝之難；鼓舞之則賢者既有以自見，而不肖者亦勉而爲賢，而無復門戶分別之憂，乃歸於豈弟作人之化。以持紀綱，則有其人；以明法度，則有其人；以理財賦，則有其人；以靖亂略，則有其人。

唐、虞、三代之盛行，再見於今日矣。

而臣抑有進焉。知人之明不如作人之大，固也。而作人實本於皇躬，必也不邇聲色，不殖貨利，以澄其清心寡欲之原則，清明之志氣如神，乃有以簡別大僚，以共行其鼓舞，所謂正心而正朝廷、正百官胥於是乎在。臣草茅新進，不識忌諱，下冒宸嚴，不勝戰慄隕越之至。

問平定雲南、貴州等處地方策

臣對：臣聞事有急之而乃以緩，功有需之而反以成者，不可不察也。今天下大定，六合為一，西漸流沙，東臨瀚海，北窮沙漠，南暨百粵，自古句股之大，幅員之廣，未有盛於今日者也。乃者，雲貴區區之地，未入版圖，伸臂而擾沙寶，盪足而蕩蒼梧，勤天子南顧之憂殊甚，方命輔臣經略五省，漸屆三期，蕩平之勛垂手可待。臣不虞功之弗集，顧患急於收功而反以害成。

昔漢高雄才大略，度越千古，而東甌、南越未議用師。至武帝乃開閩越，置桂林郡，光武亦卻臧宮之請，姑置囂、述兩子於度外，然隴蜀之獲皆漸次奏績，此二君者，非智不足，力不贍也。以天下初定，百姓厭苦兵革，喁喁思望太平，勤兵遠伐，則海內騷動，謹守疆圉以待其斃，則可以相機進取，而天下不搖。臣愚以為，今日之事實類於是。今天下瘡痍未起，哀鴻未集，物力未復，營建未備，此宜急為休養之時，而不可以數動。夫以湖南一處用兵，至竭天下之力以赴之。昔者楚賦已足當天下三分之一，今楚賦留辦楚事，而大江南北咸有協濟，茲協閩又見告矣。東南之賦何由供億？急於餉楚必縮於解京，根本之圖何由充裕？此臣之所大慮也。又發卒以赴湖南，歷燕、齊、中州，下逮沿江一帶，皆必經之地，且有踐更、有瓜代，再歲之內，送往迎來，郡邑疲敝，閭閻悉索，邊境未闢，小醜未滅，而腹心之區群情嗷嗷，已囂然喪其樂生之心，此臣之所大憂也。

然則何道而可？古者，雲貴為不賓之國，至洪武間，以雲南文物富盛，有類中原，乃因雲而開疆於貴，然惟正之輸不足以供縣官，徒示王者大一統無外而已。今使蠢爾能退處雲貴，如宣撫宣慰，鼠穴自活，雖置之可也。而上竊巴蜀，以窺長江，下數擾兩粵郡，不爲阨塞，則必有燎原不可嚮邇之勢。且今所謂孫可旺者，志不在小，亦行煦煦小惠，結納民心。民固易愚，而我師患民之愚，數行戮殺，蚩蚩之衆惶惑，彼此莫知適從，此宜行仁布惠，收拾人心以勝之，未可以兵力爭也，所謂本謀者也。幸李定國貳於可旺，可旺欲東則懼定國之議其後，徘徊顧瞻，進退維谷。二賊自相持而我因得以用其扼塞，此宗祉鐘鼓之靈也。以臣之愚，宜勿急定國，以分可旺之勢。急定國，則二賊之交合而三楚之形危，緩之，則定國終爲可旺内患，孫之不得志於江漢也，李則使然矣，非徒勿急之已也。又因而行吾間，使二賊自相疑忌，則吾事固已大濟，所謂祕道者也。察可旺所據之地巖險，彼既不出，我亦不宜輕入。輕入則舍平原而爭能於九折峻版（坂）之間，我喪其長技而彼得施其譎謀。以臣之愚，并宜勿趨可旺，而以守爲戰，以屯爲守，作内政以寄軍令，因耰鋤以藏鉤戟。故荊襄之屯舉，則巴蜀戒其東門；郴施之屯舉，則雲貴戒其北門。我本勞也，屯舉則我逸而待彼之勞。我本匱也，屯舉則我飽而待彼之匱。此所謂反利害之形，易強弱之勢，兵家之微機也。

夫非不能舉天下之全盛，殫京國之精兵，以逞志於湖南，而收功於雲貴。顧王者之師，動出萬全，務爲持重百勝之計，而又宜養國家之元氣，不宜浪搏，以僥倖於勝敗不可知之一戰也。昔羊祜窺吳，亦屯荊襄，王濬、王渾竟藉奏功祜屯，以收下游。今屯以平上游，道固不可一端盡也，大意得焉耳。兵屯而因有廬舍，有廬舍而因可以屯爲家，而不數動踐更，瓜代可稍省，而腹心之地無復騷擾。俟兵食既足，國勢益張，然後乘釁攻瑕，以抵孫、李之隙，此可以振蒙發落，取之聲色不動者也，何雲貴之難平哉？昔趙充國屯田西陲，以服燒當諸羌，不過兩年振旅而還。故曰"事有急之而乃以緩，功有需之而反以成"者，此類是也。臣謹對。

耻躬堂文集卷之八

詔諭表

擬漢文帝以春和議賑貸窮民詔元年

粵古皇方春和時，命有司發倉廩，振乏絶，布德行惠，載在《月令》，可考而知也。毋寧陽氣噴發，當宣泄和豫，以順天道，誠觸時興事，怵惻生心，爲民父母行政理，無取具文而已。朕以寡昧，賴臣民擁戴，入奉宗廟，撫高皇所遺余一人，黎庶受圖改元，憫然念群生之阽危，方懼以終始，靡間冬夏。迺者夾鍾應律，勾萌畢達，桃桐交華，戴勝降桑。夫淑氣氤氲，賁及草木，我百姓乃至顛連困苦，而莫之省憂，猗儺其枝，風人所爲悲隱楚也。爲民父母之謂何？朕兹感觸，知《月令》所詔彼有取爾。今民或寡乏不能自振給，農者不能具穀種，終歲不藝稷，其亟權輕重賑貸之。夫地有肥磽，人有豐約，施不當急，謂非仁術。又吏出粟，奸胥因而中飽，窮民無由被澤，徒糜費上餼，甚無謂也。當受粥者或以陳粟，使者不親至存問，使民贅聚皆不稱。朕順天時，子元元之至意，丞相、御史、列侯、中二千石，其各議所以，俾民沾實惠者，條奏以聞。

擬宋太宗求遺書詔

朕撫御萬邦，誕及八載，睠思上治，改元雍熙。屬正月之始和，厪崇文之先務。緬惟載籍之具，實裨理亂之原。聖人所以博通古今，哲后因而弘宣教導。堯稱至聖，猶考古道而言；舜頌文明，尚觀古人之象。周王問黃顗之道，吕尚指丹書而陳。是知開國承家，握符御籙，未有不藉詩書而爲訓，因禮樂以成功者也。蓋化俗莫備于六經，而殷鑒咸詳于群史。註疏箋釋麗於經，如二曜之有列星；野説稗官附於史，譬百川之疏四瀆。所以寸璣尺瑾，採擷必盈於傾筐；充棟汗牛，浩瀚咸歸於屋壁。比者，統曆當五閏之後，經籍坐六厄之餘。蘭臺久虛，石室未富。祖龍灰劫，宜西京勤太常、太史之藏；新莽重燃，應東洛貯二千、二輛之積。在先帝受命之四載，業求遺書；暨朕躬纘緒之三年，亦儲東院。尚因古文之間闕，思欲博覽而末由，念名山大川詎無藏篋，而老生女子亦有誦言。豈天府之所無，或私家之所有。其以開元四部書日閱所闕者，疏其名於待漏院，許天下吏民詣官投進，及三百卷者送學士院，驗人材補授，餘第卷帙，照依等級優賜。有不樂上獻者，借本録其書。於乎！乙夜覃觀，無替萬幾之暇；坐朝敷治，尚資二酉之功。布告四方，咸欽朕命。

詔群臣言得失

朕聞古之治天下者，朝有進善之旌，敢諫之鼓，所以通治道而來直言也。朕自親政以還，一日萬幾，事積則多遺，日積則怠生。凡人之情有失之於前而悔之於後者，亦有已見爲宜然天下見爲大不然者。諸如此類，何可殫述？人主苦不自知，群臣或能知之，知之而莫有言者，是使人主處深宮之中，終身不得聞其過失也。間者求言之詔數下，竟未聞有繩愆糾謬之章，徒撫拾細故以誼曠瘝，其下者又借言侑隙，以行其私，毫無指當於朕躬，朕將何所取中歟？人非聖賢，安能事事盡善，將謂朕用人行政之間，靡有闕失耶？一人也，何以始進而今退？進與退無兩是，必居一非。一政也，何以昔興而今革？興與革無兩得，必居一失。夫以前之寡當而更張之，則國是人心所損已多爾，何以塞兑于前也，知其寡當而更張之，出自朕心覺悟，而諸臣竟莫能置一辭，朕於諸臣又何賴焉？朕聞人君不以莫違爲樂，而以悔過爲美；人臣不以將順爲愛，而以弼違爲賢。今天心未順，水旱示灾，人心未協，崔荷告警，豈非朕躬闕失良多，有以致之而然與？繼自今與群臣約，凡遇時政得失，宜詳侃條陳，期於當務，毋以公言遂私意。其有指切朕躬者，許補牘執奏，雖戇不以罪。著爲令。

諭部臣勤職薦賢

夫循職思業，敬官之大義；以人事君，良臣之盛節。朕自以眇眇之躬，托於天下臣民之上，日夕冰兢，輾轉弗寐，每至夜分，念一人不能獨理，爰簡彥碩，式序在位，推心設誠，理無間隔，賴爾二三大夫殫心服勤，勉副眷委。夫人情非甚不肖，豈其自甘隕越？良由患生多慾，智昏好利，是以措置乖方，政事弗理。今庶官百執事惟爾茲大僚，是則是傚。爾身自忒也，諸屬吏於何稟令焉，萬國於何承流而仰澤焉，予一人何賴之與？有繼自今洗滌乃躬，恪共爾位，如漢室之丙、魏同心，唐家之姚、宋繼治，豈異人任，朕於爾大夫有厚望焉。朕聞進賢受上賞，蔽賢蒙顯戮，古之道也。我國家培養人才十年於斯，豈無奇瑋異能之士，內足黼黻皇猷，外能惠我嘉師者，何曩者之未有所進也？子大夫固優於才耶，推賢進能，多士思皇，爾才是用益光，抑亦斷斷然無他技耶？汝惟庸功，天下咸歸爾功；汝惟庭能，天下莫爭爾能。其或見賢不舉，使積行君子壅於上聞，是謂蔽善。蔽善者與溺職同皐，非所望於諸臣也。朕夙夜思治計，惟我二三大夫能爲朕勞於任職，而逸於任人，俾予一人永承休命。欽哉！

諭覲回各官

朕誕膺寶籙，躬攬萬幾，念天下郡國奧衍繁蹟，其間司牧之能否，閭閻之樂苦，未能灼數而遍計。屬當二三大夫輯瑞之年，常朝而外，特與召見，仍令各條奏地方利病，誠欲周知民隱，庶幾採選所聞，如朕親覿也。夫詢事之後，繼以考言，而敷奏之餘，復嚴明試。子大夫且行矣，其毋乃謂計事方竣，朝廷之黜陟幽明，尚展三年之期，不妨稍渝其初志，功名遂損於曩時乎？朕聞見善如不及，使人無求備，是故善善長而惡惡短，記人之功，忘人之過。比者，計吏務持大體，苟非巨貪極酷，猶然舍瑕錄瑜。子二三大夫毋謂曩所以治之，果不慚古循良吏，咸有當於朕心耶？夫興化致理，必在推誠，居官守職，勿吝改過。朕將與二三大夫交勉焉。

間者,秦、晉、楚、豫、齊、魯之區,大江以南、以北,頻奏報水旱爲灾,江右、甌閩,萑苻竊發,子大夫從數道來,自省察所治地,果能設法救濟,俾天時不爲灾耶?能勞民勸相,俾閭里有無相均恤耶?能單騎入賊營諭以利害,俾釜魚搖尾而乞命耶?猶未也。子大夫復抵厥職,其思所以進於是矣。

夫藩宣課成于惟正,以取盈爲共事;州邑私庇其屬民,以祈蠲而市恩。無能以忠義鼓率兆民,使窮谷深山輸將不絕,而市德色傷大義者,州邑之罪也。無能實心體訪,確察灾傷田地,與民優恤,而概督催科者,抑亦藩宣之過也。朕前後詔書嘉與海內更始,所以惠元元、安反側,非爲豪吏奸胥出入舞文,適肥其私之地也。自蠲租之詔下,得無有聞詔而故追呼,詔至而地皮已盡者乎?自肆赦之詔下,得無有因而索賂者乎?賂成則曰事在赦前,賂不成則以應得之罪罪者乎?夫州邑親民之長也,州邑之不淑,民無所係命,朕甚憂之。州邑而上有太守,太守而上有監司、藩臬。人性非好爲不善也,在下者不事上官,無以得令譽;不取諸民,無以得當上官。由斯以觀,州邑之不才,長吏驅之也。朕甚憫焉。

繼自今敬聽朕言,上下吏各以職業相勖,長吏法則小吏廉,小吏法則民安樂,民安樂則天灾弭。天和于上,民慶于下,則盜賊衰息,庶幾刑措,惟爾二三大夫是賴。爾益共乃職,克稱治行第一,朕將顯庸;爾其政聲日替,爲我百姓蟊賊者,國有常刑。欽哉!其勿忽。

擬大功告成上嘉悦群臣賀表_{崇德元年}

伏以龍德開天,萬物仰聖人之作始;鴻功闢地,九埏顒真主之新猷。弓矢以靖四方,薄震斯怒於王赫;玉帛乃來萬國,漸看有喜于天顏。慶洽臣鄰,祜篤陬澨。臣等誠懽誠忭,稽首頓首上言。

竊惟帝協皇極,斂爾福;天降下民,作之君。故有萬邦,必有一人。義取天上澤下而資文令,尤資武競理備秋殺春生。乃黃帝阪泉之師,爰當御籙有日;而伊祁青浦之旅,亦值繼統中年。降自戈出牧宫,猶煩仲虺作誥;鉞興西土,終來孤竹生歌。起徒步而乘龍,應推赤蛇帝子;藉宗潢而躍馬,始識白水真人。晉陽世子功高狡哉,挾持乃父;殿前檢點讖密咄爾,欺藐孤兒。是雖一統攸基,豈云九德純備？未有階起尺土,勳奏瀰天,承三靈之眷休,受九有之歸往,如今日之盛者也。

　　茲蓋伏遇皇帝陛下,神武天錫,仁智性成,龍鳳奇姿,應五百年之昌運;雲日英表,繫億萬國之綴旒。繼瑞雪以敷陽春,勤勤生聚;當橫戈而崇講藝,汲汲師儒。觀其規模之恢弘,信爲開闢之氣象。內治既豫,大武斯揚。念我國家宅茲東土,譬之海歸于東而遂王百谷,如江如淮,如河如漢,宜效朝宗之心;喻彼日始于東而漸照中天,自暘自西,自朔自南,式瞻羲馭之曜。薄整六旅,爰命四征。西蒙古而東朝鮮,稽首受命者崩厥角;北沙漠而南黃裏,怒臂當轍者摧其藩。陣雲開而鬼神效靈,爲鳥爲蛇,爲龍爲虎;皇風布則河山助順,我陵我岡,我池我阿。既神人之允符,協位號之丕正。龍衣垂地,升中而告者,惟是有道曾孫;虎拜朝天,呼嵩而祝者,百爾媚茲臣庶。於是載言載笑,河清海晏之辰;來游來歌,鳳鳴梧生之日。喜氣動而五雲絢彩,歡聲騰則六合生春。

　　臣等技擅雕龍,力慚搏兔。鼎當兩耳,敢備鉉玉鉉金;革在上頭,差蘊文虎文豹。鄙諸生緩言禮樂,念乃公終仗詩書。縱綿蕞其未遑,懷新書而欲獻。伏願益敷文德,載振武功。六州餘三,周家大勳未竟;鼎國存兩,晉室興統終偏。養萬民而致大賢,必獲熊羆之佐;釋一方以當外懼,究集共球之歸。則致理召祥,阿閣之巢一朵,而宅中定鼎,嵩宮之棟十圍矣。臣等無任云云。

擬聖母皇大后萬壽群臣賀表順治十三年

　　伏以閶闔雲連五色,渡媧石之彩;春陽桃醉九重,進瑤池之觴。淑景方長,冠佩初隨日影至;歡心合萬,玉帛齊映天仗來。率土嵩呼,盈廷燕喜。臣等誠懽誠忭,稽首頓首上言。

　　竊惟天作之君,茂建執中之極;坤稱乎母,尤崇佑啓之恩。爰稽古皇,咸推慈壼。昔顓頊以二十登帝座,瑤光之瑞歸於母,曰女樞;粵神堯以十六授天圖,赤文之華本所生,曰龍孕。思齊啓祚,揚淑問于周篇;長信迎鑾,侈榮光于漢製。

蓋以居域中之大,覆載之德常均;而爲天子之親,資生之功尤溥。此魯侯所以興頌於壽母,而光順于焉同祝於百官。自昔爲昭,于今有慶。

　　恭惟聖母皇太后陛下,安貞應地,厚載合天。紃組昭勤,疇叅塗山佐夏;璁珩垂範,聿惟莘野嬪商。作配先皇,爰倪天妹。譬之圓魄,助丹轂以續輝;如彼方祇,輔璇穹而廣運。于是祥開樞電,兆協禖祠。篤生真人,丕集大命。劬勞鞠字,既篤愛於姜嫄;燕翼周詳,復稟規於文母。屬當三春之仲,式際萬壽之辰。黃鳥聲傳,疑從青鸞問信;郁萱色秀,真仝火棗駐顔。蓋合天下以壽一人,則天下共見合愛之心;合而生一人以祐天下,則一人尤隆生我之初生。

　　恭惟皇帝陛下,就養無方,錫類不匱。慈寧蚤建,在乾、坤兩宮之前;《孝經》先疏,居《詩》《禮》二書之首。念撫茲兆民,業已總金繩之紐;而顧我膚髮,難忘吞玉燕之人。矧惓懿教,益切恃依。當其始也,迪以經緯,或夜織于璇宮;迨其今矣,歸以樞機,獨中立乎紫極。願借芳春萬彙,點綴慈壽宮中;應同南斗六星,辰懸重華輦道。

　　臣等聽聳金鏞,翹望雲蓋三層;步隨玉珂,共睹曦車五色。生大孝之代,無煩舍人牽衣;立至德之朝,何勞學士讀史。逢嘉辰而雀躍,預拜舞以鳧趨。伏願繁禧日增,考祥元吉。體大慈而敷靄霽,壽民壽國,而因以壽親;培元氣以綿曆年,如岡如陵,而恒乃如月。則登封山上,中巒聞萬歲之聲;而衢擊河邊,半夜化五老之彩。臣等無任云云。

耻躬堂文集卷之九

論　說　評

堯舜禹授受論

　　道之本於天，猶天之本於道也。天人之始，象化未分，不繫一物以爲物宫，是之謂中。在《易》爲太極，在《疇》爲皇極，在人爲喜怒哀樂之未發。天非是無以爲天，人非是無以爲人，故曰天本於道。人受天之中以生，不能無形，形不能無血氣，血氣盛，噴而與中之微幾戰。於是取吾中而泪之，聖人佐之以教而治之以天。治之以天者，以夫人莫不有天，天在命也，命在性也，性在人也，是之謂道。沿遡源流，倘所謂道本於天者非耶。古聖人去天未遠，黄帝以上，文不雅馴，儒者不道，所可知者，始自堯、舜。堯之授舜，曰"允執厥中"。舜益之以"危微精一"，授之禹。夫以天下之大，與人所挈以相畀者，渺渺之中耳。以爲能執是，則頑讒無不格，孔壬無不去，九有無不同，百神無不享。苟不能執是，則風雷起於方寸，黄龍毒於靈臺。大潦稽天，蘊隆焚山，不在九山之上、九川之下，而在不睹不聞之間，魑魅魍魎生於心，九鼎不能禦也。九鼎不能禦，而天下蜩螗沸羹矣。

　　或曰，中之繫於天下，若是甚歟！曰無寧帝王於天下也。天亦謹稟之，故曰斡維焉，繫天極焉，加天葆厥中，故能日行三百六十五度四分度之一，天去其中，則天行亦幾乎息。是故天之戒慎恐懼，視人加愍也。或曰天之中者，理也，必若所云形氣之論也，曰天之理藏於形氣之中，猶人之天藏於形氣之中也，豈有二哉？且夫天則亦有度數可紀，星雲日月可望，風雷露雨與人日以息相噓非幻渺，而疑有疑無者，可同日語矣。故言道者以天爲本，言人者以天爲師，此非至奇之言而至庸之言也！

　　堯、舜既没，聖人道衰，彝倫攸斁，中統不絶如縷。凌遲至春秋，胥人道爲異類，人與天邈不相屬，其視堯、舜如天之不可階而升，以爲非人理所及矣。仲尼有憂之，演中之義，而著之曰庸。庸者，用也，夫人得而用之也；庸者，常也，無高遠難能之事，而日用飲食之恒也。是故，學天而可至于天，學堯、舜、禹而可至于堯、舜、禹。仲尼學於堯、舜，故曰君子中庸。子思承家學著統系，故曰仲尼祖述堯、舜。子思又以道不始於堯、舜，故繫之曰天命謂性，卒之曰上天之載，其殷殷懇懇，望人以復天，一篇之中三致意焉。自是而後，天下之人始不絶於天。子輿氏亦曰："人皆可以爲堯、舜。"漢董氏於是有《天人》之對，唐韓氏於是有《原道》之篇，百世一賢，如接踵而至，至宋儒而其説大備矣。自宋迄今，理學不絶，代有名賢，則孔、孟之膏火長照於窾窌也。

　　如是中之一言盡之矣，舜何爲乎益之？曰堯可以一"中"授舜，舜不可不益以"危微精一"授禹。夫寸而積之至丈必差，銖而累之至石必異，沿流之勢成也。太乙之宮皆謂之中，微而察之，毫髮相距，則亘數千里。予欲觀於五色，後人因之以弊女紅，窮綺組；予欲聽於五音，後人因之以寫曼靡、耽鄭衛。大禹有憂之，乃陳危言，而以招損爲慮，珍世爲懲，丹朱爲内鑑，有苗爲外懼。故曰，桀、跖窮愚，亦有道心；舜、禹窮神，亦有人心。微不絶狂，危不絶聖，精以致專，危微以致戒，雖欲勿益，惡得而勿益之？其在《中庸》曰：戒慎恐懼，蓋言危也；不睹不聞，蓋言微也。湯之言曰：苞苴行與，女謁盛與，武王之敬勝，周公之無逸，皆持危而葆中。聖人復起，雖千萬世猶立堯、舜、禹之庭，而詔之也。

爲君難爲臣不易論

　　嘗觀古盛世，君臣之間何其動色相戒，而私憂過計之無已也。君人者，非以臨人將使之出政令、施德教，以子惠元元也。臣人者，豈爲其口實將使之佐君出治，大者贊襄廟廊之上，而小者亦宣猷方州之間也？古今君臣，才德並聖等量，莫過唐虞。宜於治理無所阻畏，然而一堂之上，叮嚀告誡，則曰："后克艱厥后，

81

臣克艱厥臣。"殷憂惕厲之心，有非後世所及者。世而降也，君臣之量愈不逮古遠，甚有君日以難督責其臣，人臣重足屏息，而深宮之晏佚自肆者。有臣日諛難於君，而自課其職業反闕焉無當者。有深計之臣懷痛哭流涕之談，而其君不省者。亦有焦勞之君，未明而衣，日昃而食，獨艱危於天下之上，而環顧其臣一無足恃，容容無所倚者。至於君臣交相逸豫，君以般樂爲雄，臣以諂諛爲忠，茫然不知禍至之無日，天命之不假易也，而天下事去矣！夫天下以其身託於君，君亦以其身託於天下，天下安而君安，天下危而君危；君以其身託於天下，臣復以其身託於君，君安而臣安，君危而臣危。臣之不臧，禍止其身；君之不德，禍及天下。故君臣同在其難之中，以其分位之大小，而難之分數，亦因之有異。孔子曰"爲君難，爲臣不易"，是也。

而愚於斯獨自有感也。草昧甫闢，艱難未定，君若臣早作夜思，俱有危動不安之貌。迨至禍亂既平，幅員既廣，其君知有天子之尊，其臣知有富厚之樂，又左右顧盼，無敵國外患之足爲吾難也。於是侈心漸興，驕志寖萌，下民其咨而不知憂恤，忠臣進言而漸有擊排。又有諸臣媚子，進爲已治、已安之說，以蠱上志而圖目前之富貴。則是柏梁、建章，將議土木；大宛、月支，將議通道；封禪紀石，將議典禮；蓬萊三神山之屬，將議方士入海，而庶幾遇之也。是以智臣識幾於將動，直臣弼違於既過。其稱述祖宗也，則曰王業艱難；其敬畏昊天也，則曰天步艱難；其切陳民瘼也，則曰四方艱難。是故，其君雖在豐亨豫大之中，而心日懷集木隕淵之懼。君勞於萬幾，臣分其幾而各任其勞，上下相維而天下大治也。

人有不爲而後可以有爲論

古之所謂大有爲之士者，其操行堅慤，秉志孤貞，漠然不求自見於天下者也。浮夸之士，脩其態色，張其才具，以自白其所長於人，翊翊然欲舉天下事，而惟吾之所欲，爲識者窺其意量而已卜其異日之終無所至矣。何以明之？夫人而急於自白其長，則必隱忍以就功名之會，或者貪緣進身，不擇其人，苟於逢時，不擇其事，曰吾姑以自售也，吾欲爲吾之所得爲，非托於此則無以自媒也。吾既以自媒而自售,則將姑舍是而大白吾之懷來也。孰知事乃有大謬不然者。吾既已委身非人,則吾之愛憎出處皆非吾所得自主也。即建鼓而自鳴於天下,天下不吾諒也。中道而棄之,則小人既仇其身,君子復疑其心;小人既尤其後,君子復疵其先。不獲於友,不信於上,天下尚復有一事可爲哉?

且夫士之始進苟有所爲,事無論大小,朝野皆側目而視,以定其志趣之所存也。其始事爲士君子之所短,後更有所建白,彼且以爲復然也;後雖痛自更弦,彼且疑其非誠然也。天下尚復有一事可爲哉?商君之相秦也,因嬖人景監以求進,挾持帝王非其質矣,卒自貶而出於富强,竟以是殺其身。李斯爲相,趙高欲立胡亥,不以此時力爭,乃貪昧隱忍而從之,卒爲趙高所中,至壅遏不得通。王旦賢相也,封禪之事,真宗賜以樽酒,發封皆美珠,不能以此時介然自持,至終身不敢議封禪之失,以爲遺恨。由此觀之,士君子進身立事,辭受取與之間,皆不可不有所不爲者也。陳代謂孟子曰:不見諸侯宜若小,然今一見之,枉尺而直尋,宜若可爲也。孟子曰:"枉己者未有能直人者也。"故孟子雖偃蹇終身不遇,必不肯枉其道以苟容於時。夫終身不遇,吾事未濟,而吾所以濟事之具未失也。所謂濟事之具者,道也。枉吾道以取容於時,吾之所以匡濟兆民、斷制國是者,失其本矣。功名不立,富貴不終,是兩失之道矣。

上下千古,孟子有所不爲,可以有爲,而嗇於遇者也。伊尹有所不爲,以爲所有爲而適於時者也。向令伊尹無一介取與之嚴,不待三聘畎畝之中,輕以其身委贄於湯,不過爲鼎革間挾策干禄之士已矣,烏足以語咸有一德之盛,而任天下之重哉!

經學道學說

聖教大昭,則經學與道學合而爲一;聖教寖晦,則經學與道學分而爲二。夫合而爲一與分而爲二,皆天爲之也。然而源有同歸,流有分異,沿流遡源以致於一,又安可無說而處此?

蓋聞率性謂道,修道謂教,道本於天,教敷於經,非道無以垂經,非經無以明道。古者經名不立，所謂大聖人者，體道而已。《易》有太極，伏羲體之以畫八卦，堯、舜、禹、湯、文、武自達其道，見於政理，史氏書之耳。五經惟《易》、《尚書》源流最長，然古聖人皆不知其爲經也。不知其爲經，而經莫備於是，而道莫燦於是，所謂經藏於道之中也。經藏於道，而經學與道學合而爲一。

自平、桓失紐，文、武道微，彝倫攸斁，人心喪失，惟皇憫念，篤生上聖，尼山鍾靈，孔氏嗣興，體天蹈道，直窺本始。道之在躬，匪關言說，思昭大訓，以淑萬禩。乃究羲氏之微言，翼文、周之祕緒，而《易》書以立。斷自唐虞，迄于成周，芟夷繁亂，剪截浮詞，舉其宏綱，撮其機要，乃集典謨、訓誥、誓命之文，干以恢弘至道，示人主軌範，而《尚書》以立。因而上頌郊廟明堂之章，下采里巷士女之什，盛以昭明至治，衰則憂時閔俗，分厥正變，以治人情，而《詩》教立焉。慮世教之頗軼，扶綱常於既墜，立乎定、哀，以指隱、桓，或進或退，或顯或微，使君臣父子之道，千世炳於日星，而《春秋》之教立焉。日與曾子、子夏輩，講明先王之道，哀集千百之儀，學者綜其遺篇，彙成一經，而《禮》之教立焉。其微旨精義，具於《魯論》，至德要道，繫於《孝經》。孝者人道之首，五經之權輿，故不列於五，蓋誠重之也。孔子以其道散見於六經，使後之人治經而得孔子之道。顏回知十，本末具見，子貢而下，猶曰文章可聞，性與天道不可得而聞也。使文章而無性道，則文章或幾乎息；使性道而不寄於文章，則後世何述焉？淺者以之爲文章，深者以之爲性道，此所謂道藏於經之中也。道藏於經，而經學與道學又合而爲一。

夫自狉獉未變，人懷獷野，不生羲軒諸聖人，則莫爲之開其始；聖道泯闕，亂賊相尋，不生尼山一大聖人，則莫爲之善其終。故曰：經學與道學合而一者，天爲之生前後諸聖人之謂也。九鼎既沉，秦火斯燄，千聖遺言，一時灰盡。而《易》以卜筮之書，特存當時，孔氏授之商瞿，商瞿授之田何、丁寬，其後延壽、京房，理數兼傳，而漢代有專家矣。其餘四經，當挾書禁除，殘篇漸出，道未墜地，學存乎人。於是《尚書》則伏生誦之，再傳而爲歐陽氏之學，大、小夏侯氏之學，而《書》學始盛。《詩》則申培公治之，其派魯；轅固生治之，其派齊；韓嬰治之，其派燕；而毛萇之《詩》，尤爲世宗，至繫《詩》於毛矣，而《詩》學始盛。《禮》則高堂生習之，而蕭奮、后蒼明其業，其後有戴德、戴聖之學，世人繫《禮》於戴，猶繫《詩》於毛也。至安國之古經，河間之《周官》，次第以出，而《禮》學始盛。若夫《春秋》之統系，則左氏親受筆削於孔子，至賈誼乃爲訓詁，以授貫公。而穀梁傳之瑕丘，公羊傳之胡母生諸人，《春秋》之學始彬彬盛矣。然漢儒以存經則有餘，以明經則不足。經不存則無經，經不明則晦道。道晦而經猶存，經存則道亦有待而明，有待而明則經學非即爲道學也。經學非即爲道學，而經學與道學分而爲二。

　　自春秋至有宋千餘年間，載籍雖存，儒教泯廢，彫刻芳潤，罔窺大原。其間漢有江都，唐有昌黎，一士之力持歲數百，聖人之道，不絕如縷，然後濂、洛、關、閩、奎聯璧合，主敬主靜，格物致知之學蹶然而起。於是闡河圖則必宗太極，演九疇則必崇中五，洞生身之木初，薄章句之餘事。然而邵氏之《易》，胡氏之《春秋》，朱氏之集大成於五經，未嘗不登堂入室，而諸儒持論往往爲異己者詬厲，道學之名乃爲疢於天下，至以掯其經學。夫不學則道不明，無道則國不立，道學何負於天下哉！宋儒明經因以明道，明道并以存經。明道以存經則不屑以經學著也。不屑以經學著，而世復指而訾之，曰是爲道學者，而經學與道學又分而爲二。

　　夫經之既亡，則天意急於存經；經之既存，則天意急於明道。故生伏生、申公諸人，于漢爲經計，而即爲道計，然未暇爲道計也。生濂、洛、關、閩于宋，爲道計而即爲經計，然已可無復爲經計也。故曰：經學與道學分而二者，天爲之生伏生、申公、濂、洛、關、閩諸賢之謂也。後之學者或不聞道而逃之經，或不通經而逃之道，兩者相議，如一父之子交戟相搏，不知其爲一本也。逃經而并不知經，逃道而并不知道，蛙紫相疑，禹巫莫辨，聖教之大晦莫此爲甚矣！故《乾》、《坤》之卦三十，《既》、《未濟》之卦三十，易一而生二，四而歸一，四而歸一，而雜卦自《大過》以下八卦相雜者，義蘊宏深，千百年以來，莫有過而問者也。費之危魯、秦之代周、七誓之雄長，舉其事則可見，窮其理則不可知。雅頌之數，卜於三十；列國分野，終於十三。陳之次秦，燕之殿周，聖人能待其未來，今人至不能明其既道，若此者皆經學之所必明也。《大學》言心而不言性，《中庸》言性而不言心，至於天，則《大學》、《中庸》均言之。孟子曰：盡其心者知其性，知其性則知天，乃貫而言之。心之與性是一是二？性之與天是分是合？不明其理，以保七尺而不足；苟明其理，治賦賦辦，治民民治，以戰則克，以祭則受福。大儒之用準於天地若此者，皆道學之所必致也。乃以執中爲樞，四德爲指，無不敬爲基，思無邪爲閑，明人道、畏天威爲綱紀，治心以治水火，治臂指以治山川，神以知來，智以藏往，此經學與道學合一之能事，儒者之所當用心也。故爲之説，以俟後之學者。

二十一史得失評

蓋聞史以書法爲工，而法以統系爲重。古之人不可誣，後之人足以戒，要在裨我彝倫，非徒飾茲藻繢。唐、虞、三代，義昭《尚書》，統順而辭顯，事簡而言約，古也。自周轡失馭，尼山秉翰，《春秋》有作，屬旨多微。一字寓褒，則榮同錫袞；隻言致斥，則戮等膏鈇。後之作者義例相比，刑賞亦章，譬之杲日藏暉，則列星代曜，豈云獲麟而下遂至微言皆絶？然詞矜宏富，代不乏才，行悉端誠，人難概見。是非紕繆、抑揚失實，往往而有。史以得失古今，古今亦有得失史氏之評矣。夫左氏、公、穀之得失易知也，三傳並行，猶有相砍之譏，大官之誚，彼此彈射，是非難定。況二十一史，史不一家，上下數千年爲之剖晰瑕瑜，昭兹來許，顧不難哉？雖然，二十一史具在也，請得以臆評之。

子長博物軼才，凌駕千古，乃先黄老而後六經，退處士而進奸雄，登項羽於本紀，列陳涉於世家，儒者或非之。夫遷非爲漢代著國書，而爲司馬氏一家之言也，何求多焉？觀所傳《伯夷》、《虞卿》、《貨殖》、《游俠》諸篇，皆曲折以自鳴其意也，吾無譏焉耳！固爲《漢書》，贍而不穢，詳而有體，蔚宗所爲心折也；論斷之間，或祖腐遷，國書之體，班爲純備。屬莽篡漢十八載而滅，黜賊右義，得伸其説，書法之例，無所遺譏，所由與子雲美新異遇，實使之然矣。蔚宗《後漢書》簡而明，疎而不漏，彬彬乎良史材也。顧乃抑節義之董宣爲酷吏，升忍耻之蔡琰爲列女,論竇何之誅中奄爲逆天,斯則毀義傷道,開罪名教,身陷畔逆,卒羅凶禍,不亦宜乎！陳氏《三國志》,以進魏退蜀爲後世所譏,習鑿齒作《漢春秋》正之尚已,乃壽爲晉臣,晉承魏祚,安得不云爾乎？諸葛入寇,書法未爲非,是也。惟是曹魏賊后幽主,罪等恒、莽,而壽評依違無所措言；蜀劉主臣明良,終始無瑕,顧乃抑其所長,攻其所短。良由父辱受髡,加彼謗訕,是則襃譏失實,奚名信史？古未有以天子治史者,天子治史自唐文皇《晉書》始。房、杜諸臣集腋成裘,無所主名,既已事非經見,傳聞互異,兼之承襲月露,雕刻芳潤,良史之意蕩然盡矣。後人評其《天文》、《五行志》多所諧究,抑取節焉耳。嗣是而後,史學寖衰,休文紀宋,子野著略,互相激彈,君子鄙之。景陽《齊書》,天文既謂事祕,戶口復云不知,惡所稱閎博之選乎？梁、陳二書,姚氏子承父業,方之齊、宋,此善於彼。收譔《魏書》,世目穢史,受金於爾朱則減其惡,附炎於遵彥則序其世,列諸縉紳,敢爲妄說,統系之間,尤倒蒼黃,斯則負辜今古,被殄幽明者也。李百藥脩《北齊書》,雖無離理失實之譏,而跼蹐詔書,罔敢逞其風雲,然以視德棻《後周》之書,徵實有加焉。李延壽《南》、《北史》或議其志書弗備,數代沿革制度泯焉無聞,夫驪括列國,理難詳洽,而雌黃進退,未乖大道,魏晉諸家孰能先之？《隋書》文質可觀,無咎無譽,魏玄成之謂歟！唐《新書》比之《舊書》,有事增文省之稱,歐陽文忠以非出一手,猶有遺憾,乃獨肆力於《五代》,曰：吾善善惡惡存焉。然而韓通無傳,眉山氏面折之,公爲無言。甚矣,史事未易言也。且文忠又安得作《五代史》,有唐雖亡,溫固賊也,賊可代乎？嗣源猶溫也,從珂猶源也,敬瑭猶珂也,皆賊也,賊固可代乎？且太原稱天祐者二十年,比改元同光,猶奉唐祀,丁酉敬瑭之元即南唐昇元之元,南唐之於唐猶照烈之於東漢也,溫、源、珂、瑭,猶王莽之於西漢也。昇元、保泰之間,石、劉繼滅而南唐與宋相代,宗祐有繼而賊統是求,將安置此？或曰無太原、南唐將不編五代乎？曰統者義之符也,可無統不可有姦統,姦統者變之大也。故五代之不可類稱,天下之大義也。以文忠之賢而智不及此,吾故表而出之,以附於春秋責賢者之義。《宋書》文采無足觀,當日記注匪得弘才,故後人無所施其丹艧。然讀其史論,於忠邪之間,未嘗

87

不反覆而三嘆息,茲脱脱之賢也。《元史》紀事粗備,詞歸質朴,前史不飾,後代之羞也。明史臣皆安在而元多闕文,抑自宋以下,史才乃遠不古人若耶!

　　要之,扶正義,明天道,誅亂賊,獎忠孝,雖事或失實而名各有借,皆足默移道風,脩明聖教。二十一史各有其得,斯又忠厚平虛之論也。必求諸書法之正、統系之嚴,則班、范而下,宋、元而上,皆步趨腐史,傳誌紛裂,微詞雖多,於義無取。二十一史各有其失,意者《資治》、《綱目》二書,體裁斯近,而涑水氏遠宗司馬,遥遥華胄,蜀魏之際,有遺譏焉。尼山一派,微紫陽,誰與歸?

耻躬堂文集卷之十

序

御製翻譯五經序

朕聞維皇降衷，聖人明道，所由來尚矣。朕以冲年，賴上天之祐、祖宗之靈，撫有方夏，禍亂漸次削平，武功既兢，文治嗣昭。邇乃覃思往範，綜覽世史，於凡古今治亂興衰之由、邪正消長之故，恍然如有悟焉，躍然如有惕焉。喟然嘆曰：學之不可以已如是！因思世史，詳自漢以下古人言治者，必以五帝、三王爲尊矣。讀漢以後之史，猶然有益於身心、政治，使得讀五帝三王之書，其爲裨益性情，弘長茂業，豈有量哉！粵稽《易》始伏羲，《書》首唐虞，《詩》採商周，《禮》載歷代之文，《春秋》爲周魯之史，此真五帝三王之書也。古聖人至孔子，始集大成於是。刪《詩》、《書》，定《禮》、《樂》，贊《易》道，以黜《八索》，約史記而作《春秋》，乃今以五經特傳。夫國以道立，道以書存，書以心印，朕將殫心于是焉，庶幾以朕心接古聖人之心，即以致咸五登三之治，豈外是書而求之與？爰命儒臣翻譯成篇，俾諸滿漢臣庶咸窺大道，以輔予一人。嗚呼！世無古今，其道同也；書無滿漢，其義一也。毋寧朕當奉是經以畢業，亦將藏之金匱以穀我後人，斯萬世無疆之休。

御製順治大訓序

朕聞致治莫先于風俗，正俗莫先于教訓，古唐虞上世君以身教民率德，載籍未興，民觀化斯治之尚已。下逮商周，誓誥滋章，懸象讀法，無非納民於彝，罔即慆淫。是以百僚謹度，群黎徧德，俗尚攸敦，享祚永久，恃有此具也。三代而降，

89

斯道寖微，雖勤政興務，代有令辟，其於化民成俗之道闕焉弗講，故或奏小康，未臻上理，朕甚疚之。

比者萬幾之暇，觀摩書史，覽厥軼事，足備勸戒，慨然曰：化民成俗之道在於斯矣！爰命儒臣編次成帙，凡若干卷，計分彙凡若干，其爲忠孝節義者若而人，其爲亂賊奸雄者若而人。書成，命曰《順治大訓》。繫書所由成，故稱紀年；示朕意存教化，故稱訓；風俗所由以淳，卜曆所由以長，故稱大。《書》不云乎，"惠廸吉，從逆凶，惟影響"，百爾臣民讀是書者，其觀感興起以迪於天，明人彝則永保祿位，且有令名。其或反是，則疇昔匪類，覆軌相尋，良可寒心，亦足儆志閑邪，以勸勉於爲善，是於風俗庶有裨乎，毋寧茲二三臣庶儀式刑於是書也。朕聖子神孫，發篋披籍，良梏昭然，較若列眉，於知人官民之道，抑有賴焉。國家億萬年久安長治之休，實式靈於是書，顧不大歟！朕冬夏日夕尚將展玩卒業焉。

昔者魏文帝萃英於《皇覽》。唐高宗分彙於天訓，編纂十四，寫遺蹟於屏風；事集《尚書》，繪丹青于太液。非不湛思文翰，有係化理，而始勤終怠，罔裨郅隆，抑亦朕所不取也。是爲序。

御製道德經註解序

朕惟脩己治人之道，載在六經尚已，孔子刪古史記，以黃帝書不雅馴、儒者難言之故不傳，黃老道同，顧乃問禮於老氏，何歟？其必有取爾矣。黃帝世遠，書多麗，所紀采銅乘雲，率荒忽不可訓。老氏所著《道德經》五千言，手授關令尹喜，無雜贗，意類主清静無爲者，然覩其指歸三十輻共一車，與爲政居所之義將無同，儒者不察，以爲純任玄虚，無益政治，過矣，猶龍之贊又何以稱焉。漢文帝好黃老家言，載於寧一，竟致郅隆，效已見於前古矣。顧不喜儒術，識者議之。

朕萬幾之暇，業殫精於六經，因旁覽斯書，徜然有得，慨軼近世，文勝其質，治多矯飾於宕佚，簡易之意缺焉。文流則弱，飾流則誣，我家法所弗尚也。由今之道崇老氏之經，凡以云捄爾。因釋其大旨，疏其細義，命曰註解，其大略與儒書表裡相宣，要之不離，有益於治者近是，毋寧朕朝夕省覽，將由是道而進之，以合於唐虞恭己無爲之化，抑將藏之金匱石室，以穀我後人，俾文子文孫通明其指，得一以貞，同揆允執，取其精微，足臻上理，庶幾哉却走馬以糞。若夫湛思玄牝，幻想谷神，其流至習呼吸於喬松，采神藥於三山，化丹砂爲黃金，遇老父於牽狗，以爲庶幾遇之者，是又流而弊生，非老氏之本教，有天下者所當謹持也。故并著之，以明朕註解是書之本意。

重刻御刊牛戒彙鈔後序

先皇帝撫有六合，湛恩四訖，泣罪解網，史不勝書。好生之德，上契天心，禱雨而甘澍隨步，祈雪而瑞霰應時，民康物阜，含生之族，各得其所。廼于幾務之暇，旁覽諸書，見有切戒食牛者，彙而鈔之，用付剞氏。御製序文，廣示訓迪，上引《書》、《易》，發揮積善降祥、不善降殃之定理，而歸于畜牧、蕃田、疇治、倉廩實、禮義興，慕陶唐之雍熙，追成周之太和，大哉皇言！誠足胥一世於仁壽，培國脉於萬年者矣。

自龍馭上賓，荏苒三載，過密之期雖逝，攀號之念未忘。臣命岳偶披賜編，不覺潸然出涕。夫是書也，不遽繩之以文法，而殷然誘之以勸誡。首錄帝箴，奉神道以設教也；次錄律例，示國家有常刑也；中錄詩文，所謂勸之以九歌也。然後分錄戒牛之善報如此，不戒牛之惡報如彼，其指引人以迪吉逆凶，何深切而著明也！先皇帝憫念愚蒙，提命諄摯，而天下士庶或有弗率此，非士庶人之過也，無亦百爾有位，未曾宣揚聖製，深山窮谷之中，不及聞見是編者多與？抑亦士大夫身教不先，而庶人罔所觀型與？臣命岳敬鳩工重刻，以遍布于諸大夫及士庶人。

夫倡率化導，莫便于郡邑有司，讀編中再生一章，郡守立一簿于通衢，令百姓願戒牛者書姓名其上，實心實政，允可幸行，不必因冥譴而後乞命也。全生去殺，莫大于提鎮將領，誠能體先皇之遺訓，諭士卒以共遵，行伍之中，所全牛命不知其幾千萬計矣。不然，郡邑有司能禁之編户細民，而短後健兒公行鼓刀，恣噉嚼，莫敢誰何者比比也！臣命岳於百有位概兹士庶，皆望以廣布流傳，助宣聖化，而於提鎮將領、郡邑有司，尤加之意焉，有以也。夫夫帝王之道，如天如地，故以愛牛之心，全愛百姓之量，俾遐邇一德，咸獲天休。臣民之分，謹小慎微，即奉宣此書，及守持茲戒，亦足以昭不倍之誼，而合上帝之心矣。上者既受多福，其次不失爲寡過，即先皇帝於昭在上之靈，實式憑之。

丙子程墨緣賞序

丙子之役，諸新貴人闈中文次第至，賈人持若干首過余曰："爲吾較之、評之、圈之、點之。"余以是數公高於余者也，是則是傚，豈敢恥之？且將食其生新之氣爲喜，因不謝不敏云。迨讀所持過文，則篇圭璋而字金錫，遂無所能去取。其間豈泥淖中人觀雲霄之上之爲文者，膽落舌出而誠畏之歟？予則懦矣！余閱文甚鈍，所及閱者梓之，所未梓者不及閱也，議續刻焉。

雖然，閩之文運中興矣，余不及遍九十五公之文，二百八十五篇之義，然及其半，可以知其全。大約此科文字悉尊明正旨，崇尚風雅。夫一冶之金無異鑄焉，一師之門無異學焉，讀余所閱若干首，則九十五公之文思過半矣。由此觀之，遇茲選者，即不讀二百八十五篇之全可也。嗟乎！若干首之外，豈無絕作？猶之二百八十五篇之外豈無至文？而五千人以九十五人售主者，二百八十五作以若干首偶遇吾目，遇而輒賞，賞而謂無以復加，文之相遇，豈不以緣哉？夫諸公向者之遇主者，亦如是而已矣！題曰"緣賞"，蓋誌感也。

庚辰房書覺序

客歲征魂未定，明年脂轄又謀，痛先世纍纍淺土，誓今辛巳，將畢一二大事，莫春營大母宅兆，負土甫竣，形家咸云弗寧，仰霄長號，吐血數升，悲無以爲葬，又無以爲徙，是重痛也。亡何，蔡子君亮拉余共司庚辰房書。選夫負土而外舍讀書，皆非我輩應事，遂勉爲之。書成，字曰"覺"。覺何取也？先是，丁丑間學者畸尚先輩，篇三四百言，流爲削弱不競，僕有憂之。偶操選政，捄以雄邁孤峭之文，俊少年咸癡予不達時務。未幾如予所指嚮，一變而爲排蕩典麗之章，沿習至篇千餘言，又不問題貌題理，旁入春秋、戰國時事，文體、文運於是爲裂。王季重先生云"半股之內七國紛爭，一篇之中五湖雲起"，言今文也。余小子未有覺知，然方其之縮而知其所以伸，方其之狂而覺其所以反，物窮則變，數盈則虛，萬事盡然，言不可極，驗之前尚參之今，茲斯文未墜，五經猶吹，壬癸甲乙，而後必復，化爲敦重有體，清奇有韻，理探本原，辭歸爾雅，文字若夫蕩而不反，可憂者又不在尺幅八比之間，余已知之矣，故曰覺也。

今學者自以爲淹通經史，鞭楊箠賈矣，然而等制義於表箋，飾聖賢於魑魅，風風相習，習習相風，中於膏肓，形於治亂，事非細故，茲欲覺之，不可不存其至正正以爲捄，不可不存其真奇奇以爲淪。捄者糾也，捄所以爲糾；淪者藥也，藥者樂也。以樂之者淪之，以淪之者藥之也。然捄之淪之之篇，不如不捄不淪之編，不捄不淪者可常捄之淪之者因變。予豈好爲多事哉？予不得已也。

選務方半，走歐寮壽吾張映湖房師，三日而歸，見漳人賣履，客歲着綫處大可盈寸，今反是着綫處不及分，憮然嘆曰，人心好異，甚哉，不趨於過則趨不及。《詩》有之矣，"周道如砥"，《書》有之矣，"王道平平"，奈何舍中正而弗尚，爭盈縮之必極。因憶往者三輔荒饉，四載愆陽，二浙水溢，斗米丈絲，人事天道皆參錯變亂於過不及之中，衣履物細，文章道微，即其一二，知其萬千，風俗所移，星雲所應，水旱安得不虐，黎庶安得不困，賊寇安得不訌，人心安得不亂哉？曩者，捄丁丑之弱，振之以才分，自丁丑視之以爲才分，今捄卯辰之狂正之以理體，自卯辰視之以爲理體。風尚自變，吾道自常，以我之至常，御天下之至變，縱文章之化無窮，又烏能遁予之覺哉？雖然，相人文猶相地理，予於地則爲形家之所議，而吐血數升以從之，余則罔覺矣，尚安能覺文字之先以吾覺覺天下之覺哉？君亮猶語予曰：覺成，苟有從我者，則收其勞息，以爲改卜負土之資，是重益也。

養正編手錄序

士先器識，而後文藝。器識者立心光明，行己正大。夫其心光明，則其文必光明矣；其行正大，則其文必正大矣。此先後之別也。今吾選先正數篇，皆光明正大之文也，不惟明白易曉，規矩易習，亦願諸子以道德功業、氣節文章自命，爲天地間光明正大之人也，小小取科第而已哉！

孫劼初制義序代

今之治文章者，吾惑焉。跂然搴裳，召集經子，棲其胸指，與俱寢興。一日登途，輒復棄去，如渡河及岸者之舍其舟筏也。夫文章之力，貫道道立，召才才聚，即彌天事業胥根柢於是，而又何舍之與有？柳子曰："感恩報國，惟有文章。"若夫鐸雨在握，莪芷方新，布文治以養周楨，使將相大儒灝然輩出，則學使者一官於道爲尤便。

己丑之役，吾盥體練精，遇孫子劼初於寂漠相會之間，觀其文心可以福國。出還私邸，得所授業，意謂此子定當以文章妙天下，宜不猶璨璨新篇，行之三年，得代即止。亡何，而吾門劉子稚川、張子蓬林，兩雄雙棲於鼎之兩足，而孫子弗集於鼎，以二甲筮得秋曹，余意殊未愜也。又三年，劼初乃有視學山右之命。古者，學之與刑相爲表裏，是以韓非、申不害治其刑法，亦治文章；皋陶明刑，亦著典謨。故以刑視學，如燧火之相取，諸水之相求也。劼初且行，以所梨制義若干首，攜之山右，問叙于余。余喜劼初之能，不舍其舟筏而又用以登冀州，人士于岸，吾所謂以文章妙天下者，且見其端乎！

冀州風俗最爲近古，堯、舜、禹之遺蹟在焉。瞻望陶山，卜子夏隱跡之所棲也。徘徊河汾之間，文中子教授之地，長老猶能言之者。此中毓聖興賢，代不乏人。吾子持衡尺以敷文治茲土，毋寧以菁華之氣，與人士相徵召，尚興起絶學、陶人士於聖賢之業，而系典謨以下之人心，於是編，抑有賴焉。此千秋不朽之盛事也，寧獨三年後不以得代而止哉！他日英髦燦興，丕光王國，其或問河源於斯。

感應篇引經徵事序

先君子澹覺先生，素奉持《感應篇》，自音容云杳，韞櫝三十年，長安偶閱別本,欣然如逢故人。適請急襄事抵里,發櫝啓篋,哽咽悲不能讀,又自懊荒落茌苒,真不能讀父書矣。因廣搜衆集,采註成篇,繫曰《引經徵事》。

按此篇所列,無過《虞書》五典、《魯論》三戒,求福本《詩》,避凶同《易》,是用逐句引配,歸於六經。若曰此非好事者之創言,先聖已前言之矣。夫無所爲而爲善者,上哲之行也。若民則宜懸善徵以皷善,著惡徵以遏惡。其語涉浮屠,概删不錄,毋爲行業不脩而詭云闢釋者藉口。惟鬼神夢寐,夫子嘗稱説之,間有所選證,亦不多概見。總之,揆諸儒理者近是。是書也,引經必確,徵事必核,觀之能興起道心,行之能召致吉祥,順之則吉,逆之則凶。余閲世頗久,觀天已定心,悲世人棄祥樂灾,所謂漏脯充飢,鴆酒止渴,易妻而淫,借刀自殺。前車既覆,後轍復尋,覺者不嘩,非徒夢者之罪也。因述是編,公諸海内,所願人人醒悟,家家奉持,自邇達遠,靡有斁德。定致時和年豐,兵戈寢息,民皆壽考,世躋黄農,我以善世亦以福世也。其藉是凜循先志,自攻己慝,蓋亹亹乎若將終身矣。

耻躬堂文集卷之十一

序

重脩蔡虚齋名賢坊序

余以是歲季春,請急入里門,距曩者之燕日可九載。觀所以興廢補弊,大異疇昔,未至城十里,登高眺望,雉堞焕然一新,金湯鞏如也。已而登夫子之堂,堂廡巋然改觀,有宮牆數仞,動人瞻仰之思焉。於是知郡當道多賢者,而諸生爲余言脩文廟事,太守陳公執議獨先,捐金亦最夥,以是告不日成,余心甚韙之。

而郡庠中特祀有文莊蔡先生者,以理學爲海內宗。先是,郡城建坊四,余所及見者,中衢理學名臣坊其一,衢之西名賢里坊其一,蓋文莊實誕生於西衢云。余出門時,兩坊固並隆也,比余歸則理學名臣坊已湮圮無蹟,名賢里則頽然欲廢,蓋僅有存焉。曾日月之幾何,而廢興之故,愴人心腸有如此坊者。余居名賢里之北小巷,朝暮出也,則見是坊如玉山將崩,意惻惻呼人扶起立,倍深悲仰。匠石氏爲余言,郡大夫曾度材焉。余因以詢之太守陳公,慨然捐俸二十金,仍設簿募貲,序其事,屬余言爲勸相。以余生身之地與先生家祠望衡而峙,今敝廬又在先生坊北,近先生若此其甚,步趨親切。余小子業已不敢自廢,矧我太守公既遷秩山左鹽憲,旦晚且戒治行,尚惓惓表章先賢遺蹟,意若曰俾爾郡士人過是坊之下,則知先生之名,讀先生之書,觀感興起,將續先生之遺緒,以鼓吹先聖之文教於無疆,則太守公之脩是坊亦與重脩文廟之意相表裏也。是太守公之教我郡士大夫、後生小子,去後猶有加也,其貽我泉也實大且永,吾儕其敢不黽勉私淑,以承我公之陶冶?《詩》曰"成人有德,小子有造",太守公之謂也。高山仰止,景行行止,吾儕切有志焉。

葉僉憲興泉政略序

金粟嘉壤對射蛟宮，魚龍變現，可掬也。天子念元元弗康，五蜡之内，載煩禁旅。丙之春，王世子載旆于前；庚之春，大將軍仗鉞于後，蓋我僉憲嵩巢葉公實始終之。公拜世子命視憲興泉，土宜民隱，周諏洞貫，如炳膏而照於窈冥。毋何還朝改授，適部推者罣於議，於是公復得興泉，乃興泉則私竊慶，謂我復得公。

公之重涖也，猷謀措置，視曩有加，而事勢其難則視曩千萬，約其任難則有六端。曩從王事實惟五人，檣負風而加疾，宇接岱而益歸，何者？所托之勢便也。今孤根獨峙，籬風左飄，壁雨右怵。難一。曩籍畔人，没其廬佃，勢若剥籜，且羞其旨。今既取其禾，又輟其税，征重佃逋，禾税耕虚。難二。曩芟畔地，徙其人，隍其城，火其居，蕪其阡陌，如治疽者，彈剄一決，快其崇朝。今地鞠茂草，賦隸司農，指爲存留，以餉饑軍，餅畫而不薦，米紙而莫炊，上呼不聞，下索不休。難三。人徙而來宵行之人，地蕪而化伏莽之地，内連巉巖，外接滄溟。賊久則豢智，智發則囮援，民見苦不知有民之樂，賊見樂不知有賊之苦。柯在手而傷如何，腊在牙而毒小吝，事與見違，心因勢小。難四。佃逋粟死一，地蕪粟死二，司農以爲實在，縣官以爲子虚。短後之巾欲脱，黔首之笠屢喪，食罔需而終訟，律不行而否臧，急之則蟻鎧之餒可念，任之則蟲沙之哭難聞。難五。丙瘡未平，庚肉載剜，一石之産，鈞金之供，毋寧布粟，毋寧力役，木膏石液，悉索奉命。曩猶敲肌，今則剥髓；曩猶邀惟藩之發鍾，今則責嫠婦之晨炊。當斯時也，公已聞艱，上方遺大，縞素催督，黽勉濟師。難六。以此六難萃於一躬，心危慮深，骨堅氣平，集蓼茹荼，自知而已，不能與齊民顯號也。所可與人衆著者，惟是請命之申文，重巽之施告，公之言見而公之心隱矣。

抑余尤有感也！東鄰有婦勃谿反脣，戟手操箠，善淫而于貨，貌寑而行頗，人皆畏之畏斯敬；西鄰有婦才高智足，蜜口劍腹，委蛇善淫而能利人，人或利之利斯愛。有美一人，婉如清揚，旨蓄預而禦冬，匍匐急而救喪，跬步不出於閨闥，言笑不假於姒娣，幽貞静一，惟嬰是字。敬者或遜於東鄰，愛者或盡於西鄰，悠悠世情，未可問也。余自假歸，非公事不造公堂，非利病不發口，然而知公之深者，予也，爲作《興泉政略序》。

嚴灝亭奏議序

官以諫名，職取以言事。君藉朝廷之寵靈，起百僚之威憚，受恩既隆，圖報維艱。故夫抗志厲聲，意存矯激，沽名與弋利同科；避堅舍病，議玊浮沉，包身與塞兊等誚。是以千秋説夢，可删諫書；東方詼諧，足資隱諷。匡衡昌言正家，不及中闈；谷永泛指宫闈，乃右外戚。無諫名者，誠立鬼神，鑑其孤忠；善擇口者，僞滋奕世，照其奸祕。持此二道，足操人鏡。

灝亭嚴子與余同受先皇知遇，君之期臣甚厚，臣之自處亦不薄。吾兩人者，道義相規，議論相印，上下四旁，莫不並見，然而運命各别，升沉忽移。嚴子初膺内簡，彙集奏章，既告成于先帝，亦共白于四方，其間法異互用，直諷兼資。國家典禮之大，必持正論；銓衡用舍之權，務酌機宜。言皆本于正大，議無流於鍥刻。蓋脩辭立誠，舉朝之所共見，天下莫不瞻仰也。尚矢素心，索序笠友。予亦厚顔勉作弁言，然則君臣之倫，朋友之義，胥於是乎可觀矣。

蔡祖生移旌疏序

《語》云"天道恢恢"，信夫！余弱冠時，里中盛傳蔡祖生捐千金助敵愾事，輒被旌叙，表其廬曰"忠義之門"。嗣而祖生自上書請移叙父母，林素菴先生曾道之，乃余業師黄東崖相君實所親見云。余猶憶泉中人藉謂"祖生以千金買官耳，得旌非其所好也"。嗟乎！祖生以明經携千金入都，力能自得官，何乃藉捐哉？世人見身不能至，即或爲之，必極詆毁乃止，類然矣。至其奉旨移旌，忠孝大節既無可議，則噤不上口，惡形其所不足，而寬敦廉立之風微也。

祖生晚年試澄令，其斡旋殘疆，苦心撫字，已爲上臺推許，乃忽以病歸，竟未克展其才。今其子時光，熊熊然登賢書，昂眉京國間矣。移其父不得，天移於其子，彼有所取信於蒼蒼者，非苟而已也，豈如世人所詆哉！今泉郡方中兵，藉有能毀家急公得當道意，慮無不優惠我邦族，躊躇四顧，廢然而嘆。嗟乎！安所得如祖生者十，而濟吾事哉？又思其次，安所得如祖生十之一者百其人，而濟吾事哉？祖生固巋然麗首也，然而今則貧矣。

賀張溫如總制八閩序代

今海內乂安，文武分猷，諸道總督重臣，或兩省并一，或三省并一，獨浙閩地阻海，仍專督，督之誠重之矣。溫如張公舊督江右，屬兩江并歸一督，公還朝需補，舟次淮陽。適閩督懸缺，廷推德望瓌瑋者授之鉞，僉曰"惟公允諧"，天子曰："俞。"趣便道之閩。于是，中外知朝廷之重視閩百倍江右，其重視公尤百倍他督也。命下之日，閩中士大夫舉手相賀，環朝諸大夫亦舉手交相賀。

予肅然正襟而問曰："何爲其然也？"閩士大夫逡巡未對，環朝諸大夫乃言曰：天下大勢，譬之人身，元首腹心、肩背手足，痛癢靡不相關。今各省底定，兵革寢息，士安于業，農安于野，民咸得田爾田，宅爾宅，室家婦子煦煦然相保也。以予所聞，七建之説異是。我國家神武丕振，用兵之處不過歲時，獨閩泉、漳與廈島相去數里，戶牖相望，匪茹盤踞二十年所，勢不得罷兵休卒。此二十年間，戰則伐木運砲，守則兵馬踐更，無一不勤吾民，用民者盡其力，道殣相望，而民無怨志，亦曰其滅此朝食，以安吾民，民雖死如飴乎！以天之道，朝廷之福，臣寇自珍，餘目次第歸誠，遂平廈島，犁爲荒墟，賊裔遠遯，次于臺灣。庶與民休息之日哉，而不寧方來，實繁有徒，山谷奸醜竄籍其間，以仰食縣官，名曰安插，理無露處，而當事者暫假民房以居之，使百年喬木之家，化爲仳儷離巢之鵲，而實非出自上意也。向二十年來，民輸正供之外，旁索雜賦數十倍於正供。今用兵稍間，汔可小休，而有司習以爲常，奸胥因而簸弄，所謂雜賦數十倍於正供者，至今未改。抑又甚之。泉、漳諸邑司餉未給，有司往往借糧于民，而鞭笞敲扑，視正供追比尤慘。迨司餉既發，理應歸償，公然入中飽之腹，漳郡巷無居人矣。泉之晉、惠孔道，民夫爲厲，安、永山邑，借名協濟，吸髓咀膏，千金之子棄田屋，半夜攜妻子而輕去其鄉，或一人去而以其族行，或一家逃而通鄉皆徙。問其所之，則曰：由山間鳥道可通江右之玉山，適彼樂郊也。故延、建、汀、邵之苦，次於三山，三山之苦次於蘭水，蘭水之苦次於漳、泉。至於漳、泉而極，約舉之不能得其概，悉數之更僕未易盡也。閩民舉踵思望，内嚮而號曰："天子恩澤至渥，若燕若齊，若秦、晉、楚、豫，若江左右，民咸得田爾田，宅爾宅，室家婦子煦煦相保，奈何使我至此極也？"夫朝廷以天下爲一身，吾儕士大夫雖不産於閩，而耳聞之而心惕，或目擊之而神傷，如拔一毛而通身知痛也。蓋聞張公之在江右也，能釐剔有司，以安其人民，民正供之外不知有重派之擾，一日而造閒房數千間，一日而復民房數千間，兵歸新營而民安舊居，聲色不動而兵民晏如也。今公已督閩，其去閩人之所苦，而與以所樂，豈顧問哉！天下安而閩人不安，吾儕以爲憂；閩人安則天下之人舉安，吾儕必以爲樂。此所以交相賀也。

予顧謂閩士大夫曰："有是哉！"閩士大夫相顧愀然者久之，既而喜動顔色曰：今日得聞新制臺張公之治江右，吾屬其蘇乎！如飢得食，如渴得漿，如病得醫，如旱得雨，蓋遂忘二十餘年之苦不自知，其足之蹈之，手之舞之也。請先生序之，爲閩人賀我公。余欣然曰：是可賀也！何謂可賀？前此督閩者名藉甚，才足以戡亂，德足以懷遠，望足以彈壓豪強，守足以儀刑百辟，閩人戴之如懷父母，則爲之代者，似難乎其爲繼矣。第數年以來，軍興未靖，需能吏急於需廉吏，姑用其才力以集吾事，而釐剔之舉蓋期以有待也。今公保釐兹土，入其境詢其父老，摩搔其子弟，問一省經制額兵幾何、歲輸餉米幾何矣！郡縣領司餉曾照報部之價買糴于民乎？抑發一而民賠其九乎？抑全攫之而民苦無所控訴乎？有司派糴之外，曾有鎮弁分頭派糴以吮吾民乎？山邑之逃亡者何邑爲甚？胥役之夤緣爲奸者何邑爲橫乎？民苦橫征，不得已而揭營債估其妻子以償者幾何家矣？官之日用交際一取給於里班，民之鬻妻子、賣墳墓以應者若干户矣？需公入境而大釐剔之，去其蟊賊，長我嘉禾，革其弊政，與民更始。民乃曰：張公爲政，樂不可支，今而始知有生人之樂也。由斯以觀，爲政之道，譬如登山，動而益高；譬如累碁，後者居上。閩民方易於見德，公行將方軌小范，跨前人而上之，何區區乎蕭、曹之規隨也！故曰：可爲張公賀也。

環朝諸大夫皆曰：是可爲閩中賀，且爲天下賀矣！於是，閩中士大夫請予遂書之，以貽張公而馳頌焉。

賀閩撫軍劉憲平序代

天下西北東南皆邊也，從來議防邊者，率莫不重西北而次東南云。我中丞劉公之撫寧夏也，內安其百姓以和其士卒，西與甘肅掎角，而內爲西安脣齒，中外倚以爲重者數年。會議裁并督撫，公解節鉞歸，不移時，閩撫需人，廷議首推公，天子爲之歌《彤弓》。當是時，西人與閩人會於朝，一則曰："吾屬何不幸，而不留其袞衣也。"一則曰："吾屬何幸而得霑其時雨也。"

議者或謂閩得公甚善，若是乎，朝廷之重視東南而輕西北也。余曰：是非若所知也。方今聲靈赫濯，威德所播，遐方殊俗，罔不披靡，毋論島上游魂不足當天戈之一掃，即西北萬幕惟是懷柔保字之耳，豈足以動吾斧斨哉？天子以爲天下大定，宜漸弛兵而勤吾民，故使天下撫軍一以撫民爲事。若以撫民爲事，則民之當撫孰有急於八閩者，非西北之所可同日而語也。西北之民冬夏一褐，耕則于田，穫則處穴，追呼急則踰山，爲民牧者以完課爲幸，而豈其有他求哉！自我閩之罹於海難也，禁旅數下，萬里雲屯，惟正之外，頗煩悉索。今軍事已寧，而悉索未休，約略而言，凡有三事。一曰官糴，部價憲頒，實浮民直，而奸胥舞文，動稱派補，上不知以爲平糴于民也，下不知以爲白輸于上也。一曰武糴，文既白派，武亦制買，或假手縣官，或分鄉四索，一邑而數其官也，一歲而數十其派也。一曰民夫，皇華之馬百里而更，今用其民一役十日，官因之以爲利也，吏因之以爲利也，積絲折軸，積羽斃牛，民力告瘁，道殣相望，解懸之亟，西北寧有是乎？天子之使我公撫此土也，固知我閩之大慇，將使公拯斯民之陷溺，而登之春臺也。然則閩難安乎？曰：無難。今海波漸平，餘氛待殄，外無竊發之虞，內無摶巢之舉，我公因得以輕裘緩帶，與民休息，問其疾苦，知其隱蔀，布其條教，革其煩苛，可使聲色不動而百派風清，萬夫勞息，吏既不驚，民以大和，以我公之沉幾靜力，起凋瘵而登之春臺，直反掌間事耳。由斯以觀，天子非重東南而輕西北

101

也，權衡於民之待安，擇其最急者而處之也。夫弛兵而勤民，可謂知本哉！朝廷而愈篤知本之論，則置公於中樞揆路，不猶扼要於東南乎？然則行將召公矣，雖然，以今日而畀我公于閩，不可謂非私我東南也。於是率我閩之薦紳大夫，相與造公之庭，而哦其詹詹，稱觴以賀。

賀袁侯令將樂序代

袁侯既筮閩之將樂，戒行有日，其鄉之士大夫舉手而相賀，曰："夫夫也，必能敬而官者也，鄉有人矣。"閩之士大夫舉手而相賀，曰："夫夫也，必能惠而民者也，邑有父矣。"相率而請序于予，以寵其行。

余正色曰：何爲其然也？天官歲選令，無慮數百，如璞未剖，莫知珉玉。袁君未試，諸公胡以知其賢也？客曰：傅琰之治山陰也，本教於僧綽，父子並著奇績，世稱傅氏治譜相授。袁君雖未試，其尊人都諫公之治歷下也，濯濯有聲矣，箕裘世業，繩繩相引，吾儕之信袁君，以都諫公也。且君子之愛子也不以政，都諫公豈其使割而不教操刀？豈其不先教製而授錦焉？吾儕之信袁君，以都諫公之能信其子也。如是，鄉可以賀有人，邑可以賀有父矣。

余故閩人也，聞斯語瞿然而喜。夫令長提封百里，當古者列國之侯，一方係命焉。然而今昔異宜，時勢不同，古者諸侯自制其民，今之邑民令制之。一累而上，諸守制之；再累而上，諸司制之；三累而上，督撫制之。是三累者，皆先制令而并制吾民。先制令而令不得庇其民，先制令而令且制民，以市制我者之歡，民於是囂然喪其樂生之心矣。毋寧茲三累而上也，又有旁制者，旁制者亦有累而上也。今諸邑皆有守弁矣，里民供令有常典，弁曰：我何以不如令？事事如令，是一邑而二令也。一累而上有路將，再累而上有副戎、總戎，三累而上有提督，歲時供獻，費且不貲，眈眈然惟二三子遺是視。茲三累者，皆能制守弁而不制吾民，制守弁而弁且從旁擅制民，以市制我者之歡，民於是莫必其旦夕之命，而令自是益難矣。

閩，故山海之區也。將樂者，劍之巖邑也。其君子知禮義而急公家，其小人儉而勤；其山川幽奇峭麗而多遺蹟，古所稱神仙之宅耶？自海寇披猖，軍輸孔亟，征役繁興，一歲之雜派，常當數歲之正供。加以奸胥猾吏借一科十，以漁其小民，指完作虧，以欺其君子。而魚赬矣，而馬竭矣，而鹿溷矣，而鶴煮矣，七建諸邑皆然，將樂非其一乎？今君侯至，止出歷下之治譜，以治鏞州，毋使魚赬，毋使馬竭，毋使鹿溷，毋使鶴煮，植花種柳，與桑麻之扶疎相間，石帆翠簾，依然神仙窟宅，孰不曰都諫公之教澤歟！自邑三累而上，故多君子，慮不制令以制吾民，令得以外施鍾乳，內守冰蘗。守弁乃曰：我安得與令比？令不制民，我敢抗令而旁制其民，以交歡於三累而上，且毋使都諫公知也，又孰不曰都諫公之餘陰歟！如是，而邑可謂有父；如是，而鄉可謂有人，即序而賀之也，固宜。

君侯季父撫軍，向起家梧垣，都諫令歷下，擢地官尚書郎，改今職。夫梧垣君家故物也，君侯勉之矣。

耻躬堂文集卷之十二

序

司理鏡水伯父壽序

辛巳之王正，爲鏡水伯父七十揆覽之辰，季父爲公起生，進命岳，命之曰："而鏡水伯父躋七袠矣，今兹壽言，惟吾子爲之。"岳以諸父在上，謝不敢者再。季父則又命之曰："前此予皆有言矣，兹欲吾子爲之，將合一家言爲壽，而伯父之所喜也，其勿辭。"於是，命岳受命而退。

《易》曰"脩辭立其誠"，謂言之貴實也，況奉觴於伯父，其敢以虛辭掩實行哉？無已，請即伯父生平閱歷而質言之，徐觀天人之合焉，庶有當乎。乃言曰：夫壽者，受也。其有所受者存所積，其有所積者存所留；積而復留之積乃厚，留而後受之受不窮。吾宗自一山、少山二高祖伯，以名進士起家。我次山高祖以介弟爲鴻儒，脩身砥行，立言著書，竟于餼。迨愧山曾祖叔，守父德，讀父書，弗即光乃諭肆潤齋。祖伯思菑、思穫，顧望父祖業如登天。吾伯父三世所積，宜受不受者，厥留爲已夥矣。

伯父少而慧，弱冠游黌序，諸名視學使者咸與賞音，然猶逾强仕乃登賢書，越艾始成進士。斯所受庸償所積乎！筮仕李楚黄所，折獄多平反，有當路沈某者，以己意嗾之，曰："吾不能殺人媚人，即宜釋釋之，又安能釋人媚人。"弗省也。署郡方試士，黄士前值試，無不譁，獨心折司理王鏡翁，真鏡翁矣。時瑞炎方熾，崔少華投尺一索冠多士，同舍懼相商，爲愛伯父，必省之者，弗省也。諸如急病讓夷，抱嬰拔薤，悉數之，更僕未盡，瓜期三熟，柏臺五薦矣。然猶德施或以怨酬，始於弗厭其志，終於必快其志，遂使解佩高飛，投簪長逸。斯所受庸償所

104

積乎！相傳有朱題"忍"字，不犯某女隨蕃厥嗣者，記伯父以孝廉上公車，有某氏妾夜奔其室，曰願乞一子，伯父正辭謝使去，戒蒼頭毋侮，持燈炬護將歸矣。越日，某氏慚，以其家移去。是當得隱報，當得振振報，然猶推車獨留元方，載箸纏有長文，斯所受庸償所積乎！夫積之三世，又留之三世，至於伯父受之。禄、位、名、壽四者皆所受也，積之伯父，又留之伯父，禄、位、名受十之半，留十之半。則壽當受十之全，又未艾焉。益以視賢子令孫，受其禄、位、名之未盡受者，此挹彼注，茲之常理也。夫所積者大全，所留者在彼，所受者在此，壽者受也，受者壽也，又何惑焉？且伯父以三者之所受，猶嗇其半，向令凡夫當此方將起鬱伊之懷，無止足之樂，有怨尤之苦，雖天欲豐其一者以授之，而憂喜太極，思慮過勞，如膏之在鼎，火下熬之，又曷克受乎？以余觀伯父，居不足若有餘，視榮臙如夢幻。銜觴賦詩，以樂其志；調宮叶商，以娛其神；栽花種竹，以適其天。斯喬松之所以衍曆，彭祖之所以長生也。受者即壽，壽者自受，又何惑焉！

吾先公晉國，嘗拒盧多遜害趙普之謀，以百日保符彥卿無罪，世多稱其陰德。手植三槐于庭，曰：吾後世必有爲三公者。于廷尉高大門閭，以待高車駟馬。二公之後，已而果然。言有積也，必有受也，矧有留也。蘇氏之說曰：國之將興，必有世德之臣，厚施而不食其報，然後其子孫能與守文太平之主，共天下之福。今國家勵志圖治，熙明方永，而伯父子若孫崢嶸，非卑微休者，豈徒然哉！伯父方署其門，曰"于門"，又植三槐于庭，如先晉國事。伯父固以積之己者質之天，準所留者信所受，惟岳不能無言以壽伯父。岳無言以壽伯父，伯父之扉垣花木，皆能呈禎獻彩，而作壽言，岳茲贅矣。又二十年，子若孫業陟崇階，豎鴻績，俾伯父徜徉於期頤之望，拜舞於進加之貤。命岳猶得從諸父昆後，登堂上壽，聆爲抑之詩而退，乃券伯父之所受若此，又觀伯父之所積復何如也！於是爲公起生。

二三季父皆曰善哉！受與積之爲言，其明於天人之故乎，遂命書之，以爲鏡水伯父壽。

劉乾所先生五十壽序代黃東崖

余以笥梁宿勛，備員居守，念至尊焦勞，臣子不獲屬鞬負弩，效前驅，居守

耻躬堂文集

之,實慚於檀坎,乞罷三,未得請。屬方草第四疏,王子自里門趣天興過予,相勞苦也。余以前月之十三,爲家太夫人壽日,無能邀恩入子舍,稱觴上壽,意悒悒不自得。兒輩故與王子遊,當悉太夫人狀,詢知能強飯慰遊子也,稍自解顏。王子因進曰:六合灝灝,道同者希,"同心之言,其臭如蘭"。往某之事乾所劉師也,嘖嘖於夫子爲人倫宗,小子因以知嚮。方其事夫子,夫子於劉師,如其於夫子,可謂相慕義無窮,深相得矣。茲姑洗之月念有八日,屬劉師覽揆之辰,年又服政,某爲舉一觴,願乞言於夫子,嚶其鳴矣,求友生也,夫子豈有意哉?

予謂王子,向不亟爲子道先生乎!蒼松古柏,如虬如蜿,非生而然。青帝放發,時有遠揚;晉如摧如,如是數四,然後幹老柯橫,百尺無枝,霜雪不能壓,風雨不能欺也。向使出地順成,承湛露,沐英雲,遠斧斤,未逾及肩,枝葉扶疏,即蔓草菅茅,競秀爭華耳,安所得亭亭雲表,爲世棟梁哉?先生弱冠釋褐,筮仕水部,時中貴浮揭白玉石工數至三十萬,先生躬親督,以六千金竣事,大迕瑠。迨逆魏熾焰,建保橋運石之議,揭費四十萬,先生持議從橋下拽運,費可萬金,遂羅螫毒,削奪歸里,署其齋曰"早閒"。威廟改元,置壬人於法,棠正拔茅,復先生官,持節慎庫甚力。諸津要虎視者,咸抵罪,并力攻先生,上爲投杼,竟知先生潔己任怨,無猶倅先生也。向諸君子迕瑠者,稍抑折,即不次膺擢,或歲再遷,即奈何報先生獨爽?又清明之朝,以潔己倅先生,先生不負倅,倅負潔己矣。倅毘陵而先生屆道,期遇明師,授以鞠躬之學,功歸於篤行,義取於兼山,躬不離身而實非身,躬不離心而并非心。蓋盡心知性,盡性至命之本,先天地生,後天地存,視姚江致知之說,尤有當焉。非倅也,胡以得此於毘陵?比視學浙水,神或告之曰:吾欲以文章妙天下。乃開示躬學,迪多士,竣兩試,屏竿牘,抑倖進,三年如一日,竟爲當道所中幾內召,而仍失之,復吹毛及焉。又三年,乃秉憲西蜀,之越儁,天子方勤文治,懸異格以待學臣,計海內視學無過先生者,即不得顯擢,何至不能拾級而登?勤勞者三載,家居者三載,二十餘年制科,猶以僉憲起補,先生不愧僉,僉愧先生矣!乃亡何而以參憲召公郿襄,川東搖扤,當事者以急病屬先生代庖,所請計弗行而去,去而川東敗,邀先生復來。先生於兵盡餉匱之中,徒

106

手奮呼，一月而復二郡數十城，與獻賊相持數歲，醢其子，覆其軍，屹然成一方勁旅焉。

先生嘗謂鞠躬之學，三代而下，唯孔明以之治蜀。夫孔明得君，如彼其專也，行政如彼其久也，餉與兵如彼其在握也，然後乃能爲之。先生於數者，俱有所不足，加以虎狼同穴，牛輿曳掣，百苦千艱，爲天子持塊土於百萬里之外，以是鞠躬，方諸孔明，孰難孰易，今又何遽不逾古也！正使囊者賜環大用，歷茲又十八九年，官之有底何不可爲也，蜀人安所得先生而宦之。蜀不宦先生，誰爲天子恢守百萬里之外者，惟賜環而守，尚郎負之若而年，倅又負之若而年，僉又負之若而年，乃得留先生以與蜀，留蜀以與天子，天也，非人之所能爲也。先生功高，而上先生者持成心忌能，抑其功不得達，僅召問寺，曾如摧如，今日猶有然者。摧如何害，天之用先生者，又何可量也！今則靳其遠揚也，不然，以蜀之績稱勳而償，何遽不逮文成哉！壽國之方，終以俟之先生矣。昔周、召左右成王，公之言曰"篤棐時二人"，又曰"天壽平格"。余願先生用乂厥辟，尚奏膚功，請以是爲先生祝。余則續成第四疏，邀恩田畝，奉慈闈，課兒孫，完田賦焉，又安敢望公行矣！微子請，即予安得不爲先生言！序而屬之王子。

隱君潘峙繹五十初度序

以余觀桃源之西，道山之南，抑何蒼蒼穆穆，號隱君子之多也。余自丙戌春，棄郡邑屋，買舟溯流入桃源，主婦翁尤外舍。婦翁長者，言行動合矩矱，可托以大事，而家去蓬壺里許，蓬壺近利市，多豪子弟。余心知非卜居所，杖策尋幽十餘里，而得道山之巖。余神與山水相善也，徘徊不能去，呼朴者農白砦長者之何人，道溫陵王耻古，願受一廛爲民矣。朴者農不遽白砦長者，余弗省。是歲季秋，哉生明，輒携妻子欲家焉，有白頭翁教予，奈何不先白砦長者，長者持不內奈何，乃詢長者姓字，得溪源潘君峙繹。白頭翁導予下砦，入邃林灣溪，可四三里許，峙繹方採藥溪頭，白頭翁呼曰：來，王耻古特造廬，白前事且謝。峙繹緩步歸，具衣冠揖予，氣象莊嚴，甚偉。余心知爲隱君子無疑，且白且謝。峙繹答予：

107

深山田舍兒畏視郡貴人，多藏匿恐避，得如公坦然者，白雲不驚矣。遂傾蓋相得歡甚。

不數月，關上潰卒轉徙入永界爲盜，薄砦下。余與峙繹君結不借，巡課守者，寬其宴室，而多役殷人守者，至初更潛投宿去，獨余兩人，行立雲霧中，自酉達旦，鬚髮皆濡，砦中人毋慮數千家，以數萬指，獨兩人自勞苦不厭，亦愈益交相重焉。丁亥秋仲，揭竿者卒至砦下，擾鄉閭特甚，聲其焚掠以挾求所必得。余與峙繹君復嚴鎖鑰，勤巡課如初，道山以寧。亡何竊發四起，裹紅持刃，相錯於疇，吾兩人爲持重之說，以靖衆心，砦子弟向無豪者，皆相率豪舉歃血盟。余爲立約以平之，毋逐隊攻圍，寇至則守，守有糈，毋安坐而哺餉，毋群三五，毋要索。里子從者盟，不從者去，蓋辭未既怏怏去諸子矣，峙繹君喜而後可知也。余故羈孤客子，雖多方厭無豪少年，終以三約失子弟意。丁亥除夕，若將向之者，遂攜妻子去道山，峙繹君倉卒如失左右手，奔跣追扳，備極悲切，予亦冉冉不復留矣。

今戊子冬仲，予行年四十，逢初度，念安人致政前我八年，會稽登籍，後我九載，余逢亂離，未知所屆，榮落難量，遲暮關心，兼以丘壠遙越，先廬荒棄，愴焉動情，不忍受吾仲、吾季、吾兒曹之觴爲壽也，遂于道山之下善士家隱焉。善士朝熟二雞子飲余于蓐，少選，爲果酒相餉，少選，則峙繹君過余，相勞苦。曾別袂之幾何，年華忽忽云暮矣，蓋悲喜交集焉。吾兩人相與，初終無間，大略如斯云。

越朓月哉生明，爲峙繹君懸弧之辰，長余十年，稱五十，砦人相率爲壽，介善士家乞言于余。余雖不敏，名已聞于海內，涎潤之施及于戚里，向藉國家之靈，能以力急交遊，重然諾，今行年四十，乃如蒲柳，逢秋不能自拔，峙繹君不藉一命之榮，卓然萬夫之望，辰屆誕降，乞言爲壽者千指，余言之不足以重峙繹也明甚。雖然，峙繹之交耻古，非以其耻古也；峙繹之樂耻古之言，亦非以今日之耻古也。菀枯者，時也；屈伸者，遇也。時遇變而不變者，耻古也；耻古不變而久要從之者，峙繹也。峙繹之過人遠，余又安得以庸俗人之見，而囁嚅其所欲言哉！

按道山足當一大郡，壬午間，砦政始舉，衆商所主，相指擬屬峙繹君，君未許也，神乃出告人莫此人爲最，乃定。數年以來，更變轉多，歸于寧謐，君之賜也。

天助順，人助信，"自天祐之，吉無不利"，君之壽，直與道山爲久長也，五十其始基之矣。峙繹君凡六子，長皆崢嶸，具文武略；少者皆具食牛氣，堦庭蘭玉，鄉人艷之。

善士顏姓，號尊其，其兄號姬南，皆古處君子。白頭翁尤姓，號振池，介鄉賓。所謂蒼蒼穆穆多隱君子，此數公其較著者云。

黃劬菴公祖壽序代

上章攝提，律中黃鍾，葭琯飛息，日表迎長，是爲劬菴黃公祖清源嶽鎮之年，黃山甫生之旦。政報期月，成四時亭毒之功；績亘長虹，當寒歲興梁之會。薦紳黎庶莫不崩悅爲觴于公，用介景福，弗鄙無文，屬予不佞。余惟覽揆嘉辰，期頤百度，若今茲之觴咏，可移贈于來華，則是百年雷同，累辭月印，又或攄事弗實，褒美無徵，是猶賦比目于西都，侈盧橘於上林。夫萍水比於宦遊，歲有其地；日新之謂盛德，地著其勛。地以起事，事以紀年，組織成章，颺賡壽考，將使後來登堂莫借綵筆，天官考績備采風歌也。

蓋聞樓繫謝公，北亭遺攀衣之跡；堤號蘇子，西湖揮竹石之毫。斯皆雲翔方州，雨膏閶闔，公餘眺覽，逸興遄飛。然猶高閣與姓字留馨，長堤同芳名垂永。若乃芍陂利楚，孫叔流壽人之聲；令鄴興渠，西門奏樂成之績。吳江父老，垂虹繫德于洪尊；肥鄉小兒，橋障聞聲於景駿。其爲惠溥百世，澤綿千春，可勝道哉。溫陵奧區，洛橋舊址，忠惠攸作，神靈護呵，上徑三江，下通兩粵。當百六傾圮之數陊，適五百名世之代生。聚石既斷，橫木甃施。車轂奔霓，人馬踏霜。其下則㶁㶁洏洏，漓漓溷溷，潰㳰泮汗，滇洄淼漫。其上則若浮若沉，若滅若沒，若履蹵危，若蹈春冰。公用奮起，度材鳩工，發鍤于帑，採石于山，無取玉梁，何羨金柱。迅雷逐車，方興鬼橋之閃倏；異人驅石，東海神鞭之效靈。於是江妃往來，海童躑躅，天吳助以吹潮，海侯因而噴浪。水高數丈，迥異平時。因舟爲梁，負石登版。百工用命，群靈趨蹌。雁齒復連，黿浮不解。役無卒歲之久，成有不日之期。於是吳綾越錦，絲枲果布，琨瑤之阜，銅鎝之垠，火齊之寶，駭龍之珠，金鎰珂玞，紫貝素玉，襟賄紛紜，器用萬端，絡繹上下，不戒不虞。則有工賈駢坐，士女佇眙，澀囂梟謬，交貿競逐，喧呷誼譁，芬葩蔭映。亦有朱輪累轍，冠蓋雲陰，躍馬疊跡，儐從奕奕，容與其上，流觴舉白。又若使吳送客，名命萬里之天；折柳贈行，詩催驢背之上。經斯橋也，孰不顏崔公於渭水，紀寶帶于澹臺。睠懷希文之清風，永係宗道于思魯。豈非居職利物，曾亞河洛之功；暫費一勞，還邁溱洧之濟。是使螭龍橫空，絜長流水；矗鳳歸陸，等壽高山。所宜借杜預之酒盃，開几筵於瑪瑁；假相如之題筆，鋪繡口于岡陵。斯清紫之美談，惟庚寅余以頌。

過此以往，公壽無疆。意者出從華蓋，入侍輦轂，又或開府大邦，儀刑列嶽。荀爽十旬而遠至，千秋一月以九遷。年序既引，地與功倍。方將憑藉風雲，動盈雷雨。具濟川之舟楫，作度世之津梁。天地大矣，事業何窮。則有海內鴻公，江湖墨客，屬辭即事，歲以為觴，殆有進焉。其視詹詹予言，亦猶尋木龍灼之，與夫棘林螢曜也。

永春令鄭公壽序代

閩泉去燕雲且八千而里間桃源，居泉上游，比歲愈弗靖。天子若宰相，廉前治桃源無狀，無父母斯民德，則實有利心，中以危法，為善於家而被惡名，安往而不得盜賊哉？振臂一呼，超距十丈，引而更卻，如曳風雨。土著者，方父子雞豚之弗保，又從而文致之，爾胡齎彼糧藉彼兵，縶累桎梏，相望於道，則引而畔之，爾何難焉！彼豈不自以為受人之牛羊，而為之牧，而自殘若是。彼不自以為上人疾文吏緣飾簿書無益，徒長墨風，故以馬上之人治之，寧過正當矯枉。彼自以為吾無賴亡命，而坐致人牧，終不大通顯，毋寧求吾所大欲也。彼不自愛也，而愛夫人之子，必不然矣。天子若宰相，知治民不可以馬上之治治之也。若曰選用賢良固將安之，故勤設科射策士，分牧于新附邑。若又曰人情自愛，自謂當致通顯也，莫謂之也。

余年友君實鄭公，宅邇天子宰相，自胡盧河，百日趨桃源治，不可謂君若相無有意彈丸邑子，而厚望制科，人情自愛祿利之途則然哉，未有以處夫鷥鳳為心，天資淳厚，無所勸而成者也。無所勸而成，即不自謂當致通顯也，而自愛以愛夫人之子，不遺餘力而讓德矣。無所勸而成，即自謂當致通顯也，而自愛以愛夫人之子，莫謂之也，得於天者然也。予獲從譜牒交公，久知公長者。夫辦天下事，必天資淳厚，長者之名歸焉者，何乃桃源也。公若曰父兄吾老，子弟吾幼也，爲善於家，今猶昔也，數年來而更中變，意中之苦可問也，振臂呼者，風雨去矣。若父若子，若雞豚朝存而夕散，方煦濡噢咻之不暇也。齏彼糧胡餕而吟，藉彼兵胡皇皇如有求，而弗得繫累桎梏，爲民父母如之，何使斯民重苦盜也！予知公之意念若是，莫謂之也，其天資長者信之也。他日三年報政，天子曰：何以治桃源，使盜賊不起？公謙遜未遑，予則以彤筆紀公功而退。

於庚寅之仲春，廣文楊君、林君，率諸生爲公壽，乞言于予，予爲言以待之若此。

田陽令李琢月壽序代

琢月李公之將涖田陽也，請祿養太孺人。太孺人辭曰："若舉數月，老身十九稱未亡，持而如抱卵矣。幸而今爲天子令嚴邑，萬里外將元元是子，如老身向者持若也，即加飡延壽命耳。其母爲太原狄懷英，視白雲孤飛，則潸然汍瀾者乎。"公乃請何以治田陽者，太孺人曰：若何以治田陽哉？蓋聞田陽比者三失而復之，是被兵者六也。賊以民爲兵，而兵是誅，毋寧茲兵以民爲賊，而賊是誅，非兵非賊，適誅吾民幾何不輾轉盡之。閩邑之凋，田陽實甚耳，何異若零丁呱呱襁褓時，余持若也，未飡慮飢，方風慮寒，余安能飽煖若哉！慮無飢寒若爾。能數日矣，懼弗克荷，抑愛而加厲焉！即呵若，退自酸心也。即若率教，喜爲進一飯。若何以治田陽爲哉！如余所持若而已，斯干未復也，荒萊未墾也，何道使田爾田，宅爾宅，藩若郡比邑而課惟正，不以田陽蠲，使若之疲疾子與人之膏粱子同供上也，而得無念乎？比者民無定指，盜人驅而納諸民，亦實應且憎，戶莫能潔己以進，則長吏盛氣臨之，冀所以騺足之道，其毋乃撤其寧宇，而剪爲逋逃以自棄於衆，將望望焉，挺險而走，其何辭之與有？吾見孺子有逃而父者，未有逃而

111

母者。子治田陽，其終以母道字之。乃遣公行。

余年友王君起生博田庠，與公相得甚歡，孟秋一介走長安，徵余言，將以陽月率邑紳若士謀所以壽公，因述公治田善政三十事，及孺人所以命公者。余曰有本哉，王子之爲言也。《水經》河自崑崙墟西北，去嵩高五萬里，江起天彭闕東，逕汶關，歷氐道，示本也。東荒有豫章焉，其圍百尺，本上三百丈，本如有條枝，敷張爲帳，其本甚盛，故能歷千世而不改柯易葉。今觀公治田陽，無不如太孺人言者，田子弟依公無不嬰兒慕者，公於治道，可不謂有本歟！太孺人撫育再世而處其慈，含飴望頤，期未艾也。公率由斯教，與以召稱也無寧杜，何復煩令母之不憚煩，即間無所平反爲怒不食，《有臺》之什，以賡公也，何疑焉？

余猶記乙酉時，奉簡書巡行山右，公是歲舉明經，余同年某公，於公從兄也，爲余誦君門孝友世其家及太孺人賢節狀，蓋千里誦義云。及今乃觀其施於有政，於起生之徵言也，著本論以序之如此。

太原守王心任壽序代

漢吏治稱極盛，名太守指不勝屈也，然而上之視守爲特重，其詔曰：與我共治百姓，使無歎息愁恨之聲者，其惟良二千石乎。其時，太守得自辟掾吏、掌兵柄，往往賜爵爲徹侯，上無所制其命，而下得施其澤也。唐宋以來，猶有以大臣出守郡者。自明後乃以郎爲守，監司而上，藩臬、督撫皆得握其陟降之權，而守所制命者獨諸令，故今之爲守者極難耳。或曰守難矣，令抑甚焉。令自守而上，監司、藩臬、督撫皆制其命，而令所制者獨百姓，令難抑甚焉。今天下爲令者，往顰蹙相道疾苦，如群婦之聚于室而各誚其姑也。故守之制令急，則令之制百姓愈益急，制百姓急則閭閻囂然喪其樂生之心。顧使無制守者，而後守得著其善和元愷之德，使諸令亦得厚施其鍾乳，此又原本之論也。

晉陽爲山右會府，所統州邑二十五，其田與與，其日舒舒，其百姓常樂而允康，其諸令優游脩職，而常托于有餘之地。一日諸令公馳書燕邸，請叙于余，曰：自吾儕令斯邑，奉符而治，郡之胥不至于邑之庭，兆人以不驚。自吾儕令斯邑，

112

按額而徵，邑之耗不輸于郡之堂，兆人以不匱。自吾儕令斯邑，鐘則以扣，冶則以範，受成於長史之教，用福我兆人。自吾儕令斯邑，卧則于于，寤則徐徐，毋毛吹而瘢索，毋霆震而風撼，用寧我兆人之二十五州邑者，太守之德也。太守者，潁上王公心任也。屬當覽揆之辰，願乞公言爲太守壽，《詩》有之矣，"樂只君子，福履綏之"，以言爲壽，蓋遵古也，以壽頌德，蓋云報也。

余曰：信哉！予聞公之賢也。舊公初令潮陽，政聲藉甚，屬郝逆作叛，諸邑土崩，公誓守匝歲，爲潮碩果，按之國典，當膺世賞，而上臺剡牘莫之特書。令之最莫公，若令之難，公殆身之矣，循俸而晉北平二守，清静無爲，不擾爲治，權既不逮守，而令亦莫有顧公者。秩滿而陟今官，精明强固，事事振作，又不爲矯虔之色，群吏奉法循職而無他虞志，蓋公身經處其難，而心知其病，故今日者不以難治諸邑，使諸邑得施而鍾乳以和其百姓，宜諸邑合百姓之歌頌，而欲以言壽我公也。《詩》曰："鼓鐘于宫，聲聞于外。"余忝受廛鄰封，其爲鼓鐘也，稔矣。余不序公，誰當序者！抑今太守權不古若，而公之治晉陽乃與渤海、潁川、河内相頡頏，方諸古人，殆將過之。意者，自公而上無復難公者乎，不然，公何以得寧其諸邑也，則大吏之在吾晉者，多君子也。公瓜期匪遠，既祝公壽，又祝公嘏曰，願公早爲大吏，臨我晉中，即諸郡受福如晉陽也。

伊太公太君雙壽序代

天之於人，恒輔所不足，而樂裁其有餘。武健機警而好多，上盡用其所有餘，往往不能邀其子若孫福慧之靈；惇麗貞固，欿然自下，不與人争一日德怨之報施，似若有所大絀於人者，乃有所大伸於天，天將駿發于其後，而大用其所未足也。

伊子盧源，渤海名流，山左弁冕。乙未歲，余忝副會闈，牘具覆發，心冀得佳士，如卜聽人，懷鏡入市，幸聞好音，則舉聲叫歡。比盧源名揭，同事王君大木、王君素脩、張君玄林，離席舉手曰："是吾東省領解鄉書者也，敢爲主者得士賀。"主上既已稔盧源名，親召對，遴拔庶常。今春，上以教養將及一載，才學俱堪任用，特旨改授臺員，皆異數也。

越秋九月，爲盧源太公開雍先生及耿太君雙壽之期，諸子與盧源以年、以官稱伯仲者，屬余脩祝者之辭。乃聞開雍先生行誼，惇龐貞固士也。方先生年少時，遘閔孔多，頳風恐懼，陰雨漂搖，先生落落弟子員，隱忍俛受，鄉里小兒目爲顓愚，先生怡然，以聽天定。以是盧源鵲起巍甲，鶚立清班，知結聖主，義動朋儕，發祥所自，厥有由來矣。今人士倖博一第，官都津要，栩栩自多，謂文章有神，足致通顯，豈知黃金臺上一鵠萬矢，僕姑銛利，廢然而還，何可勝道，盧源宜無自以爲功，而一歸於太公之素昔自處于所不足，以受造物之有餘也。且由太公之道能自得子，由太公之道亦能自得壽，武健機警之人，而欲引其年是蚰鶩也。蚰不自衒其智，而數走爽塏之原，則資盡而槁立見。至誠之士棲神于心，精照無外，斂其聰明才智，與鈍同貌，是故孩然承墜石而不驚，虎虓於前而不顧，去機與械，兩忘寃親，以是游於至道，可以内果聖丹，外圓仙鼎，此太公之得壽取諸己而足者也。盧源方受天子知遇，朝拜疏而夕報可，夕拜疏而朝報可，宜以介石貞心，而以虛舟遇物，其於宿昔睚眦盪若浩蕩之襟，如江河之決斷，梗去而不留也。立言之道，内致其誠，外敦其厚，足以培國家億萬年之命脉者言之，非是者勿以進，其奉太公惇龐貞固之學而光大之，譬樹蘭者培其根，新芽益滋而舊本益固，此又盧源所以壽其親、取諸己而足者也。盧源追隨二載，求益不休，以吾窨井難副缾繘，乃如太翁朴心和行，契于上天，以來多福，余縋繩下淵，莫測所至，因脩祝者之辭，以報諸子，且以太公之道與盧源益互相勉云。

李雲洲侍御母張太恭人壽序代

今夫淑順者門内之懿範，貞剛者男子之嘉行也。然男子而有婦人之態，則交遊掉臂而去，羞與爲友；婦人而有男子之才，則綜理門户，式穀孫子，胥倚賴之，如是，婦人固尚才乎。夫燕婉和樂，及爾偕老，男正乎外，女正乎内。《易》戒攸遂，義專中饋；《詩》職酒食，訓嚴非儀。此生人之順景，而家室之恒慶也。毋論才非所尚，即才亦安所用之。若夫中年別鳳，孤子擁雛，塗茨中弛，丹膲未施，當此之時，尚循循然伏中饋而脩酒食，何以定風雨、綿弓冶乎？且天之生人不輕畀才，猶天之生人不輕畀壽，其畀之才與壽，皆有所用之也。天既責之以男子之事，不得不畀之以男子之才；天既責之以無窮之事，亦不得不畀之以無窮之壽。是故，其氣嚴凝，其性強忍，其道堅貞，才之與壽若相報焉，亦理數然也。

　　雲洲李君敫歷省臺，名重天下，天下之人莫不知侍御有母張太恭人云。以予所聞，中憲公既捐館舍，家仍勳舊，戚黨往來，臧獲任使，無異疇昔，顧操計獨難。太恭人曰：內治旨蓄，外治乾餱，上脩幾式，下脩匍匐，謹率先型，毋替家聲。侍御甫弱冠，遺書在篋，弧矢在戶，授經授箭，莫知適從。太恭人曰：考室則構，考菑則穫，內資明理，外資達政，父書可讀，其勿棄基。侍御既貴，服官梧掖，旋歷柏府，跪而受訓，何以稱任？太恭人曰：庶僚守官，言官正僚，入則獻替，出則脩職，嚴氣正性，為天下先。由前而言，則代中憲公為男子之事也；由後而言，則迪侍御君為無窮之事也。為男子之事，法當與才；為無窮之事，法當與壽。今侍御以剛方之品，載登綉斧之班，鑑光磨而倍朗，劍氣淬而益寒，繩愆糾繆，扶善擊邪，斷猶豫、定國是，事未有既而稟教慈闈，動取準繩，出反嚴乎告面，喜豫際乎加餐。太恭人之造就侍御者，亦未有既，故曰"法當與壽"。抑非太恭人才雖欲傲躓孟母，希蹤敬姜，其道末由，故曰"法當與才"。才之與壽若相報焉，理數然也，詎不信哉？

　　於是太恭人年且七十矣，侍御以予辱稱執友，使予修祝者之辭，予為著其才以徵其壽如此，侍御反於太恭人。太恭人愍然曰：非吾心也，使吾得老中饋，而恒議酒食，使先君子卒教若以成人之道，予何賴才焉。辱先生大人之以才壽我而賜之言，天實為之，非慈母之所願聞也。

吳太君八十壽序代

　　予自叨登仕版，則聞長安有吳子素求云。素求為閩之莆中人，其後卜居金陵，又為金陵人，流寓于燕，故又為燕人。時長安嘖稱吳子，謂其廣屬丁嚶，秉義堅定，臨變不苟，處窮道亨也。甲申之歲，吳子方在貧落諸生間，賊將牛劉大索戚紳，吳子之室，實隱貴游，敝衣藍縷，以禦獰犴，神色不動，屹若山岳。予聞之年友宮詹黃子鷗湄云。

然黃子又言，微獨吳子，蓋其太夫人鄭者，卓然有北海孔太君風，以是吳子好義而能安，夫有所受之也。吳子苞真蘊秀，學饒命中，亡何奉檄守秦，喜露眉宇，載守豫光，陟二會稽，賢者不測，所在著聲，柯斧豆籩，睨則天只，毋寧祿養於太夫人爲有光矣。吳子受任方州，某屬見謁，太夫人倚屏以聽，客去而嘆曰：「言論終日不及治事，是且僨轅。」已而果爾。予聞之同署葉子岸伯云。然昔孟陽太君，覺別補闕，潘母知成，吳母知廢，以是吳子能知人而敏事。吳子坎樽媚友，收召四遠，而官廨屢空，太夫人時出釵釧，以佐食貧。予聞之少司農曹子秋岳云。然昔剪髮供饌，乃能封鮓，吳母之敎若循一轍，以是吳子道廣而能廉。吳子矜惜名節，好爲潔脩，嫺於吏事，致其齋莊，胥役瞻望惴惴水行，太夫人猶進之曰：周道樂易，孔敎忠恕，宜多春溫，以濟秋肅。予聞之中翰吳子彥發云。然昔羊琇參軍，奉訓仁恕不疑，行縣爲問平反，二母惓惓，與母若券，以是觀之，吳子仕學行日進而無疆也於是。

今上御極之十有三年秋，太夫人行年八十壽矣，吳子交遊或自閩中，或自白下，或自長安，莫不欲爲太夫人壽者，徵序于余。余因以所聞于二三君子爲約言，以祝之。夫好義而能安，取諸慈訓，則貞而靜也，其說曰：木貞不彫，山靜不騫。知人而敏事，取諸慈訓，則明而惕也，其說曰：智蘊不窮，功運不匱。道廣而能廉，取諸慈訓，則和而介也，其說曰：氣和者迎休，中介者寡累。又有進於是者，取諸慈訓，平易而忠恕。是道也，在人爲福澤，在天爲清寧。太夫人深於引年之學，能自得壽矣。方太夫人爲婦時，姑年踰八，太夫人以奇孝格天，爲延一紀，此其意量，豈不在期頤間乎？吳子尊人以碩儒小試於用，未竟厥施，吳子際朝家人材拔擢之會，將大而宗，方向用於時未艾，太夫人於當觀之。太君亦莆中人，莆多仙者居，倘所謂行地婉妗，其斯人乎！

少司農朱右君太夫人六十壽序

吾鄉少司農朱先生，系本沙村，其先世徙宅燕雲，積思古處，敬止維桑，於是命岳壬辰入都，盤辟先生之堂且二年所也，即請問。先生曰："夙興夜寐，日就月將，士之事也。"余退而脩業。既濫叨木天，逾年改左掖，爲先生舊翔之宇，問道焉。先生曰："謀國如家，事無大小，必以當。"予退而修言。批根摘瑕，群喙爭鳴，徘徊審眎，未有當觸，私竊自疑之。先生曰："言之爲可受也，言之爲足戒也，改而止。"余退而立誠。凡余在長安七載，縋綆探淵，握梃發鉦，有汲則應，有叩則鳴，惟先生是資。於是吾鄉之在長安者，莫不辟咡而恭長爾，屢滿先生之户，求益無方，各厭所獲而出矣。

乃先生曰："以余碧井不副缾繘，斧柯豆籩，有其睍睆於天只者，母太夫人教也。"太夫人之教，揭厲取濟，指挂手經，惟其勤也，先生受之，是以處貧而能亨，居岑寂而弗墮其志。太夫人之教，小治言晏，大治賓祭，有倫有脊，有條有理，惟其宜也，先生受之，是以引切當否，用匡國是，由其説足以治，不由其説足以亂。太夫人之教，處躬則矜，於物無搆，致莊生嚴，寶慈生戴，先生受之，是以擊排而物服其正，包荒而人樂托其有餘。由斯以觀，凡余所受於先生，退而脩業、脩言、立誠者，皆先生所夙稟於太夫人之慈迪也。況缾小者未窮其溪，梃細者未盡其音。自先生敭歷奉常、銀臺，貳司天潢，佐計地部，所在能其官，名重朝右，舉朝之人皆知其必有由來。余褰裳未能從也，職思其居，未及發其嶒崟。余烏測先生之所至，又安能盡太夫人淵源之緒餘哉！當太夫人丁年寡鵠，琴鼓禍乖，荼蓼在前，窅棘乘後，撫孤育鞠，自爲之師，既各成振，世稱二良，是宜共孟齊驂，敬姜遜駕，而太夫人穆然無艱瘁之色，甘節而安，可謂有道者乎！方先生佐司農時，以非己事坐鐫，太夫人慰遣良已，不改坦施，人視先生恬焉若無以自異者，寵辱不驚，得喪齊觀，何意念之深也，所從來遠矣。自太夫人爲之，介石比貞，淵渟居性，其理足以勝數，其數足以難老，是故可以聚福，可以久視，可以爲行地神仙。自先生受之，致一以事吾君，淡寧以養吾度，撓之不濁，澄之不清，是故可以任重，可以致遠，可以執政爲天子大臣。自吾黨取之，分玄石之醴者，足千日之醉；乞安期之棗者，足千年之飽。是故得其緒餘，可以寡過，可以居業，可以步趨長者之後。是以同里二三子，莫不師先生而母太夫人。

於是時太夫人稱六十壽矣，二三子登堂酌觥，俾命岳修祝者之辭，因喜而序之，且致求益於先生無已也。

民部方聲木尊人雙壽序

余與方子聲木遊長安者三年，所微觀其人粥然若有以自下者，淵然無見光之色，心竊異之。瞷其屋室，盂尊盤匜，用之必當其材，余以知方子非悶悶也。酉秋分較京闈，駭浪震撼，辭連同事者，靡有貞黷，人面如土矣。方子奉考功、問考功，為解一繩；奉司寇、問司寇，為削一牘。坦然而往，怡然而反，當事弗疑，同官弗忌。當是時也，孱然承墜石而不驚，虎虓其前而色不變，余因以知方子有大過人者也。夫以余與方子處不能一見，而發其嶙岈，遲之三年又三累，而後能測其所至，覺我淺而方子深，余安得不肅然下拜哉？

同里諸君子或告予曰：子今而始知方子乎！雖然，未知其厥有繇來。乃始歷言太公及太夫人狀。余又因以知方子之掇高第、完令名，由太公之心期有以致之也。何以言之？蓋太公未總角時，心期所欲致已無不致者，當上蔡公宦數月，歸橐如雪，太公以舞勺之年而曰：無憂，兒自有區畫。無其播之，竟有其穫之心，期之所至而致之矣。以弟子員著聲黌序間，處於世蠱臂耳，而交遊所親，告紛無不解之紛，告難無不排之難，心期之所至而致之矣。白面書生，何與青烏家言，而躬不借歷崔嵬，豁然開悟，遂獲吉阡，以完子職，心期之所至而致之矣。方子且向學，太公為延明師，太夫人為治具，攻玉於山，麗澤象兌，卒成令器，以竟太公之緒，心期之所至而致之矣。人之教子，曰得第而止，太公不然，曰敬官是寶，太夫人成之，曰寧固貧耳，毋為二人憂。方子是以見利不爭，見害不怵，始於不欺，終於無畏，心期之所至而致之矣。

於是王子曰：毋寧茲今太公及太夫人行七十壽矣，其得於天者厚歟！將亦心期之所至而自致之也。韓子曰：“人之性壽，人生而有性，即當有壽。壽者，人自制之。”孔子曰：“仁者壽。”又曰：“大德必得其壽。”若是乎，壽者之可致而至者也。籛氏之壽也，覆輪於井，繫於樹，而觀之言謹身也。太公以負荷爲孝，急難爲仁，敬官爲訓，以寧其心，此其道皆當自得壽，夫婦同德，又當共得壽，雖期頤何足域之歟？是亦可曰心期之所至而無不致之矣！同里諸子皆曰：子向知方子之晚，茲何知太公之深也！請述子之言，爲同里脩祝者之詞。乃錄而授之。

陳植其太公六十雙壽序

余恆與同志言爲善樂事，因指數若者爲善得福報，若者否臧得極報，天道不爽，如符契然，即復曰慎無多言。夫舉善以爲勸，數惡以爲戒，是重戮不善人無已也，此亦刻薄事，其在吾身也，爲口過。是故南宮适之論羿、奡、禹、稷也，尚德也，君子也，而孔子不答，南宮之正又不如孔子之大也。故其説不欲甚明，而其理其事，無日不昭著於天地之間，著于天地，閟于聖人。閟之爲言，如大塊之能爲風，而塞其巽穴也；如人之能爲聲，而三緘其兑也。緘其兑者，或有時而爲音；塞其巽者，或有時而舒其調調刁刁。是故聖人閟之，聖人逗之。《易》、《詩》、《書》明其理，周公、孔子舉其人。"積善餘慶，積不善餘殃"，大《易》之教也；"惠迪吉，從逆凶"，《尚書》之教也；愷悌之壽考，相鼠之遄已，詩人之教也。聖人之意，以爲明其理而不舉其人，則猶閟之也。周公、孔子又何以舉其人？周公之誥召公曰"天壽平格"，孔子之贊大舜曰：必得其位其禄，其名其壽。毋乃太逗乎！周、孔之意，以爲祝召公而不聲管、蔡，贊帝舜而不咀瞽象，則猶閟之也。故曰：善善長，惡惡短，隱惡而揚善。周公之心傷於管、蔡，蔡仲之命，克庸厥德，餘殃之論，不必甚券，周公之所大豫也。帝舜之心傷於瞽、象，岳之薦舜曰："有鰥在下，父頑，母嚚，象傲。"載之《尚書》，垂于今茲，秦炬不能熄，魯壁不能蠹。幸夔慄之後，瞽以允若稱，而母、象無聞，舜之心寧不得禄、位、名、壽耳，不樂使母、弟之名以己傳，然而竟傳者，舜之所無可如何也。是故聖人閟之，而其人自著之，於是慶殃惠迪之説，往往大白于天地之間。

齊安之邑有兩善人焉，植其陳太公及張太夫人是也。兩善人者生同年，至於日月時無不同者，此其事甚奇，而處心積慮亦如一致。蓋太公周年而失其生身之恃，四歲而孤，然而事嫡母以孝稱，事四嫡兄以謹聞，太夫人佐之，咸有一德。牆以內無閧聲，雍雍藹藹，有淑人君子之儀焉。有君子之子五，其一以是年成進士，其四咸餼于黌宮。其明年兩善人同稱六十壽，於是善慶惠吉之說，齊安之人，莫不喜談而樂道之矣。謂兩善人六十許，黑髮善健，故宜歷期頤未艾。而長公成進士，將來名位未可計量，四君子彬彬儒雅，將蟬聯而鵠起也，稍稍稱道兩善人平生孝友狀，以爲天之報施善人若是乎彰明較著也。

於是，戊戌秋八月，陳子省齋觀政之期滿將歸，余亦以假行，預乞予言，將以明年爲兩尊人壽。余宜詳其行事，鋪張揚扢，以爲世之好善者勸。乃余進陳子而詔之曰：余無多言，夫兩善人之行事，天知之矣，天知之而且報之矣，天報之而楚黃之人皆知之矣，余復何言？與其言之，不如閟之之爲大也。言之而兩善人之行彰，閟之而兩善人之心適也；言之而兩善人之報已明，一索而無遺，閟之而兩善人之積功累行，蘊隆不剖，天之報施，亦與爲蘊隆而未盡也。且吾與子相遇於文章、性命之交，其母以得科第顯榮，親爲子稱報，固欲其脩身立行，以光大兩善人之緒也，余則有前言矣。舉善以爲勸，數惡以爲戒，此亦刻薄事，子務知吾所以不欲鋪張揚扢兩善人之意，其於脩身立行之道思過半矣。他日治百姓以寬和爲名，立朝處寮友忠厚寬大，養和平之福，壽國壽民，以壽其親，率由斯道也。爾家有碧峰先生者，方視學吾閩，君子人也，子其以吾言質之，何如？

大中丞張公壽序

余奉使百粵，取道洪都，與大中丞張公爲傾蓋之交。時陰雨連天，民且告潦，余爲滯郵亭兩日，公貺予《撫江奏議》八卷，石亭碑文墨刻一帙，予焚膏繼晷，以兩日夜畢讀奏議，喟然嘆曰：有是哉！仁人之言乎。蓋公甫下車，即爲江省疏陳積逋並徵計絀一疏，其法以一年帶徵一年之逋，派入由單。使此法信行，則賦完而民不愁、官不困，豈惟江省，措諸天下可也。大司農酌行其半，然而江民已沐浴膏澤無窮矣。嗣有急救水火一疏，自順治三年至十三年，閭閻疾苦之狀，痛切歷陳，爲民請命。憶予在垣中，捧誦心折久矣，再一讀之，如逢故人，喜可知也。虔南商賈維艱一疏，爲贛稅請蠲也；目擊地方疾苦一疏，爲荒蕪祈免也；陷累無辜一疏，爲民婦完聚也。若夫弁丁恣擾之劾，玉印藩差凌迫之劾，趙元起押馬官丁殺掠之劾，湯銘盤則又搏擊豪強，護我蒸民。其餘宏論崇儀，興利除害，不一而足。予因以嘆公之惠此江民甚大也。再取所謂石亭牌讀之，則公爲唐觀察韋丹而作，憫丹有大功德於民，而石亭幾淪於風烟蔓草之間，又怪滕王高閣，徒以王勃作賦，至今供騷人遊士之憑吊，反巋然長存。余又以知公之度量弘遠矣。夫略功德而侈遊觀，以韓退之之賢，猶復爾爾，他尚何望？公獨表彰懿德於千年之後，而亭之，而閣之，遂使西山雨洒徵峴之碑，南浦雲護甘棠之葉，而畫棟珠簾反成子虛閒賦，竟藐乎出石亭之下矣。是公又在退之之上也。

余方展玩擊節，不能自已，俄而煙銷雨霽，曦陽絢采，心顧樂之，或曰：公以是日祈晴而上天協應也，或曰後二日爲公覽揆之辰，而朝霞軒舉也。夫天人之際其感召微矣，一念祈誠，如響應聲，民歌壽考，山川霽顔，非甚盛德，惡能感召如斯之速者乎？召公之在南國也，民德其政，於是有勿剪之歌，周公頌之曰"天壽平格"，二公皆聖賢，豈作諛語！亦云：理有固然，數有必致耳。余躬履茲土，目擊嘉祥緇衣之好，覬自中心，方將解纜，爰筆記盛，非敢自附於周公之頌召公也。方今天子幼冲，四輔在庭，公且入而五之，協虞廷之數，以壽南國者壽天下，而石亭之壽千年，石亭之後又有石亭，壽亦千年，此二事者余將券之。

吴母李太安人壽序代

縈叟既遷夏官尚書郎，遂竣南河之役，奉太夫人還京師，再易月，仲氏彥昭初授任丘外翰，未即行。其九月朔日，爲太夫人設帨辰，且屬週甲，兄弟聚順以媚。二人私相語也，吾在南河壽母者三年，歌闌酒罷，賓客既散，則念安得奉嚴君至止，偕仲氏跪而雙進酒。仲氏亦云，吾在京師，爲大人壽者三年，歌闌酒罷，賓客既散，亦念不得母歸，與吾伯氏跪而雙進酒也。今兄甫歸而弟未出，而尊人方健飯，亦人子之厚遭也，屬功令弘錫類之化，人子得乞言爲親壽，又人臣之嘉遇也。乃謀爲乞言之觴，相率而問於朱子，壽親之言，以何爲最？

余曰：莫過於質言矣。堂堦咫尺而引姹女黃婆之侶，誕也；珍錯在御而侈交梨火棗之羞，虛也；文餘于行而誇賢父令母之績，誣也；行餘于文而舉一端偏至之論，紬也。如是而立言，不足以傳，則亦不足以壽，故曰莫過於質言矣。所問壽親爲何？曰雙壽也！邇者，家慈則以六十稱觴，余曰：縉紳先生與世相酬酢，嬉戲怒罵，或默或語，皆暴其光於外，故其行事可述而志，其性情亦可繪，而傳文言之，而梗概畢具，質言之，而鬚眉皆動也。若夫母儀在閨閣之內，聲不出於堂奥，行不踰乎中饋，非甚至親，孰能昭宣其淑問乎？雖然，吾與子兄弟二十年風雨之交，恒父事太公而母太夫人，又負屋望衡而居，吾母若母，逢喜慶輒相過謙勞，故太夫人之賢，惟吾能質言之矣。方甲乙定鼎時，太公課督二子甚殷，每會文輒具酒饌，月凡數舉，太夫人治具于內，羹多而飯旨，終歲不替，是雜佩旨蓄之風也。予猶記乙酉夏秋間，闔事方亟，太公命予及宋小仙，與粲叟、彥昭讀書于南壇道舍，晨夕授餐，太夫人躬調醓壼，令老蒼頭執爨，其視吾兩人無間二子也。是歲，予與小仙先著鞭，至今念哀王孫而進食，意豈須臾忘乎？且太夫人之賢不寧惟是，太夫人之賢，有獨處其難者，則太公爲之也。太公性至孝，事百歲太君色養備至，家人稍不當意，則呵斥從之。太夫人先意承志，潝㵝厄匜，必手挂指經，方敢以進。晝則追隨膝下，呼兒女直前娛老人，夜則以身煖太君，毋令獨宿，如是數十年如一日，太公則豫甚。太公之爲子至孝，則難爲婦也，而太夫人爲婦之賢有若此。太公性至友，有弟蚤世，撫其仲婦及孤女，禮優而恩備。室中事，男子豈能周知而悉至乎？凡哺饏衣珥，皆太夫人纖細均給，毋二視。爲其女擇壻，同室而處之，男合養于外，女合食于內，卵翼教養，竟成進士，閭里侈爲美談。太公則又豫甚。太公之爲兄至友，則難爲姒娣也，而太夫人爲姒娣之賢，又若此。若夫湘藻之節，穋藟之懿，善不勝書，姑舉其大者二端，揆厥天性，總之不離敬順者近是。吾爲是質言於太夫人，豈有當乎？苟有當也，吾則不文，其持吾言，使能文者屬筆焉。

粲叟、彥昭再拜曰：如子言，足以雙壽吾親甚盛矣，而何他求焉？請遂書之。予曰：良工不示人以璞，子奚以吾不雕飾之辭爲哉？賓客滿堂，得無姍吾言之質勝乎！且吾未嘗爲祝者之辭也，請足其説。夫粟紅于囷，不拾穗于野矣；月輝于室，不借光于炬矣。太夫人備美于門内，合德于太公，慈孝委順以受，天和其安，坐而致期頤，如磁鋮之相引也，則何必繪西池之圖，侈北斗之杓，以恫恍不可知之言相諛聞？君家百歲太君徽音可嗣，行與太公共似之，其説蓋存乎任姒之思齊也。

張太公吉園六十壽序

五行之性，孰爲壽？其在天者，五行皆壽；其在人者，莫壽于土。抗爽扶疏，亭亭物表，厥性木；淡蕩開徹，不滯於物，厥性水；英達照灼，而無留事，厥性火；堅忍沉悍，遇物能斷，厥性金。四者之性，各喜見光，苟盡其才，皆傷其本，惟土則不然。緌緌焉爾，繹繹焉爾，斂光四職，精照無外，静專而動，必伸其志，望之若麋長，就之莫可喜。然而孝子之行也，悌弟之事也，慈父之能也，聖丹之果也，仙鼎之圓也，必歸其人。故《元命苞》曰：土之爲位，而道在大不預化。

吾友吉園氏，予耐久朋也，盤旋可三十年許，孰能刻畫吉園鬚眉者，環郡而號之，應聲而出。必予矣。長公夏鍾，次公唐鍾，皆操瓠從我遊，獨徵予言，爲其尊人六十壽。知言哉！余則以土之爲道頌吉園，且祝壽考如捏塗作羣真，爲伯陽則伯陽，爲君安則君安，廣額長耳，方口厚脣，深目黄鬚，高冠玄衣，靡不肖貌而出者。吉園寡言簡笑，瞠目雛䀊，罕答來問，人或異之，吉園不顧，何法？法土之寂寞，不與金木相噌吰也。鍵户少與，貴知者希，何法？法土之隤然示人簡也。冠不華，履不飾，一裘三十年，何法？法土之從質，不與水火分光曜也。喜不形齒，怒不裂眦，岸崩其前而不瞬，虎虓其旁而不慴，何法？法土之安安也。憲副公建宅三，恭人晚年獨依季子，甘旨之奉，終天益恭，何法？法土之繼火，火將衰而依於土也。舍其樂丘，以厝二人，何法？法土之藏火也。相彼崇丘，庇其孟仲，惟季獨嗇，吉園安之，何法？法土之讓。其功名於四行也，辟吧而恭，長爾承筐以媚，嬰其麗澤，二子並成令器，讀天下書，友天下士，何法？法土之生金，又以土範金而成法物也。是故具其土德，以子則孝，以弟則悌，以父則慈。具其土德，以果聖丹而聖丹成，以圓仙鼎而仙鼎凝。由吉園之道，而博世資諧俗好，是以鈞承蜩也。由吉園之道，而全福享極壽命，是以罟致魚也。《易》曰："安土敦乎仁。"仲尼曰："仁者樂山。"山則靜，靜則壽，其吉園之謂與！以予應聲而壽吉園如是，亦繪水繪聲、繪月繪明之技哉。通乎神矣。

封工部主事洙源吴公壽序

今之壽人者，謂人不足以壽人，則進爲神仙之說，其人安期、羨門，其地蓬萊、神洲，其物交梨、火棗，其樂八琅、五舌。人莫不知其說之誕，而樂其言之足以介眉壽而祝長年，故凡壽者之聞是說，則欣然若有當於予心，爲人子而聞人之以是說壽其親，則髣髴乎意其有是也，若將致之矣。

温陵王子曰：世上有真神仙而人不知也，人之而已矣；世上有真神仙之壽，而爲神仙者不自知也，受之而已矣。蓋人受天之氣以生，壽莫過於天而人應似之。然而人之壽不齊，有絕於天者，有全乎天者，是以不能齊也。在天謂之天，在人謂之仁。仁者，天之生氣，全其氣者，陰陽不能賊，其量百年；全其理者，治亂不能革，其量千年；全其性者，不與水涸，不與火滅，不與金焦，其量與天無窮。《記》曰：人者，仁也，親親爲大。《語》曰：孝弟爲仁之本。故舍孝弟而言仁，如搴寄生之木，而疑其質也。藺期力行孝弟之道，而斗中之神降，所與言皆出《孝經》，藺期竟證仙果。孔子稱舜大孝，而禄位名壽，皆歸本於大孝之必得，舜之聖人與舜之禄位名壽，途之人知之，舜之禄位名壽非得之於聖，而得之於孝，其說自孔夫子昉也。今有孝子悌弟於此，世人未知其爲孝子悌弟，不信其爲真神仙也，無惑；即知其爲孝子悌弟，亦未信其爲真神仙也，無惑；即其人自謂，吾爲人子，爲人弟，種種未了之事，不自以爲孝子悌弟，亦不自信其爲真神仙也，無惑。温陵王子乃登堂而壽之，以爲真孝子悌弟也，真行地神仙也。

斯人也，行年十二，讀書未卒業，父爲無妄所灾，就鎮撫獄。鎮撫重地，鳥飛不度，十二歲兒，背負被，手攜餚，見冠蓋入者，輒跪泣父柱見收，恐凍餒。當事憐之，令獄吏代遞，以是得全。改刑部獄，每晨賂守者入侍温清，晚復賂得出，即值長官，復跪泣聲寃，長官亦憐之，爲給小牌，俾得往來獄中。蓋雞鳴入獄門，漏下始出，如是歲餘，無一日間者，豈無兄弟而若人獨爾也！自是家業中落，荏苒三四年，已當男子丁立之期，即拮据色養雙親，撫育弟妹，豈無伯氏而若人獨爾也！晚年獨奉慈親，積誠積愛，朝則問夜寢安乎，三食則問噉飫幾何矣，退則婦子遶老人之膝，竟夕合門聚順者，數十年如一日。孝德和氣，上通於天，錫以康寧，遂致期頤。有弟婦中年寡鵠，曲意慰安，女其女，壻其壻，飲之食之，教之誨之，自儒童迄成進士，無倦色。弟婦爲忘寡鵠之苦。伯氏亦遺一子，子畜之，不知其爲猶子也。以余觀其爲人，童年之孝，有成人之所不能者，老成之孝，有依然孺子之心者，推惟孝而友于兄弟，有恬然日用飲食之恒事者，終身由之，不自知其爲孝子悌弟，豈非仁心盎滿，全乎天而不雜以人者乎！則其爲子爲弟，是其安期、羨門也；堂宇庭堦，是其蓬萊、神洲也；瀡髓甘飴，是其交梨、火棗也；嬉笑斑舞，是其八琅、五舌也。是所謂世上真神仙也。何者？以其全乎天之生氣，而宜得天之壽也。

　　客問其人，王子曰："此余婦翁洙源吳公是也。"於是客有述其素行不齲，雖涉足於花塢柳湄，而平生不犯非己之色，此端人也。客有述其仗義重然諾，某紳爲廠衛所中，以身脫其人，自與群小對簿，竟置群小于法，此俠士也。客有述其官孝感，去之日，留靴者以百數，至獄囚亦出獄爲留一靴；官蒙城，去之日，百姓擁中丞輿請留，中丞不得行，爲之借寇，至今甗甗巍然繫去思，此循吏也。最後，客乃述其教子有方，兩郎君俱登巍科，水部公以能其官考上最，此賢父也。迨聞王子之言，皆齊聲贊嘆，曰："吾儕之知吳翁也淺，今知吳公天下之孝子悌弟也。"又曰："今知孝子悌弟之爲世上真神仙也，今知孝子悌弟之必得其壽也。"於時，王子方謫居京師，寥落無奈，翁不俟掃雪入夢，而朝夕慰勞。於其壽也，爲文以酌之。其知者以爲爲酬也，不知者以爲爲婦翁也，皆非也。乃予則欲以神仙之壽，壽孝子悌弟，使凡爲子爲弟者，觀感興起，同臻神仙之壽，如播穀種之穫其穎栗也。

耻躬堂文集卷之十三

記碑傳讚箴疏

擬慈寧宮記

維我皇上御極，庶政丕釐，弘化湛敷。念聖躬所誕育，時崇聖母皇太后徽號，以隆孝思。每視朝必先入子舍定省，然後御正殿，臨群臣。蒐狩時舉，出必告，入必而國家用人行政之大者，先關白皇太后，然後出而布之朝堂，天下翕然致生知神靈之頌，不知皇上誠有所受之也。上既數朝大內，見皇太后所居敝陋湫隘，思更諸爽塏者，乃因慈寧宮舊址葺而新之。工竣制詔，臣紀其事，役成而記，禮也。

按慈寧宮本名仁壽，明嘉靖中再建改今名，蓋母德象坤，取得一以寧之義，上特仍之。規制宏敞，不事藻繢，不勞民、不傷財，崇儉德也。亦繄我皇太后念先皇帝起家艱難，今日奄有四海，惟是勿忘祖宗朴略之意，以惟懷永圖。且天下自十稔來，水旱未調，干戈未息，物力未復，瘡痍未甦。若必僝拱木於林，衡騁巧匠之變態，則將有陟層崖、踚絕巘而厲民于山者，則將有凌風濤、犯霜露而厲民于水者，則將有除直道、踐田禾、役丁男、呼邪許而厲民於道路者。毋寧與民休息，而以儉德先天下，此皇太后意也。皇上以念罔極恩，思致尊養，苟令太后回憶肇基之地，欲壯鉅麗之觀，即欲效漢高帝營新豐，俾街巷棟宇一如舊里，以博慈顏歡，豈有難焉？亦維體皇太后尚儉休德，懼土木煩興厲百姓，反傷大慈心，故孝存養志，以留不盡于小民，此皇上意也。今宮工成矣，而天下不知，近而都邑之人亦不知，即近而在廷諸臣，非與經始之任者，亦不知也，豈非以不勞民、不傷財之故耶！臣於是知皇太后之能以儉德先也，于是知皇上能以儉德承太后而施惠澤于天下也，于是知皇上成太后之德，安太后之心，能使海內頌太后之仁不衰，爲能以大孝治天下也。行一事而三善備者，其茲役之謂與？夫以天下之全盛若此，太后、皇上之節儉若彼，慈孝相成，以基隆治，後之聖子神孫，其尚勤纘述於斯，臣謹記。

擬重脩翰林院瀛洲亭記

惟我聖皇御宇，百度聿新。親政以來，與諸司嚴加釐劾，務使積弛咸張，尤加意文學。因歷代詞林之制，選四科八旗俊秀，儲育其中，又特簡惇博儒碩，以槃捽而鏉碌之，期于德成業廣，用新一代光天之治，意綦隆也。

顧院沿舊規，歲久就圮，院後有亭，扁曰"瀛洲"，曲沼瀠泓，疏櫺綺豁，昔爲大雅游息樂群之所，今葑莎壅塞，陁隊傾欹，非所以昭文治、壯國華也。於是慨然復古，同謀所以脩之。先是中原甫定，瘡痏未瘳，端門及九門之被燬者，有司具繕狀以請，天子重念民力艱難，寢其議。邇復以北潦南旱，悉罷內外工役，洋洋聖謨，思深慮遠，直與安茅茨、惜露臺者，並昭遐軌，視彼土木繁興、藻棁致訴者，真不啻度越而上之。第閔勞惜費者，人主之盛節；舉廢振墜者，臣子之常業。一亭之修，其糜無幾，而文治國華，於是乎在。斯事雖勞，又烏可已？遂有某經其始，某襄其成，欹砌而完，淤濬以潔，螳蠹易而翬飛，污漫被以朱綠，無替後觀，亦不侈前人，煥然與天祿、石渠，照爛來許，是諸臣潤色之才，與聖明撙節之美，未始不相爲用者。亭成，仍名曰"瀛洲"，不忘始也。士之群聚於斯者，雕甍日永，縹閣雲深，池塘春草之思，花階委蛇之致，真若閬苑蓬壺，身遊其際，寵遇隆矣。有不澡心滌慮、涵養薰陶以儲舟楫鹽梅之用者，是斯亭之罪人也。因濡筆記之，以勗我同志焉。

石　鐘　記

辛丑春暮既望，王子齎捧將指，粵東衝泥，次湖口。湖口者，《水經》所云"彭蠡之口，有石鐘山焉"，即其地也。令君喬文衣，雅有詩名，謂余曰："蘇長公

《石鐘記》，先生讀其文矣，今石鐘在也，即崇朝可覽而竣，顧掉臂失乎！"余謂使者奉天子命，宣新恩于海國，慮元元舉踵思慕，冀旦夕至，遇者霪雨彌月，靡敢息馬，雨花、采石、九華諸勝，過而不顧，然心甚念之。若崇朝可畢，豈復相置哉？前去江州幾何？從者曰："可六十里。"余欣然同遊。

　　出闉迤西數十步爲下鐘，建大士閣，其上閣之右有亭翼然，亭之右片石奔江，可坐二三人，然俯瞰凜然若墜，不可迫視。廻而東出石徑，後有堂巍然，堂中石叩之作木聲，聞數里；堂之左峭壁巉岩，古今題咏，鏤石上者錯錯爾。復沿徑而登，怪石嵌空，錯立道旁，不可殫舉。轉上乃得平岡，可坐百人，同官史煥章題石曰"五老飛來"。是日蒙陰，所謂五老，峰隱不見，惟見天際浩淼，與白雲相涵虛而已。廻從小徑東有石罅一線，俯臨無際，隱隱有石砌。文衣曰："漁人從砌而下，立尺石上，布罾取魚，了無怖畏。"又轉而東下，得石徑，徑不盈尺，側身而入，摩鼻盪腹，曲折數十步，得一平石，足坐五六人，有石屋覆其上，水點滴覆石下。余與文衣憩而酌酒，下窺江潭，深碧黝窅，左一巨石，石有小竅，植木其中。文衣曰："漁者引挽上下，下臨江丈地，亦置罾焉。"余泫然曰："危石之下重淵也，魚無求於人，人猶求於魚，能相忘於江湖乎？"回出石徑，稍下至沙汀，文衣指坎謂余曰："從此側入皆空洞，有堂有廡，有亭有榭，忽明忽昏，玲瓏四達，景在冬春間可平步而入，今水漲未能也。"遂泛舟泝流而西，始知向山行皆在石髻中，今乃見沿江石壁，悉立根水下，聳拔雲際，而水激石上，噌吰鏜鞳之音已鏗然入耳。忽有持罾而立丈地絕壁下者，即余向所泫然處也，壁下石嵌小者如斗，大者如車，皆與前洞相屬。無何，而石壁忽開一線，舟中視之可二三寸許，自線中出一人立水際，疑山魈木客，蓋向所謂從石砌而下者也，果持罾人。壁上小穴，大可容栗，有小鳥疾飛入其内。余笑謂文衣：是鳥當無死法矣，猶存此穴見宇宙之寬乎！移棹漸西，俄有一石飄渺雲際，獨窺江上，崢崚如飛霞，如堆雲。真山也，如假山；真石也，如畫石，奇異不可名狀。此何景也？文衣曰："此即初遊時，亭右奔江片石。"自江上觀之，愈益奇。余曰："下鐘之遊止乎。"果不崇朝也。李少室南音北音之石，蘇子瞻歌鐘無射之聲，雖未細按，而得之大意，已在耳目間矣！遂泊岸，引滿而別，更語文衣，爲我訂山靈，王事行急，上鐘之遊，願以異日。過湖口，大雨傾盆，復衝泥疾驅，是夜抵江州。

重建蔡忠惠洛陽祠碑文代

郡以東二十里，爲宋太守忠惠蔡公所造萬安橋，利賴最普，民免龍蛇之患，業疏其事于石，郡人思之，乃建祠于橋之西，歲時禋祀不茀廢。迨今明崇禎十有三年，郡守姑蘇孫公景流，風瞻遺像，捐俸薪倡新忠惠公祠。于時，劉子世宅祠側，高山在望，流水懷音，匪朝伊夕，乃得從薦紳先生後，捨金錢竣厥事，經始于庚辰某月某日，落成于辛巳某月某日。當是時，古虹鞏駕，新址巋然，南北冠蓋拜望，趾相錯也。是年冬，劉子將奉天子命，以分鎮蜀川之行，都司綏厥彝民，計渡洛而東，當指荊門，浮灩澦，攀蠶叢之鳥道，弔鼇靈於鬼方，斯固萬里遊也。登祠肅拜，徘徊不能去，乃援筆而爲之紀曰：

方蔡公爲著作郎，發憤范文正諸君子之貶，斥高若訥之姦邪，作四賢一不肖詩，誌其事，名著中夏，生平大節，概可覩矣。知諫院起居注，明唐介之忠；卒爲改英州，知制誥，以罷呂景初、吳復中、馬遵無罪，封還辭頭，不草制。此皆凌節冰雪，抗志雲霄，誠名行之喬嶽，俗流之砥柱也。未幾，以樞密直學士知福州，尋知泉州，仁聲惠政，更僕未易數，乃今以萬安橋特聞。向令蔡公當日澳泅齷齪，與時唯呵，在朝無真氣節，在郡安有真事功？縱欲亘萬尺之長虹，通千秋之利濟，無論神妒其成，人亦罕助其順，又寧能使後起者守是郡思慕其所以守是郡，閩士大夫思慕其爲我閩士大夫，氓庶思慕其爲德於鄉不衰，于焉寄渺思於清漣，遡琦品於珉碣乎哉！

夫君子無往而不誠然其爲君子，公在著作，無諫職則以詩規，知諫院起居則爭英州，知制誥則封辭頭，守泉州則興橋梁、植蔭道，如舊誌所載，郵波臣，收怪物，事多奇異，理或宜有。迄今遵海而居、橫江而渡者，悠然有小河洛之思焉。君子隨分職自表見，報天子耳，安在居朝右則表表與富、歐並重于時，而在外郡，顧不有所實心建豎，以濟我億萬生靈於仁壽之津，而甘使真西山、王梅溪擅美于

129

後也耶！余謂郡守最親民，善能承宣天子德意，漢數召入爲卿貳，或加爵至關內侯，以故二千石得人爲盛。宋大臣往往以引身求補郡，其出也朝論惜之，入則復爲卿相，以故名太守亦多，法稍近古。仁宗爲宋令主，既以公重惠泉人，竟復召內入端明殿學士，君臣之間可謂兩全。然而公政不計及此，此公之真忠真惠，所以歷千載而尸祝如一日者也。劉子系本京兆，代著前朝，睠五忠之宗德，忝十賢之名裔，每興懷古誼，輒神往尚交。矧在咫尺遺踪，敢忘親炙耿切？爰勒驅石，用寫執鞭。公濟人徽德，郡三尺兒童能舉，似不多贅，撮其居朝大節，以見休行美業之有自，總之不離忠惠者近是。

公諱襄，宋進士，累官端明殿學士、禮部侍郎，莆田人。孫公諱朝讓，明辛未進士，去公五百餘年，兩任泉州府太守，有惠聲，常熟人。例得並書。

重脩翰林院先師廟碑文

古者舜、禹、湯、武，皆有立學，學則祀先聖、先師，於是有皇而祭收，而祭冔，而祭冕。而祭者，古所謂先聖、先師，不可考爲何人。以所聞，漢而下則皆宗師孔子。今自郡邑而上，至於畿京，皆有廟，廟附于學，其以官署而祀先聖、先師廟者，則惟翰林院爲然。他官署以仕爲仕，惟翰林院以學爲仕，故謹祀先師廟也。

今皇上順治十有二年，親選定庶吉士三十人暨鼎甲三人，讀書翰林院，命冬官脩葺院署，而先師廟巋然煥新。役成，例爲之記。因集諸士而詔之曰：國家于諸司率稱官爾，獨稱士于諸司，率名其職爾；獨名其德曰常、曰吉，又祠祀先師于茲地，若知國家之意乎！凡以教若學孔子之學，而因以孔子之道事吾君也，而將有啓沃論思、贊襄密勿之任隨其後焉，非他官一司一職之寄所可同日而論也。且孔子之道安在乎？孔子祖宗堯、舜者也，堯之命舜，舜之命禹，皆曰"允執其中"，而子亦曰"中庸"，其至乎！子思曰"君子而時中"，孟子乃斷之曰："孔子，聖之時者也。"時即中也，故人臣之道，惟清、惟任、惟和；人君之道，曰知、曰仁、曰勇。知之道，通於清；勇之道，通於任；仁之道，通於和。孔子兼舉之，以告其君，不失其爲中；夷、尹、惠分行之，以淑其身，而不得與於中道。故爲臣者奉先師之中，以純其學，則清不近名，任不近利，和不近愿，是亦先師而已矣。奉先師之中，以事吾君，則知不爲淵察，仁不爲水懦，勇不爲火猛，是亦堯、舜其君而已矣。古者宰相調燮陰陽，豈其口噓溫涼之風，手握霜日之柄哉？夫亦内平其性，外淡其情，持之以戒懼，發之以中和，以之翊戴一人。是故喜無毗陽，怒無毗陰；刑無近濫，賞無近僭，一撥於中焉。故天地應之風雨時若，水旱不災，疾厲寡鮮，民用和樂，位育之能事，非意之而已也。爾諸士顧瞻廟貌，興懷景止，將無有志於是乎！昔司馬光夙夜必誦一"中"字，似有得於先師之學者，以彼相業亦巍然足觀，然元祐之間處變法諸臣未免矯枉過當，遂開黨碑之禍，而國事隨之，豈非口能誦之，而身未必能體而行之者乎！爲相如司馬光，亦可以爲善矣，然而一念稍偏，則體數皆差，故曰中庸其至矣乎，民鮮能久矣。因廟之成，敬颺言之，所願諸士讀先師之書，登先師之堂，必學孔子之中，因奉是道以佐聖天子中和平康之治，庶無負議廟於院，與今日重脩之本意云爾。

記之日，則是年之十有一月，朔有八日也。

晉江叢邑侯碑文

歲己亥之莫春，余邀恩請假入里門，有父老數十輩，皤首麗眉，遮予于洛陽之北，進曰："先生離鄉井且九年所，所閱三山而下，郵亭村落猶有如昔者乎？"余感然曰："不如也！"越日，登余之堂，又進曰："先生入城郭，過里巷，比屋鱗次，猶有如前者乎？"余默然而悲曰："大不如也！"父老因相與道五六年來事，至相持泣下。又數日，父老再進曰："先生抵里有日矣，觀里中子弟有歎息愁恨之聲者乎？"余瞿然曰："無之！雖然，邑屋毀者強半蕩析仳離矣，即如是，父老何以得皤首麗眉，諸子弟何以無歎息愁恨之聲也？"父老乃言曰：比者軍旅頻仍，賦重民貧，從事茲土者，誠以撫字爲心，恒苦於催科之不及格，乃羅里中糧長於庭而課之，按籍勾稽，扑其不完及完不如數者。糧長不能，數受扑，每僱貧民代扑。僱者計扑受價，持扑者亦計所杖索之。於是有一扑之費，足以完糧，既費於扑，糧愈益逋者矣。又故事，徵比糧長，率置花戶不問，花戶黠者既負逋而累糧

131

長，其愚者望縣署惴惴而慄，歲應輸若干數惘然不省，糧長亦往往虛喝之，飛甲移乙，弊端滋起，逋負卒不可清。而簽拘押追之法行，利卒歸胥役，閭井之間，蕭騷煩費盡矣。邇者，邑父母邃衷叢侯下車甫浹旬，即清問民間疾苦，廉前事所以失，一切反之。進糧長於庭，悉心開諭，令臚列花戶姓名，某花戶糧額若干，歲應納鏹若干，較若眉列，各照名下赴櫃投納，糧長不得以隱蔽相恫疑。其赴櫃之期，比前比日，隨意聽其完輸，有輸不如數者，不假蒲鞭，使民得自爲限期，至日無不如數輸將恐後。於是，侯之庭桁楊不動，侯之郊追呼無聞，而糧額卒完無虧者。吾儕小人，歲省扶數百千，歲省費亦數百千，始知有生之樂，與爲良百姓之安且榮也。是以少者無欺息愁恨之聲，老者得以休養其餘年。今茲竊有請也，百爾士庶，感慕侯德不衰，將勒諸貞珉，願乞先生言爲重。

余曰：有是哉！如若言，良法美意，雖措諸天下可也。今各省逋賦至數百萬，民窮官苦，余既屢有敷陳矣。茲以假歸，得躬覩我侯之治，採選嘉績，爲入告先資，蓋予職也，其敢吝一言？雖然，予不文，且邑多前輩長者，余亦不敢先，毋已，請質述父老之詞而書之，其敢益一言？

侯諱蔭坤，號邃衷，山東人，丙子科鄉進士。宜勒于石，永告後人。

永春馬邑侯碑文

歲辛丑，部使者分行天下，察順治十二年至十五年逋糧。其在民者，悉遵詔敕免；其在紳衿者，無赦。蓋紳衿爲四民之望，果逋國課，甚干網至無禮，治以罪，法故平也。閩紳衿士民，古稱淳易治，而泉州守禮奉法尤甚。無寧茲正供輸將惟謹，比者海氛未靖，軍需孔亟，修雉堞有助，造戰艦有借，賊圍城粟米課兵有捐，惟是二三紳衿實悉供億，惡有所謂食地毛而抗公家者哉！農、水二部使者至泉，諸邑長初未嘗不以實聞，使者大恚，提胥吏加三木，令開紳衿欠户，書吏懸空報姓名，偶記憶所及無不報，所不報皆其人無貌于心，無名于耳，幸而遺忘者也。亦有奸胥侵蝕官鏹，乘機而灑開紳衿，以遂中飽者。蓋泉七邑被其害者六，獨永邑無有。泉中紳衿田土半隸永邑，不逋賦於永邑，而逋賦於他縣，理所必無。然而永邑獨報免者，則賢父母以身羽翼，故諸紳衿咸受其福，所以得遂其仁者父母之心良苦，而事獨難也。漢史弼爲平原相，青州六郡其五有黨，平原獨無。從事詰責，弼曰："他郡自有，平原自無。"至今以爲美談。千載上下如同一轍，豈不偉哉！予曾拜有催科，全憑由單一疏，悲有司隔年頒由單，而以意開紳衿逋欠，至於釐毫，故欲以微言動君父也。使天下父母皆若永邑，予復何言哉！因記事勒石，以表章循良，且式天下之爲令者。

傅門雙節傳

傅翁三台者，浙之錢塘人，素長者，余閩中士大夫往多主其家，稱世講。余從諸父公車，得交其孫天耳君。天耳諱與霖，郡諸生則爲予言其母妻雙節狀，汍瀾不自已，因請余爲傳。以余由史館歷省垣，簪筆記事，表揚幽貞，整飭風俗，固其職也，夫何辭！乃傳曰：

傅生彥長者，三台翁第一子，先娶褚氏，生與霖兄弟。褚歿，繼娶諸生莊端女，甫四載，生病，莊爲刲股，生歿，矢《柏舟》志，孝養三台公惟謹，撫貌諸如己出。乙酉夏，大兵抵武林，城中人四竄，三台公曰："毋動，動多虞。"適與霖友鄭士宗，故浮山人，浮山去會城五十里，地僻。宗艤船迎與霖，霖奉祖父及母莊、妻陳氏暨妻弟陳旦升、婦錢氏同往，未至岸五步內，風濤大作，霆霹雹擊，舟幾覆，跟蹌抵士宗家。士宗爲與霖謀，過此若干里爲金家繩地，左江右林，江可舟，林可匿也，遂移就焉。亡何，騎塵至，家人競走林中，莊及錢氏獨走江。三台翁茫茫迷所向，或謂曰："毋江毋林，前走則免。"語畢失其人，翁以爲神。如之，憩一神宇，飢甚，竹林老人持麥飯飯翁。與霖婦陳氏者，念翁飢，爲晨炊，備榼飯，促與霖跡翁，乃攜小蒼頭望林奔。奔稍後，騎分馳至，及陳氏，陳擲金珠求免，騎陽許，既入橐，欲汙之，陳張眥大罵，被三創，度不免，罵愈烈，後創一刃，吻決遂死之。騎沿江者，將及莊、錢氏。先是莊、陳與錢氏偕至浮山，則相與言，若變生不測，吾屬毋汙騎手，先一死全節耳。以故倉卒分馳間，不之林，之江。家人匿林樾者竊視騎未至數十步，莊一躍入江，錢氏手抱兒繼之，蓋三魂衝潮而逝云。與

133

霖亦遇騎致金，騎得金，揮手令呕去，不死。越日，求得三台翁，乃求母屍，沿江哭，已蒼頭復來，言陳氏不屈死節狀，霖復哭。遂四集漁人，求母，網取竿量，没水中索，終不獲，霖爲慟絶。三台翁慰之，令尋婦屍，得於梅家屋側，既信宿，顔不變如生，尚勃勃作噴罵氣。鄉人金連橋者，舁所治具草殮之。當是時，一門姑媳雙烈，合陳家婦錢氏而三，而士大夫城處不去者，顧反無恙。嗚呼！何巾幗之多君子也？與霖痛母屍之不獲，終天擗踊，人子宜哉，特誓不再娶一節尤爲末世所難。

以余觀莊氏死於江，陳死於田，豈以屍之存亡爲存亡哉？是三烈者既上升其氣，或歸星辰，或主河嶽，與天地爲不朽也！世上男子生享逸樂富貴，身死藏高丘、埋石槨，惟懼速朽，其骨則存，其神則滅，此二等者，孰爲長存天地間也耶？越九年，三台翁殁。又十五年，余以請假歸葬，至武林，始爲之傳。

瞻拜蔡虚齋先生遺像題讚

宗風丕振，實始閩泉。掃開群説，《蒙引》獨宣。亦由躬踐，遂脱言詮。視官若寄，識炳幾先。歸裁學者，一室蕭然。瞻拜公像，近在几筵。繭絲留兹，妙契心傳。

讀倪鴻寶先生集題讚

侃侃其品，謇謇其稟。文字繡錦，名山其人。實惟籍甚來者，讀中祕書；仿佛日移花磚，猶留墨瀋。以視雲林，尤千載凛凛。

黄石齋先生讚

生當末造，不自後先。主非庸凡，脈故難延。清仁抗疏，補牘求賢。丹心百折，之死靡遷。匪躬謇謇，大廈一挺。角巾北去，正氣歌傳。從容誰似，信國當年。

題洙源吴太公真讚

道冠儒服，謖謖松下之風，其隱者之容歟！隱之氣静，振之以俠。笑傲王侯而自如，排解紛難而不憎，其季布之流亞歟！俠之氣張，歸之于道。上承望頤之慈歡，下授一經而雙秀。主伯亞旅，各獲其職，斯人倫之領袖也。道之體莊，游之于藝，一石五斗之後，徐理絲桐，宣鬱破悶。當是時也，置之朝堂而不欣，處之巖壑而不屑。非隱非市，不夷不惠。拂拂十指，陶然玩世。像肖其形，寫真則滯。題之爲誰，乘龍之壻。

負土圖讚

鶴有頂，鳳有翰，珠石圓，彩石爛。夫負土，妻舉案，三才協，五倫燦。示雲仍，師吾讚。

梧扱自箴

不敢近名，不敢近利。不敢黨同，不敢伐異。虛洞靖共，守一無貳。敬襄我后，質諸天地。

賻晉江叢父母喪疏

晉江叢父母，勞心撫字，愛民若子，當錢穀孔亟之秋，膺催科責成之任。父母不忍鞭扑相督，惟是嘉言實意，與百姓相勸輸終。父母之身，晉邑里班，無一受笞者，而錢糧以完。何者？開戶另比，父母身任其勞，而見年無賠貶之苦也。鞭扑不用，省代板執板之費，而涓滴皆正供之輸也。錢銀兼收，而民省倒換之蝕也。一卯再卯，三卯四卯，寬爲期而底于額，官不厭煩碎，而民得隨力以完公家也。諸凡善政，筆不勝書。諸里班於其生也，亦立石以紀其績矣。今不幸軍務旁午，父母憂國憂民，中宵殞命。古所謂以死勤事，則祀之者，其斯人之謂歟！易簀之際，衣不蔽膝，下體不能具兩袴。嗚呼！人知父母之慈之敏，而惡知其一清如水乃至此哉！東揭西那，負質山重者，靮韋索餉，登堂而譁，取大觚而飲之，割炙以嬉，得其歡心，展其期程，累費千百，凡以爲民也。蕭蕭旅櫬，不能歸首丘，此非父母之憂，而吾晉邑群黎百姓之痛也。蓋聞郡邑地方，不患貧而患人心之不淳厚，不患愁苦而患風俗之不古處，有官如此，而不恤其喪，既鮮三代之直，難乎罔生之免矣。若同懷報德，共捐涓埃。舍毛菽之微，效俌匍之救。所施甚少，所全甚大，豈惟父母得歸故土，聊答私恩；抑且風俗漸還寬敦，永保樂利。今與諸里班父老約，米多丁殷者，每班捐金二兩，次一兩五錢，次一兩，又次八錢五錢。各班俱幸匝月之内趣完，毋有差池。

募脩開元寺緣疏

前歲開元寺法堂且圮，僧戒煌慨然鳩工。余爲屬序，結萬人緣。去春，假滿還朝，工用未竣也。今春予奉使粵東，秋還轅過里，而山門、拜聖亭、東西廊，復興版築之役。余心異之，詢僧，始知爲君侯馬提臺發心捐貲，實首其事。予不覺望空頂禮，大加讚嘆，曰：善哉！善哉！夫布金施錢，非求福也；建刹興殿，非佞佛也。施發於心而形於事，君侯之施，君侯之心爲之也。余之讚嘆君侯之施，亦予之心爲之也。今日君侯之施，君侯之心之見端者也。君侯涖閩十餘年，所屬海上多故，民未息寧。朝去一賊焉，而數千鄉受祉；夕殲一魁焉，而億萬命生全。鋤蟊賊以護嘉穀，施之大者也。余讚嘆君侯之施，亦予心之見端者也。余待罪掖垣六載，于兹屬四方多故，兵飢兵疲，朝拜一疏焉，爲籌邊儲而師有宿飽，夕上一牘焉，爲恤民力而澤歸鴻雁，導揚主德而澤下，究讚嘆之大者也。夫君侯之心日擴而充之矣，予之心竊夙夜而未之逮也。

雖然，人爲萬物之靈，獨以其心耳，以其心之能擴而充之耳，予敢自後君侯乎？是故，君侯序於前，予跋於後。如嘷於空谷者，有響之隨聲也；如鶴鳴在陰，而有其和也。毋寧余與君侯同心大地之上，百凡王公卿相逮士庶人，余無不與同心者。何則？人各具莊嚴心，人各具樂施心，有是二者，是即與予同心，是即與君侯同心。況乎宣祝皇壽在斯地也，誰無愛敬之心？又誰肯自後於予乎？是故，予跋於後，而將伯之助，不能無望於百爾王公及士庶人。丹霞而下，蘭水而上，予皆將以是心印之。抑吾心之所當擴而充者，亦何往而不在也，尚願與君侯共勉之。

耻躬堂文集卷之十四

誌銘墓表

前大中丞霖寰曾公暨配郭陳二淑人合葬墓誌銘代

公諱化龍，字大雲，號霖寰。其先宋慶元間宣靖公，以大魁官樞密使，居溫陵郡西偏。數傳榮政公，遷郡東南郊霞淮里。數傳文學公確軒，不年，孺人李以節旌。確軒生孝廉公曉泉，歿，孺人吳再以節旌。曉泉生旌孝贈按察公帶河。帶河生封按察公萃庭。萃庭舉丈夫子三，公介仲，九歲善屬文，歲疫，季父家環牖爲祟，忽群兒號曰亟去，大人至若有聞者，公踵門矣，按察公益私公也。乙卯，受知學使者玄岳鄭先生，以第一食餼廩，戊午登賢書，己未成進士。

令臨川，民有訟其子不孝者，公令其父自揭籌行杖，籌盡則止。父杖不數十，淚漱漱下，匍匐爲子求悔。公令族長老月具報曾否革行，其子感孚，卒以孝聞。富人欲渝壻盟，壻爲公訟，立其女庭中，諭以義，公立捐壻金，令迎女歸矣。考績稱天下治行第一。方璫炎，貴人屬公意即來謁，銓諫可得也，公笑置之，且左遷寧國同知，都中人鬨咄咄怪事。稍遷南戶曹，改南樞，奉按察公就養。是爲節孝三世並旌之年也。毋何，丁陳太淑人憂。兵憲五岳蔡先生者，向刺郡事時，先玄岳鄭先生國士公矣，自以爲精堪輿家言，爲卜吉法石之長華山，厝太淑人焉，去霞淮烟相望也。起復補北樞，尋奉璽書較士粵東，所首士無不禱鄉書，鄉書第一人必屬所首士，三科如畫一。議者謂不媿玄岳先生當年云。署海篆，辦劉香寇事，海氛以靖。繼備兵江左，輓漕者三，爲天子劻勷，吏滿考封公父母如其官。遷江右，丁封按察公艱，去位，得合葬於長華山。自是結廬墓側，日深風木之感，稍延郡孝廉名士，析疑義，共晨夕，不復翹首京華矣。

137

朝廷計公服當闋，以登萊重鎮起公草廬間，使者趣公就道。時地方殘破，奉旨蠲徵，三年又需兵，兵更呼癸。公練兵措餉，請蠲請恤，疏凡三十二上，載在《撫登疏草》中。會闖賊變作，膠密土寇蜂起，公移鎮膠州，登陴閱月，日夜督戰，擒偽官三十六員，然兵不滿百，寇圍數重，公曰事急矣，憶予丁太淑人憂時，海寇鍾斌薄城，當道急閉關。予以百口請當道立郊關咸視令入城，存活無慮數萬計，今豈遂棄骸骨膠城外，天道遂茫然也。徑單騎出闉，傳呼曰：都御史來前執賊帥李好賢。手諭以忠義令殺賊自效，好賢感泣還，抵賊營，擒渠魁張大雅等數十人，斬首千餘級，膠圍始解。是役也，膠雖瓦全乎，公精魄耗竭，寖以成疾，不復能視登事矣。閒步緩歸，是或一道也。歸病日益劇，風入于股臏行，步恃杖耳。杜門謝絕客，惟是先後所奉璽書官溫陵慕公長者，必造公。公於民疾苦、地方利弊，必以陳，然終病不能報謝。庚寅夏五月晦，星隕，是夜黃雲覆屋，有二童子提燈入迎公，謂兒屬旦日戒行，兒屬謂公夢語也。六月朔，卒于正寢。距公生萬曆戊子年八月十八日，享年六十有三。

郭淑人者，事公，及為諸生時，持牛衣，為公泣也："余弱恐不能永年，即得見若成名，死且不恨。"竟不及公貴云。繼陳淑人，端重曉大義。公為諸生，勢家奪大祖墳，宗人鬻祀，田訟之事平，公請淑人奩數十及十指之積也，淑人欣然，祀田復祭。公與淑人相成，為其難者，宜大當按察公心。淑人即不及偕老乎，郭淑人以一死易之竟不得，淑人享受有年矣，奩數十何負也？

先是，公卜菟裘于長華山之右，山如侍者，志不離親。諸子遵古禮、成先志，將以順治某年月日，奉公及二淑人厝焉，乞言于余。余惟同出玄岳鄭先生門，與乃公誼至篤，公後予三年成進士，即釋褐請益予邸中，予為畫所為縣令者若干事，公能憶之耶否耶？乃為銘。銘曰：

長華山右，精魂通大海，潮汐帶如虹。孰與銘者，翁山翁。公安此丘，蘊豐隆。

桃源王聚台墓誌銘

按郡志家乘，王氏之先潮公兄弟，自中州固始挈部曲、佃奴若干姓入閩，遂主閩疆，傳國數世。後子孫日蕃濔閩中，歷五代，抵宋、越元、逮明，凡八易朝號，枝葉愈益繁。以故今王姓譜，從光固來者，非吾父兄，即吾子弟。吾族居泉郡，簪纓蟬聯，以世其家者凡數枝。余始祖朴菴公，徙居城西上峰里，數傳至高王父，行大發，厥祥自高。迨身凡五世，成進士者四，登賢書者五。郡人著余宗曰上峰王氏是也，其著宗桃源者，是爲東熙王氏。按譜，自光固入閩，其後徙居永邑之東熙里，以余遡生民于厥初，昭穆零亂，怒焉心悲，顧烏得云非一人之身乎！貴如皤者是我父，行黎然黝者是我兄行也。

歲丙戌，余寓居桃源，宗兄燦乃得手其父聚台公及母林孺人狀，泣向余曰："干戈戎戎，惟安土是亟，苦次告除，日月有時矣。不朽貞珉，仲氏豈有意乎！"余惟襄事未寧，感泣數行下哽咽，雖不文，當爲叙世次及其人情性大凡，俾後讀志者，不失所由來，且千載如見也。

按東熙之先，放失舊聞，所可知自廿一公始，四傳至衛常公。慮寖久，俾後多闕疑，乃錄山林、田宅、墳塋爲一書，齎請邑主黃公、丞若尉給印章，是爲宋寧宗慶元三年事。又四傳爲東山公，既少孤，蓽路藍縷，以啓山林，宗之繁庶實昉公。公生瓚，瓚生玉崑，玉崑生邦鏻，是爲秋泉公，始卜居邑屋。公爲秋泉公季子，諱士榜，字國萃，聚台其別號也。公既季，席貽謀，無庸問家人生産，粥粥從諸昆後，以甘毳爲樂事，以詩書爲稼穡，與世無患，與人無争，雖遇實使之天性故異哉。有所識德公某者從公遊，即以哀而進之食，豈望報？奈何忍相紿邪！推腹心置之左右手，某以遊戲化公貲，不貲矣。公弗省也，遇之如故。他日或發其事于公，公邃然其人，弗省也，遇之又如故。公善事，更僕未枚舉。舉一事，生平長者類如此。然産日益落落且半，長者不理於財，長者安可爲也？

性沉靜，攻舉子業，爲伯兄都昌令思軒公亟賞，則一日千里耳。督學方明齋先生按泉，果青其衿，諸直指郡邑試，試必冠。蹉跎三十餘年，弗進一格，無憤色，無衰容，當身不自致青雲，則爲兒孫植種子。然長者又不理於名，長者實安可爲也？伯兄燦已採芹香，公猶浮沉諸生間。名督學葛屺瞻先生，乃以耆德儒官官公，緇衣之宜束帶，立於庭翼如也。晚産日益進，進且倍，其官不足以田而

139

田足以華官，公終不問家生產，產顧落，安所得進！或曰負荷也，丹臎也。長者不理於名，儒官如瓠瓜，繫而不食，猶愈於己；長者不理於財，其究利三倍，富與貴是人之所欲，長者又安不可爲也？

配林孺人，爲東里林公愷仲女，幼讀書，能知大義。十七歸公，逮事二人，黽勉旨蓄，得二人歡。歡且憐之，新婦猶不自勝衣，顧爲老人憊晨夕也。自生事、送死、葬祭，從姒娌後，負病綜理其政，公周旋無間，惟孺人克貽無間，課兒女俾憚公也不及。孺人年貿貨于市，以心識，歲終獲其直，一杪弗漏。病且亟，猶勉自織紝，其精勤類如此。然分宅處約，不形于色，凡人有喪，匍匐拯之。按公爲狀曰：吾性疏散，能時出正言，以匡所不逮，爲益友者幾四十年，若交際中饋之需，不肖更不必詢及。夫人弗勝衣者與精勤弗類，類精勤者與渾厚見大義弗類，孺人三類而見其德，微孺人，公又安得陶然爲長者以歡樂自全哉！

宗兄爔將以丁亥年三月朔，奉公及孺人合厝於本縣十四都大帽山之陽。余既爲誌，宜錫之銘。銘曰：

明明我祖，閩方之君。歷載十百，有仍有雲。東熙一葉，佳氣氤氳。聚台長者，令德孔聞。淑慎爾配，克厚克勤。雲飛風起，石走沙翁。永言孝則，負土崇墳。假以溢言，千枝有羣。無咎無譽，永祝蒿焄。如我烈祖，有綿其蕡。宗姪作銘，眷念厥初，一氣未分。

魏元虞二尊人墓誌銘代

公諱祚泰，字某，其先潁川人。始祖某始遷陽夏，數傳振，稱明經。又三傳至森，森生玥，是爲公父。公門無不守百忍訓，半張公藝家世矣。前令梁表里巷孝友，俾中州士大夫有所矜式。公既與季父孝廉公某數祭酒郡弟子員，則中州士大夫莫不願得一當公，論文請業，郡長老數視問子弟，近復從孝友里遊耶？然數奇，七上而策不行，公曰：“孰與求有益於得者，而敝敝焉求無益於得爲？俾不可知者操柄相恫疑，孰與有貴於己者便？”稍厭薄舉子業，倡道東南，則戶外履滿矣。既已奉二尊人即世，念中原多難，急負土而馬鬣封，庚辰大祲，悉焚券且數千金。昔田文能沽義於客驩，始疑之，終賴之耳，顧安得如公棄之若遺，又復效晏大夫三族待舉火哉！文之薛扶老攜幼，爲終日迎，得一窟矣。嬰之出也，北郭氏死之。壬午之難，公罵闖不屈，竟以身殉，翳桑餓者安在哉！惡在其爲報施耶！

太宜人李氏，出太康望族，即歸公一饔飧，千指齊舉，如是四十餘年，宜家室如一日，可謂賢矣。非其人，公安能無問於昆弟之言；非其人，公安能孤行一意，焚券數千金，無嚅唔作恡惜聲；非其人，公安得以大祲給三族，爲舉火無不取攜便者。己卯姑疾篤，母爲祈帝請代者數矣，百餘日湯藥毋倦色，竟佐公持二人喪成禮，安土既。壬午家難，鄉義士以攫奪之物跪進太宜人曰屬顛沛，毋問伯夷之所樹也。母曰：天不絕魏氏，當火食有限自天，豈以未亡人造次傷辭受，不以羊舌氏縠吾兒哉！竟持去。然自是心瘡悙寖成錮疾，竟以淹歿，惜哉！是爲庚寅，元賡佐守吾溫陵之歲也。

兹將以順治某年月日，奉公及太宜人合厝于某山之陽，屬不佞爲誌。余惟中州魏氏孝友世其家，所由來舊矣。公既以行誼、文章垂於世，賑窮恤灾無怍色，殉城以歿，僵相藉也，豈以數世同居，帝心弗是哉！元賡君爲余言公盤辟中州士大夫，當君少時，則太宜人口授四子書，如楊夫人教虞集事，比多難，猶以羊舌氏爲訓兒也。千指之家難乎爲婦，四十年堂室無間，然竟不登中壽，俾君汍瀾於白雲孤飛，天道福善是耶，非耶！以余觀元賡君倅恒山政稱平，佐吾郡數月，民以大和，於君二尊人家法施於有政矣。政及民者昌，魏其將大乎！余於君忝一日之長也，既誌之，乃爲銘。銘曰：

嗇於禄，豐於道，有翕其居，其音載好。仝德稱賢，弗祈報于天，弗祈報于人。鬱鬱千年，繄二吉人之阡。

恩進士仲玉莊公暨配陳孺人合葬墓誌銘

家伯父司李鏡水公，與宮詹羹若莊公同舉于鄉，誼至厚。余脩諸父之好，次兒錫度，與孝廉仍素公約爲婚姻，秦晉未諧而交情孔篤。仍素君公車既放，且治

耻躬堂文集

裝歸，手一帙，泣謂予曰："此先嚴慈二尊人行狀也，今冬且治牛眠，敢以片石累執事。"余受而頷之。蓋予素聞仲玉莊公賢，故樂爲之誌，無遜詞。

按狀，莊氏之先始於桃源之湖洋，有太中大夫觀葬於錦繡山。先是，其地屢經葬者，鬼輒呵而出之，曰："非若所居也。"其後觀公葬此，鬼乃嘯曰："今是其人矣！"故名鬼嘯山。後人因其音而易之曰"錦繡山"云。自觀公而下，四世爲古山公祐孫，從叔父宋少師夏遷郡城，贅于青陽蔡氏，遂爲青陽始祖。自古山公而下十一世，爲方塘公，諱用賓，登嘉靖己丑進士，官浙僉事，贈太僕卿，特祀鄉賢。相傳倭寇亂時，鄉人避寇赴郡城，當事者輒閉門，方塘公立橋頭，俟鄉人悉入，乃入，所全活以千萬計。識者曰："方塘公之後，必有興者。"方塘公生鳳瑞，鳳瑞生龍光，以子貴，贈宮庶子。贈公生羹若公，諱際昌，登萬曆己未科會元、狀元，官左春坊左庶子，兼翰林院侍讀，贈詹事府詹事。宮詹公子三，公居仲，諱希范，字藻先，仲玉其別號。

公生而端凝，不逐兒嬉，稍長，折節讀書，善記誦，下筆千言立就，故多驚人語。宮詹公心奇之，輒對友人誦其文。弱冠補弟子員，再試餼于庠。崇禎丁卯，恩選貢士，公爲第三人。娶陳孺人，爲大尹仕奎陳公第三女，少於書無所不讀，能明晰大義，十八于歸，執婦道惟謹。是年宮詹公大魁報至，公與伯兄治賓于外，一切應酬之具倚辦孺人，孺人躬自操作，無異椎髻挽鹿車人也。公爲貴介子，足跡不恩有司，日閉戶讀書；孺人操作之暇，間以古今紀傳與公討論，相發明，閨闥之內儼若師友。宮詹公避瑣炎家居，丁卯瑣殲，乃入朝，公及孺人從北上，溫清之儀，內外靡缺。公讀書北雍，爲同學所推重，名士數往來過從，孺人擊肥烹鮮佐之，雅有雜佩之風。己巳，宮詹公卒于邸，木天清署，行李蕭然，公及孺人拮据扶櫬哀毀也。又經營良苦，遂病，目左微昏。舟次黃河，風颶作，舟人震恐，公取瓣香拜禱，風反。抵里，盡上計簿於伯兄，家事無大小必禀命。王宜人善病，公侍奉湯藥悉躬親，不委諸侍婢，宜人目翳不可視，或言舐能去翳，孺人晨起含茶舐眼，如是數月，目忽明。一日，宜人病亟，公及孺人密禱于天，祈減算益母壽，病以瘳，其夫婦誠孝格天，類如此。女兄弟三，次早殁，撫其孤恩養備至。

142

季弟幼，公爲述庭訓，俾識弓冶，諄諄不置。居家方嚴，無雜賓狎客，惟課子讀書，寒暑不輟，諸兒出就外傅，脩脯之外，孺人手治春冬衣各一襲，曰："尊師所以教子也。"公課兒，一不當即召跪膝下，厲色訓誡，孺人痛抑諸子，令當父前求改過。公少霽，乃爲述祖父勤苦之事，孺人退復申責。或議其過嚴，孺人曰："有兒不教，且敗家聲，是禽犢之愛也。"丁亥歲寇擾，親友避亂來依者十餘家，公躬耕近田數頃，以稻粱餉諸親友，而自煮麥和糠，採薯葉爲蔬，與家人分食。孺人拮据相佐，無倦容，亦無德色。其夫婦同德又如此。

毋何，公長子蘭摧，孺人憂傷不已，卒隕其生。孺人在日，諸子衣履皆出手挂指經，自是諸兒每作烏啼，從今不見茲母手中線矣！公聞而傷之，又身遭流離，雁行雙斷，中懷悒悒，眼復漸昏然，猶黽勉以詩文自遣，所著萬有餘言。自尋菟裘，指畫其地，公目弗視也，已而青烏家點穴，尺寸弗逾，神或相之，非人之所能爲也。泉故多巨族，豪奴收佃租，往往重大斗量苦農家，公爲平斗輕量，惠諸佃，諸佃德之，鼓樂迎斗量，達于賢監司曾公櫻，遂著爲例。閩憲徐公應秋，爲宮詹公門下士，涖閩五載，欲求公面不可得。謁祖墳過桃源，桃源令固邀公，必勿遽歸，公聞而急促裝回。淡介之性，天植之矣。公謚孺人亦曰"孝淡"。嗚呼！"惟其有之，是以似之"，公與孺人之謂歟？

王命岳曰：莊氏之明德遠矣！方塘公活數萬命，法其後當封；乃孕宮詹公以避瑞弗顯，尋且大用，竟齎志以歿。方塘公之德，發於宮詹而留於宮詹；宮詹公未竟之緒，應發於公矣而留於公。公惟孝友于兄弟，當亂全活親友，何減方塘公立橋頭、收全鄉人數萬時？公竟不自發，而留以有待莊氏之明德，非德之足尚而留之，量爲無窮也！予既爲之誌，復系以銘。銘曰：

鬼嘯發祥湖洋之峰，施于青陽。鬼亦嘯于馬鬣之封，目弗視，獲佳兆，神將通。五世之前，活人千萬。五世之後，啖粃糠而濟人，於釜鍾斗量，式頒惠億千農。惟士與女，蘊德斯隆。德弗曜，留者豐。萬斯年，宜爾孫子，錫祜無窮。

韓太公暨配馮太孺人合葬墓誌銘

余與韓子念子同成進士，讀書中祕一年，而余奉命改給事黃門，念子補外翰。又二年，而余以葬親請急歸里。又二年，還朝甫易月，而念子以外艱歸，既輟哭，趣京師，詣予曰："雄孕不孝，祿薄不能養，而先君子又棄不孝去，季路所傷，不孝殆甚焉！無亦惟是幽宮片石，用勒先德，與大地並不毀，則不孝藉以釋憾無窮。甲乙之善，無逾吾兩人者，子豈憚煩乎？"余唯唯。既而曰：日月有時矣。先君子諱鼎藩，號貢九，世居高陽愚地里。十世祖仲良生士賢，士賢生傑，傑生貴，以貢任長洲令，致仕。貴生繼，户部主事。繼生璒，進士，歷官雲陽巡撫，以從弟晹官職方，忤權相，避禍致仕歸，載邑誌。璒生悟，邑學生。悟生軒，郡庠生。軒生鍾鳳，善詩，精岐黄道，生子三，先君子其季也。先君子卒于是歲順治庚子年，距生明萬曆戊子年，享年七十有三也。先慈馮氏，明兵部侍郎馮公鸞曾孫女也，卒于順治乙酉年，距生明萬曆癸巳年，享年五十有三也。子二，長即不孝雄孕，叨附乙未進士，欽授翰林院庶吉士，改山海衛學教授。母馮氏出。次雄裔，繼母陳氏出。女四，俱繼母陳出也。將以是年某月某日，奉先父母合葬于某阡，日月有時矣，敢亟請銘。遂銘之曰：

　　高陽之墟，愚地名里。顓頊所居，後裔封此。厥地爲韓，因韓命氏。世系相遡，至元失紀。所可知者，十世伊始。代有令德，簪纓繼起。先生之父，精岐黄理。尤邃詩學，高岑比美。伯子用藩，明經弗仕。仲曰理藩，三魁武士。先生方幼，嬉戲弧矢。累石爲圖，八陣是似。迨乎就塾，千言上齒。弱冠登壇，武闈牛耳。寺人典兵，先生所鄙。棄劍鞬弓，藏器而俟。三十餘年，我清受祉。先生逾強，曰時可矣。騎射對策，登第羲崲。備守沂州，色新壁壘。闢荒墾肥，以植秬芑。士畏民懷，豐碑有巍。歲云暮思，懷桑與梓。棄榮遂初，如脱敝屣。揆厥出處，行己有恥。況也族黨，孝弟稱止。致政餘閒，涉經與史。授兒弟姪，必究大旨。弟姪多英，科名比比。有子玉立，去天尺咫。韓母惟馮，司馬裔姒。克孝克敬，治麻與枲。五飯既精，庶羞允庀。和于妯娌，惠及諸婢。式教子女，咸循于軌。誕我年友，以光韓祀。白玉堂中，惟予與爾。樸心厚貌，莫逆具邇。先人之銘，舍予誰以。有崇斯丘，鬱鬱其施。爾岵爾屺，惟怙惟恃。一日負土，千年保是。有綿瓜瓞，顓頊孫子。

張太公吉園墓誌銘

癸卯之秋八月下浣，張子夏鍾郵書都門，曰："汝瑚兄弟經營數年，披榛陟巘，乃今得一阡以厝先君子，其地隸晉江之古塘鄉青陽內李山，坐乾揖巽。是山也，紫帽暗拱，葵朋、清源聳於左，羅裳、塔山邈於右，龜象守闕，碧水環帶，或可爲先子游息之地乎！以先生與先子交誼至厚，不揣以壙中片石累先生，前後郵劄子者五，致先子行狀者三。金玉之音杳如也，得無浮沉歟？是歲十月之某日卜吉，將奉先子厝焉。日月有時，先生豈有意乎！"予讀畢，而驚喜集於中區。喜者，喜吾友之有子能負土以妥其先人；驚者，驚日月之已邁，所謂劄子者五，行狀者三，實未嘗一至。吾前自燕抵閩，七千里而遙，及今屬詞，能赴十月之期乎？昔汝陽張邵與范式友善，劭且死，從夢中語式："吾以某日葬，子能相及耶？"式遂赴之。喪已發而柩不前，少選，素車白馬、號泣而來者式也，柩乃前。嗟乎！使靈光未泯，神理相感，吾文得如期而至，吾無憾矣！既不及，按狀以吾所見知者質言之，百世而下，尚可髣髴其爲人也。

張公諱賁垣，字擎座，別號吉園，系出同之青嶼。其先敏公，有明弘治間，保御有大勳，以恩廕庸其猶子苗公爲大銀臺。銀臺公生司訓公寧。寧生文偉。文偉生計部公濠，是爲贈公。贈公生憲副公，諱朝綱，登丙辰進士，起家永嘉，有惠政，歷官戶部郎，出憲蒼梧。生子三，公其季也。余交公自庚午始，論文晰疑，無虛日。壬申，讀書于公之家園，改薦授粲，卒歲承懽輿無爽儀，以故稔知公事母曾安人甚孝。公與諸昆既析箸，而以獨力奉母安人，不以甘毳累諸昆，母安人亦安公之養，心甚樂之。母安人病亟，公廢寢食，躬湯藥，禱以身代。既革，擗踊作孺子啼，周身之具竭誠致慎，俾無悔。公雖季，以母安人安公之室故，居喪致客，必就公廬，生事於斯，死祭於斯，從神靈之所妥也。先是，憲副公既之蒼梧任，便道過里門，臨發公忽心動，因念嶺橋烟瘴地，不宜使老人獨爲萬里行，遂從憲副公入粵。亡何，果持憲副公喪歸，以合殮躬視，微解終天之憾，然而支牀鷄骨立矣。公購地于閒山之麓，自營菟裘，將老焉。憲副公既以宦殁，舊制喪不進城，

145

乃權厝于郊，公爲晨夕哭，急商牛眠。泉俗多持形象説，伯、仲、季非得全不阡，公乃出所購地示諸昆，諸昆善之，遂襄大事。公之大孝，始終一致，類如此。

讀書教子而外無他事，置卧榻二于堂楹，夜課兒讀，讀畢，公就上榻，二子就下榻寢，甫凌晨呼起，復作吚唔聲。郡有名士，必折節致之，與二子相切劘。以余智井不副瓶綆，庚辰，公車罷歸，使夏鍾、唐鍾北面受經焉。又兩年，而夏鍾薦于鄉；又數年，唐鍾以明經詔赴京國。二子俱以文名士林，有瞻、由之目，蓋皆義方之效云。公爲人悃愊無華，行多率意，而皆中于坊表；言不出口，而臧否炯然在胸。不能阿意以徇人，遇人以誠，幾不知世間有機變事，所謂懷葛氏之風歟！

王子曰：余嘗觀於天人之際矣，人之所許，天之所棄，其孰能知之？頎美柔嘉，巧言令色，以容於世，世或稱道之，顧多不獲美報，相率而咎天夢，豈不懵哉？人之至德，莫重於孝，天之亶厚，莫大於誠。既孝且誠，以全其天，是其元氣蘊釀深厚矣。斯上帝之所鑒眘，而子孫之所式榖也。公以文學爲邑庠生，生卒年月，子女婚配，例當登誌，遂爲銘。銘曰：

龍頭囷蠢，青陽之原。允矣君子，名弗耀行。以敦天真，允塞淳龐。斯存藏於斯，燕翼子，貽厥孫。

劉母李孺人墓誌銘

劉子汝鈖，不遠千里走一介，寓書於余曰："先慈棄不孝，歲且載周，日月有時，將祔于先君子之藏，惟是塚中片石，願得先生言，闡幽懿，光泉壤，汝鈖感且不朽。"夫展嵌有期，非可遜讓往還也，屬又附葭莩，是以不辭而爲之誌。

按司城環瀛劉公世系及其行事，語詳太保張先生藏誌中。司城公既喪元配孺人李，念李種美而賢，求匹於孺人之妹，一子一女將託命焉。以故，今孺人十六于歸，而姊前孺人子其子，女其女，居然前孺人也。音聲笑貌，無不髣髴前孺人者；久之殷勤鞠子，無不如前孺人者。司城公嚴課，子恒頳首受訶責，急遽不得一語自白，孺人左右提掖，引令中程而止，人莫能意其有前孺人也者。亡何，長子汝鉞補弟子員，孺人喜動顏色。而司城公以庠生投牒南宫，受儒士，考上第，得加兵馬副指揮使，歲往來長安道。孺人畢力筦家計，督諸兒咿唔益進，以是司城公得一意壯遊，無内顧憂。比司城捐館舍，孺人痛且仆，即從公矣，或以諸孤在也，持大義爲孺人泣，稍稍進勺漿，然從是無見齒，謹嚴特甚，課諸子愈益峻，不似曩者左右提掖時矣。汝鏳、汝鈃，先後采芹，蓋皆母教力云。鈃先舉子，而鈙善病未有適嗣，意屬鈃子，孺人就襁褓中與之。亡何，鈙即世，而鏳子亦舉，孺人爲雙立繼，務俾伯子之宮，如苗之壯，欲相與居，庶幾滋大以保世也。孺人於伯子計慮周詳，無不視前孺人有加者矣。鏳既試，授中書舍人，歸拜堂下，勤勤以敬官爲勗。越數年，鏳即世，孺人哭泣之餘，總領諸孫，延明師課督有加，諸孫亦愈知向學，青子衿而餽相繼起。甲午，領京闈鄉薦者，非他，向從鈃襁褓中，持與鈙者是也，孺人喜而後可知也，曰："今可以歸報我姊孺人也已。"

按太保公爲司城誌稱，司城無克荷之薪，强本力穡，課臧獲眤晦，所出既不虞伏賸，以其餘益拓傍舍。按狀孺人甇處數十年，勞苦經營，田廬有加無壞，蓋皆有開創之才焉。乃孺人自奉凉輒善賑，媢黨之不能舉火者十叩十應，無倦色，供億塾師，必以腆，産益饒而能昌，若宗有由來矣。骨肉戚無端搆侮，閉門謝之引分，孤嫠不敢較，侮者慙退，斯亦保家之道也。會有司廉孺人苦節狀，議以聞，孺人慨然曰：余有姑十七而嫠守，庶子迄于宦成，姑年九十尚未旌，余何德稱是？益信李氏種賢而多，孺人之能見大義也。

王子曰：孺人甫于歸，即行前孺人事，子其子，女其女，尋且孫其子，迨及見稱孝廉者，即奉伯祀之，人不二載歸報成於地下，孺人於姊孺人，可謂能始終乃事矣，蓋司城公亦有知人之明焉。孺人善不勝書，余爲撮其大者如此。汝鈃將以某年月日合葬孺人于某地，宜爲銘。銘曰：

生治其事，歿歸其室。左右司城，如圭如璧。孫子繼序，受祜無射。

户部主事澹泉侯公暨元配華安人墓表

嗚呼！此侯公澹泉先生之墓。公諱鼎鉉，字伯遠，別號澹泉。世居毗陵之錫山，元代高隱友泉著稱。入明，耆英怡晚象日。怡晚生孟清，封文林郎。孟清生祖德,令江山,有異政,擢太僕寺丞。祖德生應昌,封太常博士。應昌生先春,是爲公王父,以名進士歷任兵科都給事中,贈太僕寺少卿。生文學世美,以公貴,題贈戶部主事。

公七齡孤,依旌節王太安人,而太僕公爲授經,公讀書一目成誦,落筆驚人,太僕公心器之。年十三受知郡兵憲,冠諸子矣。乙卯,以原諱宗源,出鄧玉笥先生門,改今名。丁丑成進士,出余鄉石齋黃先生門。初授齊安令,寇氛方熾,痛兵民輓輸勞苦,寬期徵收,力革羨耗。捐俸以築壩,建堡爲備禦,計當是時,晝則接應軍前,夜則乘城防守,諸生以文請益,猶能細加丹黃,可不謂暇歟!一夕漏三下,軍騎持符至,索艦數百,吏請以商舶應,公不可,曰:"奪舟棄貨,若委溝渠萬里外耳。"竟舍之。時楚事不可爲,直指知公賢懼失公,以不及微謫,促公行補江右憲幕,再遷吳興司李,公怡然曰:"三載楚黃,望雲痛絶,今吳興去家,衣帶水,獲奉版輿,甚善。"而太安人賢,每坐屏間聽公鞫斷,即多所平反,爲喜加飡。諸上委查,會及署郡邑事,概辭。惟督運勞苦,躬任之。苕中糧里患運弁浚削無已,公倣太僕公所撰江南白糧事,宜著爲令,郡人利之,可謂能率祖者矣。嗚呼!今有能倣其意而行之者乎?事猶可爲也。

甲申之變,所在思逞,公內厓調停,外鎮以靜,刊《六諭》道民,值愆陽,步禱爲民請命反側,卒安。進計曹受事。五月大兵渡江,公歸里,蹌跟奉太安人避地東皋。會大司農檄至,起公佐度支,公謝曰:"老氂守從一之義矣。"夫公於渡江之役,貽書兒曹,若將殉之矣,然而不死者,以太安人在也。夫太安人以節旌,公安能以身再許人哉!公居鄉建同善會,主捕蝗平糶,議賑粥,收嬰掩骼,濟窮旅,拯溺人,爲善惟不足。晚年觸琉璃光影有見,參悟轉微,所與遊三峰大樹和尚、靈巖和尚、致果禪師皆高行上人。於順治甲午十月冬,擇吉盥漱,整衣端坐卒,享年六十。號曰歸全,詎不信乎!

配安人華與公戚有一德,公事親孝,與人忠,三黨無間言,凡所爲吉祥善事,皆安人竭蹶成之。從官舍闢圃一方,雖蔬菽不令取民間,生平無鮮繒、無粢肉,晚通內典,恆素食,然足不踰閩,有語兩峰三竺之勝,拈香作佛事者,安人以爲違閨訓，持不可，其守禮度類如此。余獨難安人二事，有傑丈夫所不如者。當從公任齊安，舟次值風，駭浪黏天，了無懼色；比至署，鼓鼙動地，公夜登陴，安人勅吏悉庫獄，神氣安詳，傑丈夫所不如者一。奴負千金不償，遺一女，安人棄前責，爲擇配，治裝遣之，傑丈夫所不如者二。安人能爲傑丈夫之所難，是故無有怖畏，無有繫累。後公一歲，盥净端坐瞑逝，如公時。其始終合德又如此。

命岳曰：侯公既不用於世，晚學逃禪，亦公之時爲之也。使公得行其志，充其賑飢拯溺之能事，道濟天下，蓋優爲也。乃公獨卷懷終其身，道大而守之以貞，海内皆稱曰，是出石齋黄子之門者。嗚呼！悲夫。公長君曦成進士，與余亦叨文字交，手狀泣索表，予既怪公父子於余鄉似有夙緣，又慕公德音，故表而出之。適因負土之役，過錫山之下，佳城鬱葱，劍光熊熊，乃維舟而酹之，曰：嗟乎！此侯公澹泉先生之墓。

耻躬堂文集卷之十五

祭文行狀

劉乾所先生祭文

昔者,吾師密語小子岳曰:"吾身不死於戌,吾心已死於戌。雖然,吾終當爲戌死,擇四戌日爲歸全之期,明不負戌也。"嗚呼!戌待夫子,夫子遽不待戌,以今辛卯五月十有九日,終于正寢。命岳五内崩裂,如喪考妣,哭之慟不能興。越數日,以清酌之儀奠而告之,文不文,辭不辭,弗倫弗次,弗知所言,精魂洋洋未離家堂,恐上帝命吾師修文,命岳雖號,不能復聽命岳之聲焉。乃哭曰:

病哉夫子,正月之吉,哉生明,夫子過我宅只,步履頻只,血脉緩只,夫子病只。自非鞠躬劉夫子,誰能病?自非鞠躬劉夫子,誰能病夫子之病,病只。季春之交,我過夫子宅只,牀上起立,良久不坐只,我詢勿藥,師云弗藥只。明晨又叩我心只,夫子之病,病只。自非鞠躬劉夫子,誰病病?自非鞠躬劉夫子,誰病病死矣。夫子三日之前,我問疾只,我執師手,脉沉沉只,目雖未瞑,精英去只,口中喃喃,難又難只。夫子所難,莫省解只,執手而別,遂永訣只。夫子死只,自非鞠躬劉夫子,誰能死。自非鞠躬劉夫子,誰能死。夫子既没,誰迪余只。夫子既没,余心隱只。夫子既没,誰知余只。夫子既没,將安愬只。夫子既没,大道隱只。絶弦破琴心孔悲,山頹木萎仰伊誰。痛從中來人安知,湛陸和受亦吾師,在帝左右當念之。嗚呼!哀哉!尚享。

曾霖寰先生祭文

嗚呼!先生逝矣。其夢耶,其真耶?夏之方中,岳將之螺陽,起居先生,先生曰："來，間者痰氣壅盛，恐遂不能朝夕卧而見子。"岳謂先生康且壽，何爲是不祥語？嗚呼！其遂永訣耶？聞而慟之，既而疑之，趣而哭其家，先生逝矣。歸而又疑向者皆夢耶，其真耶？

憶壬午間，先生課余讀書法石山房，海浦夜月，山荔朝香，此一時也。教之誨之，飲之食之，何其勤也。燕雲八千舟車之役，出橐中佐予，至今追歡懷德，念哀王孫，而進食意無已時。夫先生廣樹德於人，更僕未易數，或者難先生之所易而忌心生，則揣摩其意曰，是必有爲。嗟乎！岳即遇主爲公卿，何加於先生，況明明割人之所愛，以納交於富貴不可知之王生耶？癸未，予蹶南宮，先生不以爲辱，申之以婚姻矣。乙酉，百爾彈冠，予辭榮歸隱，先生不以爲迂。丙丁以來，躬耕山隴，困厄萬狀，先生不以爲矯。泉石弗堅，飢驅入市，先生不以爲無恥。嗚呼！人之相知，貴相知心，岳安能不失聲於山頹木萎耶？

憶先生自登萊歸，知交屏跡，莫敢朝夕，予出入扶持，如靈運子弟，先生於予有疾風勁草之感。生平澹人所濃，急人所病，自謂慕效古人，交遊間顧知我者惟先生，予安能不失聲於山頹木萎耶？先生逝矣，其真耶，非夢耶？仲夏起居伏牀握手，遂爲永訣耶？雖然，先生弗逝！自甲子至今日，仕宦之局再變，先生左遷于天啓之末年，凌彝甲申而後，先生不言仕，仕亦弗及，先生不朽矣！先生不朽，弗惟其進惟其退，吾惡知先生之忽焉歿者，非嗒然而夢，吾又惡知先生生平之榮枯得喪者之非夢，而歿爲正直之神，後有萬世之名者之非真。吾惡知今古之役役逐逐未有休已者之非夢，而先生之息機歸盡者之非真。先生弗逝！几筵琴書之中，如或見之，其真也，非夢也。

廣東總制瑞梧李公祭文

昊天不弔，元老凋落，聞音悲悼，不禁其涕之橫集也。曩余待罪掖垣，久聞先生賢，各敬官守，無尺牘往來之舊。辛丑歲，余齎捧入五羊，時先生駐鎮端州，始以書致余觀三洲七星之勝，余謝以來回必徑之外，誼不敢回翔他郡邑，先生乃自端來，會予于羊城，屬亦有巡海之役，藉是與余盤旋十日，出所作詩文及所謂

《守一集》者，則皆接孔孟之微言，與程朱諸子分席而坐者也。余始辟席稱後學，喟然嘆曰：我朝道學之宗，在斯人矣。先生深於道學而無道學之色，乃所行無非道者，又不爲偏至之行，其開疆定變近乎任，上安下全近乎和，守絕纖塵近乎清，非好學明理而能若是乎？此非予汙好之言也。先生勳業之盛，載在旂常，夫人知之矣。與藩王共事地方，偶俱無猜，而重之以婚姻；下至首領學博，有以公事具牘白戲下者，雖軍務旁午，必手自裁答，溫存慰勉，如家人父子。人得其片紙，以爲寵光，抱關擊柝之家，至今猶有襲什藏之者。身爲督撫十餘年，歸不能備資斧，既抵家，余趨視之，乃歷言窮困之狀，嘆曰："貧所自甘，奈十餘年督撫入里門，不能以一縑與親知故舊相勞苦，誰信余作人無長物乎？"予所云先生有清、任、和之德，此其大端灼灼者矣。

嗟乎！予知先生深，哭先生則約略其生平，與聲淚俱出，亦猶里婦村翁之哭人，而雜之以哀思頌述之言也。憶在羊城時，先生向余言，景迫桑榆，行將告老，即尾君後入長安矣。予泣曰："皇上沖齡新即位，東粵濱海地，人心搖搖，先生老成宿望，海內外素服威德，幸臥而鎮之，且勿動。"先生亦泣下，因有微言規予，意存護惜。嗟乎！音容如昨，神理不滅，言念疇昔，能不悲哉？余于役粵東，頗自好循職業，不敢蹈使者故習，亦惟先生稔知予，先生往矣，誰復能誦予者？此真伯牙絕絃破琴、悲痛于心、欷歔不能自勝之日也！清酒灑詞，哽咽奉薦，靈其有知，尚能歆予！

封侍讀富觀曙先生祭文

康熙改元之次年，秋九月，封侍讀觀翁富會兄老先生之訃聞于京師。先是，客秋九月，雲麓以病請急歸，余送至潞河，雲麓之病，蓋爲尊公也，抵里不數月，而尊公以疾終于家。君子以嘆美先生之得全於天，使雲麓自萬里歸而承歡數月，卒視含殮也；又嘆美雲麓之能孝也，志氣感動，萬里趣歸，竟消終天之痛也。其同里眷會弟王命岳，以言事謫官候補京師，不能爲位而哭，乃遙號而奠之以文曰：

嗚呼！邇年，余兩過里門，方再晤先生，步履微艱，尚健飯駐顏也，胡逝之遽也？余自弱冠與先生爲筆研交，稔知其人孝友端誠，備有隱德，雖搦管對壘，㒺㒺然父事之，不敢以鴈行齒。一時同社轟然欲執牛耳者，不知凡幾，大抵趾高而氣揚，鬚眉欲動，而文心中槁。先生退若不勝衣，訥若不出諸口，乃是歲掇賢書者，先生也。既累困春官，俯首就苜蓿，屬當鼎革，遂隱不仕。澹泊寒素，無異爲諸生時。郡中士大夫與先生同榜及前後先生掇科者，席豐履厚，亦不知凡幾，乃先生竟以授經教子，及見雲麓登高第，列侍從，拾級而至開坊，居然藴公輔之望，向之席豐履厚者，所得孰與先生多也！且今之登高第、選木天，從開坊而躋公輔者，代不乏人，就令氣勢烜炳，赫聲濯靈，以道眼觀之，亦何殊朝菌春華，曾不能以一瞬，而又何羨焉！余所羨先生之有子者，不以能讀先生之書，竟先生之緒，而以能守先生之訓，率由先生之道也。雲麓德量寬洪，道氣深厚，喜怒不形，物我無間，其爲端揆之望，夫人知之，而方之古昔，當在裴晉公、韓魏公之間。則先生之貽謀甚大，而天之單厚先生甚篤也，是可羨也。雖然，先生徂矣。

先生生平布蔬自澹，未嘗有一日享受之樂，自戊戌至今秋，甫五載，有奇略，稍自開顏。而田舍蕭然，又得風疾，以三歲竟不及再延，天之報先生又寧爲厚乎？蓋余嘗教子弟以引分安命、惜福敬天，其説曰：人不知道，居然自大，意望侈盈，自天視之，長不過五尺，壽不過百年，享受不過周身，人之定分，固自有限，其間悲歡順逆，怫多愉少，但得有蔗境漸甘，賢子孫繼起，即神仙之福，不是過矣。今以先生道德之極盛如此，享受之有限如彼，孝子慈孫每一念及，何嘗不唏噓泣下沾襟，而不能自已！然而天之報人如是止也，況乎人爲萬物之靈，生有運動之氣，死有神明之歸，則雲麓將來功業之盛，令聞之施，先生在天之靈未嘗不含笑而觀之乎！天之於先生，是使獨矣。

余與先生有文字之交，道義相悅，而性情各別，總之，不離忠厚者近是。然余之褊處剛處，展轉未化，則媿不逮先生遠甚。今余行年過半百，賦命多違，而近亦善病，遲暮之思，亦往往屬望後人，惴惴然不知其所就，故悲先生之歿，而又羨先生之福。爲文以弔先生，亦以教世人之好修者常學先生，世之爲子者當學侍讀公,非徒脩哭友之具文已也。

慕恩伯鄭公祭文

惟靈將種名材,侯家望族。含閩海之溁滄,挺蓮峰之英肅。鷹耀翮於茂林,驥騰駒於洼谷。少而虎頭燕頷,表飛食之殊祥;長而豹略龍韜,聆神授之祕錄。雁怯響以墜弦,石失堅而飲鏃。酈、灌雄慚,鄂、英勇縮。躍傳三百,夙嫻步伐之儀;劍敵萬人,兼覽詩書之隩。孝友戀於至性,忠義膺諸初服。養士見于散金,得衆顯于投醪。數謀略之壯桓,邈古今而焕煜。静以俟時,動而得福。水安流以朝宗,鳥擇棲於高木。率巨海之艣艨,聽皇朝之撫育。項伯歸命,遂封射陽之侯;竇融披忠,仍享安豐之禄。蟬冠奕奕以垂纓,螭陛鏘鏘而振玉。揆俊傑之識時,實英雄之正鵠。方弘戀其壯猷,群瞻仰其勳勚。夫何墜星驚其櫪馬,集隅覯彼庭鵬。爰在盛年,遽歸泉陸。嗟人世之蜉蝣,嘆蒼造之倚伏。飛鳶跕水,喪馬革之伏波;漲海浮天,隕樓船之楊僕。嗚呼!哀哉!校尉營內,惟餘服食弓弧;將軍幕前,猶有平生部曲。聽蕭蕭之大樹,邈矣無聲;壞蠹蠹之長城,奪之何速。嗚呼!哀哉!

某地其梓桑,緣慳蘭菊。聆凶問以傷神,攬涕淚而盈掬。緦帷蕭瑟,酹絮酒之無幾;素几寂寥,獻生芻之一束。希靈迹之洋洋,庶鑒歆於穆穆。

封太夫人黃母祭文

嗚呼!憶綵輿之入都兮,余方遘此痏痕。逐仙郎之後班兮,親候車而搴纏。既離都而適楚兮,復歷吳而反乎舊廖。余方有事於窀穸兮,辭丹楓而歸兹。登堂拜母,示我母儀。慇懃迪訓,猶子比兒。母追京師之賤恙兮,猶扼腕以汍㳆。回想錫我以刀圭兮,又惠之以莊辭。忍耐爲候兮,和氣爲劑。余受教而涕零兮,奉格言若蓍龜。何期歸來,親瞻壽眉。翳六月之徂暑兮,余女歸令孫而執箕。母病既已逾旬兮,謂勿藥而漸差。何朱幡之來迎兮,日方晦而去帷。悲號慘怛,百淚交頤。

嗚呼！孰無朋友？勢利支離。孰無親戚？紛華比麗。我與令子，患難結襻。紀群披襟，道義相期。於母夫人，如恭先慈。屬一介行李之方發，當方伯刺史之奔壝。乃得重披遺像，展拜勒私。人亦有心，各抒所思。百爾徽懿，匪敢略諸。謂既備於太媚翁之一誄，尚何贅乎小子之蕉詞。

許母黄太孺人祭文

於戲！父母生子，望其能讀書取科第也，望其能服官多惠政也，望其於吾身親見之也。子於父母，願迨父母存取科第也，願迨父母存膺馳封也，願父母久存而祿養百年未艾也。然常不可必得，得之而不可必全，則傷心愴志之事，雖至衰老，每一念及，猶泣下沾襟不能自已也。

雙峒許子，代有令德，尊公爲名孝廉，未究於用，齎志而殁。兄弟惻惻依慈母前者二十三年，所朝課晨讀、暮課夕哦也。曰爾忘爾父之志未竟乎！毋何而兄弟皆以能文著矣，毋何而雙峒捷酉戌矣，毋何而季姑執著惠聲矣，毋何以覃恩封父母如其官矣！蓋父母之望於子而不可必得者，太孺人皆得之。憶余去歲齎捧過江南，每以平反與許子相勸勉。比于役歸，舟次維揚，則許子以讞因失當道意謝李事，余悚然曰：“吾教也，誤許子者，吾也。”乃許子則謝曰：“維慈母之訓實然，且敕嚴光勿以得失介意。”余益知太孺人之教弘矣。嗟夫！許子服官未久，即以詿誤免，太孺人未嘗以安車就養實邸一日，許子故甘貧，亦未嘗致一鮮以遺太孺人憂，今竟棄許子去矣。雖及親承封典乎！所謂祿養百年者，已無復望。風木悽愴，許子能無抱終天之痛乎？世間更有取科第、拜馳封而父母並不及見者，痛又何如也！予痛深於許子，而遇於一哀，痛許子之所痛，觸緒增悲不能已已也，書此貽以爲奠。

祭先妻孝恪尤孺人文

嗚呼！孺人何逝之亟耶？汝與我伉儷二十五年矣，爲諸生婦者九年，爲孝廉妻者十六年，茹荼飲水，終猶始也。曰："苟富貴，尚有待。"光陰奄忽，各入中暮，吾與汝曾不知老之將至，衣不曳縷，食不解肉，寢不施氈褥，日以繼日，尚曰有待；一朝長寢，萬慮不售。嗚呼！痛哉！古人有言，人生行樂耳，須富貴何時！始不謂然，今乃悲之。以吾爲名孝廉，傭書歲入可三五百金，何難爲汝飾絲絎，供膏粱。汝見吾肩家務勞苦，既不忍責吾以難；吾視弟猶子、弟婦猶婦，力不能悉從侈麗，毋寧俱主儉，無有高下，故不能使汝有一日之歡。今痛之何及。雖然，吾父母之歿，皆生無一日之歡也，於汝乎何悲，吾過矣，吾過矣！此汝兒女子所當爲汝哭，非吾所當爲汝哭者也。

乃吾所爲汝哭則有之。吾未娶，貧不能具六禮，使余如禮具書，不責以儀者，非若翁也耶？吾贅汝外家甫十七八日，吾念大父母及父母鬢，悒悒意不樂，爲春香粒一石，械朱提數金，走蒼頭餉吾家者，非若翁也耶？汝歸予家未七日，即索汝所攜腰下金易米供家，無幾微難色者，非汝也耶？事吾王父、王母及吾母，俱稱其婉順，無一日不歡喜者，非汝也耶？吾母病逾年，環侍牀褥不去者，非汝也耶？母卒佐予治喪，戚易並至者，非汝也耶？兩月之內，王父繼殞，佐予治喪，如喪母時，必敬必慎者，非汝也耶？吾母既歿，吾憐仲弟早失怙恃，恐仰食于兄嫂，萬一不周，傷其意，每舌耕得金，則付仲弟出納，令每晨持錢若干奉嫂氏供家，如是因循至于今二十餘年，毫無間言，幾於中心安仁者，非汝也耶？吾母卒，吾季弟甫七齡，且多病，多方鞠育，以至成立者，非汝也耶？爲二弟婚娶，今兩家婦抱子矣，嫂兼母職者，非汝也耶？余每歲獨祀曾祖父三世，旁及外祖父及祖伯、堂伯父母，月無虛日，必誠必潔，以奉祭祀者，非汝也耶？吾壬午襄曾祖葬事，供億于內，諸務畢舉者，非汝也耶？丙戌春，吾挈眷入山避亂，不幸是夏大母卒於山中，病則勤侍湯藥，卒之日，挽從兄弟爲備木以美者，非汝也耶？自歸予門，不傅脂粉，椎髻二十餘年者，非汝也耶？吾外家始贍終窮，爲女子時，無釐毫私積，爲孝廉妻後，不一錢入外室者，非汝也耶？予治家肅，汝父家去郡二百餘里，汝母舅爲吾比鄰，守我家法，不出閫外，竟未嘗一過舅室者，非汝也耶？

嗚呼！自歸余門，余家尊卑大小，無一人不道汝賢者。汝事吾二十餘年，枕席之間，亦未聞汝道某人某事非善者。汝心則柔，汝行則莊，汝言則和，汝性則公;白璧無玷,精金如濡,孺人之德,余殆不及也。予生平無別淚,辛卯冬將上公車,揖孺人于堂曰"爲我善視三子",不覺相對泣數行下,心頗惡其不祥,孺人尚憶之乎?何意當日遂成永訣,悲從中來,蓋自然之理也。壬辰下第,貧無資,舌耕京師,當歸不歸,以日肩家計之人,飄零三載,使孺人茹荼益甚,憂患益深,吾兒貽書,謂爲病根所起。嗚呼!死孺人者吾也,能不痛哉?吾去年病兆於三月二十五日,成于四月十六日,劇於五月初七日,至七月中而稍平。汝病於四月初二日,至七月中而卒。夫妻萬里,同病異路,幽明永隔矣。夫居明者不能知陰,處幽者不能與明,言人與鬼之不能相治也。惟正人能理陽及陰,惟正人之神亦能理陰及陽,汝於德無所不備,吾當呼汝靈性,佐汝以浩然之氣,尚能默祐汝三子振我家聲,以保世滋大,汝固未嘗有死者也。地下見吾父吾母、吾祖父祖母,爲言命岳以是科得第官翰林庶吉士,然襄葬事未妥,有佳地,夢中告我。縷縷余言,汝能知耶否耶?嗚呼!哀哉!

御史張映湖先生行狀

己卯之役,余出映湖張先生之門。辛巳春,公被命行取入都,余徒步追隨四百餘里至三山,繾綣月餘而別。是後五載,而先生殁,冉冉二十餘年所矣。甲辰春,先生從孫士柔入都,請余爲先生狀。余誼不獲辭,然不能甚悉其先世名諱,及祖、父世德,姑約略先生爲狀,使後之君子有所考衷焉。

先生諱希奎,字星若,映湖其別號也。生甫七歲,而贈文林郎存思公即世,太夫人毛氏忍死鞠子,茹荼集蓼,口瘁音曉,百苦備嘗,惟日夜翼先生之夙成以亢而宗也。先生成童即聰慧能屬文,太夫人篝燈熒熒,手拄指經,以備脩脯。先生益發憤力學,年十七補弟子員,二十餼于庠,二十五舉于鄉,是在天啓之甲子歲也。先生讀書,每至夜分輒泣下,念太夫人畫荻授經,倘所業無成,虛慈母之惓惓。即不如無生。迨領鄉薦,太夫人喜而後可知也。公車載躓而志益堅,卜館城下,足不窺園。癸酉冬,邑宰夜巡堞,漏深四鼓矣,聞呀唔聲,徐下叩門,見先生擁被讀書,嗟嘆良久,凌晨,使吏致數十金爲壽。

157

明年甲戌成進士，授漳之南靖令，間兼署龍溪、海澄二邑。所至均徭役，裁羨耗，刑設不用，民戴之如父母。秩滿，封父母如其官。以卓政召至京。明烈宗御文華殿，御書問關外解圍，急着安在？中原剿寇有何良策？寇至作何轉輸供億？寇退作何生聚教訓？議蠲議緩何以使國用常充足？兵足食何以使民財不困？先生對稱旨，拜南廣東道御史，慨然以直道自任。都御史某，楚人也，奪情起復，先生抗疏力詆，竟以是忤時去位。癸未春，闖逆蹯楚中，以威劫士大夫仕偽，先生守死不移，遂掠其家，家毀，乃奉太夫人浮于洞庭。甲申夏，太夫人病，復移居邑之東山，先生侍湯藥，目不交睫，衣不解帶者數月，太夫人竟不起。先生頓足，仰天號曰："已矣！夫邇患難薦臻，移徙崎嶇，太夫人無一食之安，冀寇退而徐致甘旨也，今無望矣！"宛轉呼號，蓋數日而歿。

王命岳曰：先生每與余言及太夫人，未嘗不涕下沾襟也。自七齡依慈膝，以迄宦成，出必告，反必面，朝溫夕清無少間，北堂垂白，遭寇蕩遷，竟以病殞，終天之痛，以死殉之傷已，可不謂孝乎？不失其身，無汗僞命，抑可謂忠矣！爲令以循良繫去思，居言路而指斥權要以扶綱常，豈非敬官盡職者與？聞諸從孫士柔言，其宦資蕭然，然猶置義田數百畝，以惠族人之當直徭役者，至今利賴之。方之范文正，難易厥有間矣。令其邑者，守其郡者，監司其路者，或祭于墓，或奠于堂，緇衣之情，久而益彰，爲生者來乎？爲死者來乎？子蚤亡，孫幼孤，何以得此於諸大夫也？然而未祀于宮牆之側，與鄉之前賢爲伍，余懼其久而湮也，故約略其行誼如此，以俟夫君子之表章懿德者。

請假歸葬祖父母父母乞言狀

子路曰："傷哉！貧也。生無以爲養，死無以爲葬也。"痛哉斯言，命岳讀禮至是，未嘗不廢卷發聲而哭也。蓋命岳自總角即芒屨入林求窀穸，所遇多不佳，即有佳，貧不能卒致，往往失之。己卯登賢書後，跋涉三年，始獲晉江之井尾山，安厝先曾祖，是壬午九月之望也。事竣上公車，屬改秋期，癸未歲除抵里。甲申鼎革之際，郡人士譁且告變，踡跼竟歲。乙酉尋阡未得。丙戌春正月，哄傳大兵且至，海上寇聲言當火泉郡爲平蕪耳。命岳懼，急奉祖父母及父母四柩附曾祖墳旁，築室厝焉。三月，奉繼祖母林及眷屬避亂山居，旋丁繼祖母艱。越明年，寇四至，連綿三載，山城之路塞，岳負眷移徙，藜藿不充，每東向望雲，潸然出涕。己丑，大兵勦首亂者，路稍通，始復邦族。庚寅購一地，爲鄉紳所奪，不獲葬。辛卯，再拮据上公車，留滯京華，迄于今日。嗟乎！命岳無日不爲負土計，二十年中始獲竣一事，尚兩世在淺土，人生幾何，能忍晏然從長安士大夫遊耶？幸邀恩得假歸葬，當首營先祖之阡，次及二人，謹爲行略如左。

始祖朴菴公，生寬譜稱，家居嚴肅，勤於訓子。再傳至毅齋公，堂構遂闢，曰當令子若孫，容高車駟馬。又再傳至可蘭公，諱綱，生七子。長宗源，成進士，官憲副。三宗濬，成進士，官僉憲，先是爲部郎，以爭藩封事忤旨謫，直聲震天下。四爲次山公，諱宗澄，郡學生，以學行重當時，著《易經兒說》，爲世指南，及門士如蘇諱濬、黃諱一龍、張諱冕，一時名卿數十輩。次山公生望山公，諱廷侍，是爲先曾祖，德厚學充，八試棘闈弗利。元配孺人李寶，生先祖。

祖居仲，諱居毅，字近甫，弘所其別號也。先祖既七歲孤，依太孺人李，受畫荻教，以孝謹聞。族里間遺宅三，祖處其敝者，然李太孺人恒依先祖居，不樂伯季也。祖適以事走二百餘里，心動趣歸，李太孺人病革已殯矣；祖以不及視含慟且仆，即起視木弗美，頭觸血殷，議易殯，旁或阻之曰：“即易殯弗利生者。”祖請以身當，卒得鄰人所爲其母治木者易之。居喪毀瘠深墨，感動行泣云。性耽書史，手不釋卷，於天下物理靡不精嫻。慷慨好施與，有負質而病者，人爭取其貨具，祖爲問疾，持券焚之。有弟之子某，不得其繼母，不爲婚，祖主其事，尺縷寸綿悉爲代備，無德色。宗族戚里有訟諍，戒勿令先祖知，即不相下來質者，祖片言爲疏，曲直立釋矣。至于死喪之威，匍匐捄之，雖風雨晦明不辭也。居家，雖盛暑不脫冠幘，終日危坐，未嘗跛倚。敝郡縉紳先生如林，聞先祖名，莫不敬而重之。行年七十餘，值先曾祖父母忌日，唏噓泣下如孺子啼，所謂終身慕者耶？早歲課先君子學，既就而先君病作，不能卒業。晚益課命岳，百家諸子之書，皆手錄口授，每囑命岳曰：“即得志，爲我先厝曾祖父母，必無先予。”井尾之役成，祖志也。

祖母陳氏，爲廣文保江陳公胞妹，克勤克儉，奉李太孺人甘旨惟謹，得其歡心，育先君甫七歲而逝。繼祖母陳氏，撫先君於毀齒間，迨及襁褓命岳，皆慈如己出。先祔葬于曾祖母之右。繼祖母林氏，又撫命岳毀齒間，育恐育鞠，比及曾孫，猶藉含飴，蓋慈性皆天植云。

弘所公生先贈公。公諱承標，字世表，別號因可。殁後諸子追思，請于先祖，私稱爲澹覺先生。蓋先贈公性澹寧，飯疏飲水終其身，晚益了然於性命之學，非覺者而能若是乎！先祖舉贈公，晚課讀愈益亟。公弱冠後，步趨諸從昆如進士司理公鏡水，明經廣文公何可，雁行濟濟，皆名重黌序。公自視顧欲然，益發憤力學，篝燈熒熒，咿唔之聲連旦矣。如是數年而贈公病幾殆，三年始瘳，然痰症時作，頗不獲肆力如昔，時稍呼不孝命岳習句讀。比岳漸長，課益嚴，手錄時文授岳，凌晨起背誦，即訛字一而扑作行矣。於先輩舉業法湛思研精，得其要領，偶一耳提，不孝輒耿然有悟。十歲屬文頗成，贈公曰"吾授子作法早，子恃法而不求之意，其病也，草率而易就"，乃取古文之奇肆者，授不孝以發其志慮而盪出其才情，蓋不孝始知有文章之變現云。授史于不孝，遇忠臣孝子則反覆流連之，邪憸小人則削其姓名而痛詈之，蓋不孝始知文章非不朽之業，有立身揚名之志焉。

公以家學治《易》，所著有《四書得一集》、《易經得一集》，皆解悟精微；旁治《毛詩注疏》一一似古詩傳，不屑訓詁也。經史之外，復游覽孫、吳諸書，於古人行兵機權妙用，悉爲點次評解，慮足益人神智。其心性之學本諸性理。尋得林龍江先生《三教集》，心喜之，因參閱《楞嚴》、《圓覺》諸內教，惝然有得，遂持素食弗改終其身。

方贈公七歲孤，依繼祖母陳，陳慈育贈公逾所出，公之孝謹尤篤，不自知其非生己也。公既鮮兄弟，有從兄某不得於繼母，往往出宿荒寺古刹數日夜，至衣履狼狽，公聞則重袍懷冠履，遍走郡諸刹；即值，則以冠冠之，以衣衣之，以履履之，攜歸代謝其繼母前，如是數四不倦也。每進食先祖，必先嘗而後進，疾革之日，猶手致茗果先王父，所示永訣，不復能供子職。其孝友本行類如此。

先母贈太孺人陳氏，出自儒門，素嫻《內則》，二十歸贈公，事先祖父母恪勤和順，能得二尊人歡。先祖有從女將適人，乏衣飾，適太孺人于歸甫數月，意令捐所有佐之，不樂明言也，母順志出衣飾無悋色。亡何，贈公病篤綿連，太孺人侍湯藥，背不帖席者三年所，贈公賴以瘳。居陳繼母喪與贈公哀毀備至，族黨以爲美談。事繼祖母林，始以陳祖母新喪，每私自墜淚，續又慮傷林繼祖母心，處以婉順，竟得撫愛如前。比先祖老而產益落，贈公故多病不能持家計，太孺人手挂指經，脩女紅之勤，上供先祖甘毳，下啖不孝兄弟，蓋十餘年如一日也。猶憶贈公課不孝夜讀，贈公披書席左，太孺人持針絲席右，不孝前席而哦，往往午夜不休。

嗟乎！雙親望不孝成名，希及見之也，而贈公先即世，越五年，而太孺人從公。音容如昨，風木增悽，每一念及，幾不欲生。今命岳奉旨歸葬，先謀先祖父母佳城，以次及父母，敢預乞老夫子大人一言，以貞墓中之珉，以垂不朽，命岳感亦不朽。

先妻孝恪尤孺人行狀

命岳以東海豎儒，濫竽木天，拜命之後，異疾薦綿，家山未靖，魚雁闕然，心搖搖如懸旌。臘月二十有三日得家報，則先妻尤氏孺人以七月之望終于正寢。越丙申年，履端之月二十有一日，爲位于邸哭之。禮，妻爲父母喪者杖之，孺人爲僕執大喪者四矣。旅貧位卑，不敢辱長者之唁，有問狀于僕者，又不忍歿厥徽音，是爲狀。

先妻出桃源望族，先外翁惟弘公，知我於方名辨物之年，遂許女焉。予弱冠遊泮，貧益甚，贅翁家，翁田不能五十畝，供壻殊侈。既十餘日，察予還念王父母及二尊人方匱，即飲酒食弗豫也，爲舂香粒，緘書儀可數金，走蒼頭二百餘里，餉予家。外舍從昆弟竊笑予，是赤貧者安在有颺飛日？先妻意益恬然，私相慰藉。亡何，先君即世，趣于歸治喪，既以不及事翁爲恨，乃椎髻日刺女紅，上奉先慈，且佐先慈奉先王父母甚謹。嗟乎！先慈事王父母以孝稱宗黨，事事備人婦所難，難乎其爲婦矣。先妻脩婦道能得當先慈心，而先王父母憐愛尤篤，予差藉以無憾云爾。先慈病經歲，先妻與予環侍湯藥，如其月，衣不解帶，先慈爲泣曰："新婦且休矣，兒曹故應爾，安有新婦質非石人而靡日靡夜于斯乎？"先妻曰："侍姑側心故寧，輒能立假寐，即退休竟夜不交睫矣。"先慈即世，哀毀骨立，治喪事井井悉辦。不兩月，而先王父繼殂，痛哀辦喪如喪母時，內外嘖嘖稱賢婦云。自是獨奉予繼大母林。己卯予登賢書，孺人悉力供甘毳。丙戌秋，丁大母艱，時予挈眷避地深山，百凡乏絕，先妻治喪備極拮据，含殮、棺衾、祭享，無異在城郭時也。其佐予事親、養生送死之大約略如此。

　　先王父有少子，具人形而弱弗勝步履，先君子棄人間時，仲弟甫年十五，季弟週歲耳。僕爲諸生無立錐地，獨自舌耕，給十餘口食。先妻甫于歸，脫簪珥易粟供家，無幾微介意。余以念先父母去世，兄弟孤苦相依，天顯之愛益篤，歲費可數百金，取諸傭書，僕經營于外而阿堵悉委余弟出納，如是者二十餘年，先妻未嘗以財源不自己握爲嫌，俾予三世合爨，一門雍穆，田荆無恙者，蓋孺人之賢，或亦世情所難焉。爲仲弟畢婚娶，撫季弟於幼齡，近亦既抱子矣，嫂也，而母職是荷。先妻於吾家，可不謂勞苦乎？自歸余家，未嘗傅粉，足不出閫外，亦未嘗與予共案而食，常推食而給上下，腹非塘園，惟菜是盛，二十年如一日也。

　　辛卯冬，僕公車出里門，壬辰既放，以貧故受徒京師，三年不歸，墨稼之資，不足供家室，荼蓼之茹，益以憂患，遂遘沉痾，溘然朝露。卒之日，余弟若子請易名于家伯父、黃州司理鏡永公，公曰："是能孝事而親敬，佐君子宜兄宜弟者也，可曰'孝恪'。"嗚呼！盡之矣。生死之理，與化偕逝，何足深悲！惟是回念糟糠，德音如昨，種種徽嫟，難諼予心，倘邀華衮，式光泉壤，則先妻雖死之日，猶生之年，命岳感且不朽。

耻躬堂文集卷之十六

尺　牘

與李總督公祖

　　敝鄉經老公祖台臺再生之德，黃童白叟，靡不頂戴。兹大兵將臨，幸免喂宿之苦，此時恩德如天益高，如地益厚。敝郡軀邪僅存，元氣久索，而土地山居十七，田居十三，紳無聚千積萬，民乏富商大賈，譬如人本瘦弱，又嬰疾病，自非老祖臺勤加撫恤，多方顧復，幾無生理，此岳所刻骨誓肌與敝郡薦紳士庶，矢報生成不能已已者也。岳以限期逼迫，家貧不能具舟車，至今遲滯，兹決以望後起程，從此日遠慈顏，依戀之私，不可名狀，所望露布至京，早慰懸跂。而老祖臺以膚功復入中書，俾岳與觀錫茅盛事，此真所禱祝而竢者矣。

　　駕鞭日北，回首故園，一步十迴。今大將軍既仰體慈懷，暫駐省會，以便上游四郡之供應，或乘機邁會，便圖進取，往來之間，更望老祖臺多方維持，俾無駐牧，庶幾窮郡永保殘黎，足副愛育盛心。又敝郡道已丁艱，府僅一葉太守，縣委之王通判，而章司理督船同安，尤爲要務，在泉未免有事繁官少之慮。今葉守又有銀同之行，府署暫虛，伏望老祖臺諭署道篆之人趕早抵泉受事，再於兩司幕中，委一能者分理廳務，庶大師經臨，策應有緒，不至獲戾，此亦曲全敝郡一大機括也。遠別在邇，以老祖臺清正自持，不敢爲一芹之獻，惟脩荒楲，聊當躬侍，臨風可勝迴戀。

又

　　日者，老祖臺興思還闕，得旨之後，岳悵惘煩亂，夜不交睫，身既不在言路，末由抗辭力挽，惟每對在朝諸公爲敝省抱杞人之隱憂，三長嘆而已。時與舍親熙纘愈聖震以孝廉張汝瑚、吳名世七生事爲請，真如赤子之投懷，幸一旦在膝下，惟恐離逖也。毋何而天心默轉，宸翰諄留，當斯時也，又真如日已昃而再中，親已離而復留，歡欣踴躍，倍於往昔。蓋老祖臺之骿曚敝省，不僅在一人之仁漸義摩，而通省之大小文武、百爾在位，各敬官守，以惠百姓者，皆老祖臺之賜也。即如敝泉數年以來，老成凋謝，人心日漓，縉紳無淳麗之氣，士子長凌競之習，岳每擬攜子挈弟隸籍京師，亦恃有老祖臺在上，故留子弟以守先人之墳墓。茲捧新命，還我慈父，能不喜極欲狂哉！政在手額之時，又承老祖臺惠書於行色匆匆之中，尚爲七生轉致許撫軍公祖救援之恩，臨啓行而益摯，轉手之德，比身任而倍殷。岳捧函感泣不知所云，惟有南向泥首而已。伏願老祖臺垂憐蒼赤，其終鎮撫我兆人，則岳歸興與山色並濃，將側依厦庇，以樂餘年，有餘幸矣。

與徐撫軍公祖

閩海厚幸，借重老祖臺開府茲壤，春風夏雨，普被群生，蓋閩民凋瘵已甚，今日培養閩中之元氣者，非老祖臺而誰也以治！岳湔陋，一把清光，倍荷存注，似若有針芥之合者，意治岳秉心積慮，亦有見許於大君子者耶？如是而閩中之事、泉中之事，治岳請發口言之。閩中之苦，在於積年兵火，地多不食而賦無除荒，天下十餘省皆有除荒，而閩獨無有，此戶部所以有舊欠百萬之抵塞也。今乘恩詔一欵，差滿官清察舊欠，在官在民，老祖臺因時邁會，爲百姓請命，則八閩之民幸甚，八閩之官亦幸甚，即在老祖臺亦少所挂累矣。事非倉卒可辦，目前似當即行文各郡縣清察也。至泉州，有固山旗下兵馬駐防，只撥京師餉銀三萬二千作餉，自去年十月即動支此項，每月旗下兵馬支領近八千，自十月至正月，而三萬二千之數盡矣；則自二月而後，每月皆乏餉八千之日也。若不荷源源接應，非民變則兵譁，將來反大費收拾。前懇計邀酌發，今所以呼籲無已者，尚望陸續繼撥，不以一杯之水而止也。伏祈惠照，臨啓溯洄。

與馬提督

建舟荒械，計達掌記，光陰冉冉，不覺秋行將暮，遠離之思，日縈懷抱。弟藉庇以七月念日抵都,屬當叨補兵垣,適值后喪,茲當以二十七日之外啓事,念海賊未滅,民生塗炭,溫陵南關以外,近事難言矣。側聞老親臺軫念城中百姓,極力怙冒,遂使大將軍兵馬停駐銀同郊外,溫陵城中得以保全,弟爲滿郡生靈感念洪慈,惟有望南雲而拜禱,逢人前而說項耳。茲因力旋,肅函先謝,尚望始終雲覆,竟保郡黎,則樵頭頂上長奉禄星,將百世勿替也。

與王提督

泉中之苦已非一日,山邑苦於壓糴,郊關苦於笋剥,附郡數十里之内,苦於強盜晝夜劫而人不敢問,即獲賊亦不敢解,此中有不能昌言者,譬之啞子食黄連,心苦之而已。竊見霜雪之後,必有陽春,憔悴之民,易於見德,伏惟老兄臺紀律嚴明,兵畏民懷,已聲稱藉甚於清漳。今吾泉何幸得長依卵翼之下,所望鼇剔弊政,與民更始,則否極泰來,剥盡復生之候也。

與葉僉憲公祖

修鷺酷愛其羽,弟之自盟三十年矣。其親承老祖臺庇下者匝歲,澹臺之風,亦有見信於君子者乎!乃老祖臺之苦心冰操,弟亦竊附知己之林也。攜《興泉政略》筍輿舟中,盤旋不釋手者十餘日,舟次劍浦,水宭而清,雙龍之精呼之或出,念吾黨信兩美,其必合有如此鱗矣。伸紙疾書,而序成焉,言誠不文,旨隱而多,慨憂深而言者無罪,以此勿負烏絲之約爾,斧裁之,幸甚!德化頑民略創,即宜安戢,但必不可過督縣官,以快奸民之志,且恐聞風者效尤,此政體也。桑梓關心,不禁絮絮,并希垂採,臨風溯洄。

與胡兵憲公祖

弟未出里門,業得老祖臺秉憲敝郡之報。抵都以來,忽已匝月,心計老祖臺抵泉受事有日矣。民之困於重派者,當已輕减;丁之困於夫役者,當暫息肩;而郡邑之困於雨檄者,當獲寧息乎?雖然,軍興未已,移藩復議,敝郡之困苦伊始耳。老祖臺處此，可使郡不駐兵上也，其次則撥房之權歸之有司，而兵丁不得以掛號于門，白占人房及于器用，女口猶可少安焉。李督臺篤愛敝郡士民，有逾他郡，事可爲民請命者，祈老祖臺盡力言之；馬提督於敝郡并州也力，足以造福斯民，望老祖臺設誠而深交之。文武和調，則兵丁不敢爲非，又可同心以禦外患。但和調之道，不在一味謙恭，葉公祖以小心而反格格，當日黃公祖以嬉笑怒罵而反締莫逆，概可知矣。計老祖臺自有深心妙用，反出前人之右者，弟跂足觀之。同安施副將，與鄭門有殺父之仇，而長於海戰，此人終可大用，惟老祖臺物色之。至郡守葉公，金玉之品而當盤錯之會，弟在里時見其恢然游刃，不虞缺折，惟上下之交尚希老祖臺調護之耳。章司李沚任甫數月，即有督造之役，風飡露處者二百餘日，竟使船隻整備，以應大兵，此賢勞良不可泯也。先人墳墓數首，樹木未拱，尚冀雲覆是禱！

與岳兵憲公祖

恭惟老公祖台臺，星雲瑞世，雨露滋人。庚桑已祝于蜀川，旄節旋臨於泉水。价人碩望，坐擁桐樹之陰；圻父英猷，出眺海天之霽。一廑早受，大廈新依。弟側聆芳問，久飫治聲，私心嚮往已非一日，曾馳尺素于越州，復承雅誼於杭水，雖搆候未挹清暉，而佩鏤每盈懷抱。茲乃得托帡幪之下，重沾雨露，豈非幸之幸乎！弟愚昧迂疎，妄有建白，幸邀寬容，僅從薄鐫。茲候補長安，未能策蹇南歸，一遂披雲，徒有神馳。念敝郡濱海之區，兵馬蝟集，土著之民供億數倍于正額，遷移之戶流離半委於溝渠。今又聞有起解匠役入省之舉，未免困頓中途，甚厪老祖臺如傷之念。仁人在上，起凋瘵而登春臺，旦暮俟之矣！

與熊兵憲公祖

敝郡厚幸，藉老祖臺怙冒之恩，仁漸義摩，兩載于茲。弟才非世用，性不諧時，蠖屈長安，五換貂葛，竟如敝帚，行將委棄，而老祖臺勤錫華翰，至再至三，殷殷靡倦，豈以局外閒人，尚有一言之幾乎道耶？敝泉承廿年兵火之餘，茲幸懷音雲集,而民困未蘇,勞亦未息,全恃老祖臺惻惻一念,與民休息,萬竈稍有甦生之色。弟身在萬里,亦穩家山之夢,所願福履日綏,崇堦洊徙,將來藩我臬我,尚慰袞衣之望,則弟所禱祝而求者也。

又

兩接雲翰,殷注有加,感佩之私,日深寤寐。媿弟匏繫金臺,抱咫尺之虛名,遨遊公卿間,忘其身之墜落。日月移於上,人情變於下,而不自知也。老祖臺惓念遷客,勤勤不置,又每進弟兒輩丹黃其藝,鼓舞盡神,意薄雲霄,迥出常情濃淡之外矣。輿人之頌,業已達于輦下,弟即極口稱揚,譬之以光頌日,未能增其萬一也。新督臺公祖,溫溫恭人,才峻德茂,真全閩福曜,弟辱舊識,稔之最熟,修候之次,自當備述德政,以誌《緇衣》。

與葉郡守公祖

治某以月杪到省,因候舟子,遲遲閱十日矣。面諸當道,競贊循良第一,可見公道在人心,《緇衣》有同賦也。從此解纜,馬首日北,惟祝老祖臺早入春明,爲署中生色,則治岳亦藉有榮施焉。户、工二部錢糧,乃督臺力留原册,以便縉紳補納,此如天之德,真萬户共頌矣。想敝府紳衿當自輸將恐後,伏乞老祖臺亟爲造册報完,一本報司,一本報部,則溫陵士大夫竟邀瓦全,皆老祖臺鴻庇也。顒望!顒望!

又

奉別老祖臺而後力疾前行,七月望外幸抵長安。許久不接雲翰,即家信亦復杳然,祇覺勞心忉忉耳。五月渡海,未即獲醜,聞大將軍將就食吾泉,派穀之事,可一而不可再;駐房之事,宜撥自官而不宜聽兵自占。此二事者,終當望老祖臺力持之。

與金司李公祖

維揚一晤,風濤陡至,昔人所云廣陵濤是也。生既未及躬謁,抱歉無窮,邀

167

恩而後曾寄小械奉候，未審可勿浮沉否？溫陵光景，日異一日，拯救焚溺，計將安出？今又加以安戢大人駐劄茲土，勢且至奪民居以奉鷹眼，敝郡從此多事矣，言及不覺腸裂。

與駱邑令父母

弟從邸中獲接道範，具知老父臺以格致誠正之學，行慈祥愷悌之政，此桃源一路福星也，南望佳氣，想老父臺慈雲已罩仙封。念永邑比年以來，編派繁多，民不堪命，又上司差催如雨，俱係里民策應，至於賣田賣屋，及於墳墓，及於妻子，挈家而逃十且八九。天留此餘子，以遺老父臺，此大賢抒所學以救時之秋也。伏望先革上司差擾之病民，然後次第以行其平政，則召、杜之治復見。今日弟受廬宇下，永托雲覆矣。

與蔡培自先生

九載遠遊，一年過里。觀華表之湮沒，覩閻閭之平蕪，街衢巷里所可復識者，自雙門而南一帶耳。獨慰先朝碩彥，如泰山喬嶽巋然雲漢之表，猶足瞻仰典型，則溫陵片地所去者、瓦礫所存者，神理未爲不幸也。況生於老先生聆霏屑在數載之前，聯酒賦、結郎君之契者乎！歸來一片精神全注先人抔土，雙脚不借，百務全荒，未能洗爵烹鮮，一請有道之正，而老先生錫宴錫餕，既先施于前，又不倦於後，媿感何極！鶺子漸北，回想芳規，倍深瞻戀。伾旋，肅此附謝，臨風溯洄。

復黃恭庭先生

小豚度寄太媍翁所附書，筆意遒勁，盈幅娓娓，喜南極之有徵。所云造福蒼生，樹麻桑梓，黍谷律吹，知之者誰？捧讀斯言，不覺淚下。人爲善恐人不知，岳爲善惟恐人知。若論數年以來，輕賦至數十萬，完程亦至萬餘，一手獨拍，惟有天知，他人必不知；即知，或忌其名，或攘其功，誠能如太媍翁知己之言哉？吾鄉百姓坐湯火之中，岳欲昌言之，當道即有以是爲羊酒者，悵幇手之無人，驚下石之有鬼，惟引不謀其政之義，守口如瓶，地方疾苦非岳所敢知也。安、南二邑大當之苦，水深火熱，昨質公拜疏，微傷忠厚，然而頭緒未清，題目未現，恐當事逐欵支飾，反無益於除弊，望太媧翁在家爲之擴充，無徒攻安、南而舍桃源，使大當之禍不除也。吾鄉苦於某某十年，而某某大反商政，忌之者必欲鋤當門之蘭，不知何心？閩人不過三五，而門户岐中有岐，此非吉祥善事也。

與黃鷗湄先生

聚首里門，百凡沐愛，感戢之私，匪可言喻。獨是漸覺衰憊，而老先生亦清減未復，每顧影自欺，念及玉體關懷，千冀珍攝，幸甚！幸甚！日遇李部臺於莆，接其緒論遷移之事，大有悲腸，大約以漳回日課遷畢尚可七八十日，展則晚稻收成又不待言矣。紳衿欠糧事，係部臺向户、工大人挽留者，此恩實比丘山，未知近已補完否？已完之縣，即催父母報完申府，求葉公祖立刻申藩司及户、工二部大人，便可無事。當雙詳藩司、户、工，不可詳司聽其轉詳，恐爲他邑耽閣；當換一本册與户、工大人，不可於舊册註續完。蓋因省城縣蠹至今匿册不發，而外邑縣官紳衿從不看報，如坐暗室中洩洩不前，將來必有耽閣，致户、工大人悻然而去，則吾閩之禍烈矣！今二大人已移舟延平，似無久候，不可不知也。以老先生留心桑梓，故并及之。春初，希即凤駕，萬勿遲遲，臨楮惓切。

與楊似公先生

小兒正月十一日書到，極道一路舟車俱荷照管，且事事周篤，雖至親父兄不過如是矣，謝謝！兒於正月望後可抵里，想老會臺亦在三五日間晝錦乎！此行舉朝共贊，其是抵里，天性之樂，真有三公不與易者矣，羡羡！靖藩興工蓋殿，八郡俱吊民夫，庶人往役義也，然跋涉之苦，恐致死亡，不如折價就省中傭募，但恐靖王不肯居其名，當於督撫處密陳之，令郡邑自徵折價，而尚委府佐一員帶往省城傭募策應，則王不居其名而民免於死亡，此良策也，非老會臺誰能爲七邑蘇百

169

萬性命乎？昔人有言，活萬人者後必有封。老會臺日行善事，此一事可當百萬也，但當委婉期其必濟，不可付之空言，惓切，惓切！

與富雲麓先生

小兒一路荷捉攜教誨之恩，銘刻在胸，無日敢忘。數次寄札到家稱謝，未知俱得達否？弟三子略有可教之資，望老年翁推愛造就，不惟課以文章，亦祈訓以行己。若夫加意卵翼，尤所委命。弟方在冷落岑寂中，此時記人恩施，更爲深摯也。弟近者胸懷益寬，心廣體胖，鬚反黑，面反童，亦足爲知己尉。皇上近甚讀書，日見英氣，此天下臣民之慶，密與老年翁道之。尊公戩穀加飱，便中時賜息示爲望。

與何玉水先生

弟淪落老烏員鄉里，小兒挪揄之久矣。竊意人之重輕，原不在名位，毋論烏員，即老頭巾庸可玩乎，毋如世人之不然也。老年翁按秦入都，金魚池中談心，猶知海內有北海平原，此意至今難忘，請急歸來，又何台誼之殷殷無已耶！螺陽握手，若有未盡之情之語，不能釋然胸中者。泉非無事之地，惟有一二我輩勤行善事，勸化里人，差可捄之，此事尚以望公倡。東禪寺稍有暇力，應議重建；崇福塔漸向傾圮，宜脩葺扶攔，勿令墜。皆關係溫陵成毀，望老年翁留意，此可爲知者道，難與世人言也。弟生平身心性命，全注數位師友，如劉乾所先生，性命之師也，世有令德，諸子皆能讀父書，又卒貧，天意似將單厚其家。弟既遠行，敢以二三世兄爲託，知老年翁不負弟，且弟不發口則已，既發口，老年翁知弟心，必不忍傷之也。并此附懇，臨風瞻溯。

答陳瞻平年兄

潯陽別後，越四閱月而過里，適遇老年母太夫人之變，尚獲登堂一拜，差慰猶子之懷。王程迫逼，旋復就道，生人未有之危以身經之，當斯時也，惟是料理身心，完聚精神，求所以臨命不辭之道，如是而已。聖恩浩蕩，日月昭揭，抵京七日，霾消霧散，復列班行，有隕自天，人生過此一劫，尚何悟關不透？建白遭譴，譬如病醒，弟毫無介介，老年翁尚爲弟望兩宮之恩政，愛則深矣，而未爲知弟也。惟是前番補官未三月而于役，還途而遭難作，再任未半載而躓，以清虛冰冷之景，當食玉炊桂之時，頗令人不堪，幸道心未退，尚有不改之樂在，年兄亦足爲知己慰也。因羽附報，不盡願言，臨風神往。

與黃無菴先生

都中白黑相抵，臨別幾爲敵手，回思此景，吾兩人皆遊於伏羲、神農以上，其動以天，不復知人間機事爲何物。自別以來，同鄉可與披襟者寥寥，時憶耳，老年翁亦云夢寐常見，然耶？否耶？弟摧頹五載，無當世之志，然觀世其敏，知老年翁一局必有復燃，山林二字，未敢相許也。人有問老年翁尚起否？弟答曰：必起有待耳。固大言以張吾軍，亦定見如此。或此末局而俟冷人翻之，未可知也，呵呵，一笑。朝廷每兵一名月給米三斗，每米一石給銀二兩四錢至二兩六錢，日日派糴何爲乎？使有執單，付而詣闕者未必不得理。人皆安坐，弟如之何？載胥及溺，以趨於盡而已！興言及此，不勝於邑。

與洪霞農

弟之歸來有二悲二喜：悲者其一爲大城北畔盡化爲平蕪瓦礫，其一爲理學名臣坊廢墜無存。喜者半載之內連築三墳，完先人一件大事；其一則與老年社翁歡然道故，莫逆於心也。悲者可以次第收復，喜者則弟落得便宜矣。但東郊別後，望杜森林在雲烟飄渺中，鶴頂在望而不可復即。紫山墓廬，其地其人，閉眼若覩，開眼忽遺，流連纏邈於胸中，未免作十日惡耳。在三山住六七天，弟方念起法咒數道，爲溫陵作佛事，荷華刺到，不及脩書回揭而已。泉中乏糧，近撫軍、藩司頗知憫念，將來必有接應。大兵一往一還，郡城可無騷擾。但老僧作佛事，竟大家亦當幫法，毋破壞道場也。舟抵劍津，附此代晤。過此雖芳型日遠，然下帶道存，常耿耿耳。臨風瞻注。

又

春間得十月既望大函，示及舍弟、小豚平安并先墳封植無恙，足仞骨肉關切至情。夏鍾到，道及客秋玉體違和，旋喜勿藥，且驚且慰。弟客冬一病，今春始解，亦支牀三月，何吾兩人同病之湊耶！龔趙蒙恩，遂使至愛，如老社臺虛折一屐，而弟固恬然無見獵之喜。奈何人情不古，外侮驟加，竟不能邀先聖、先師之靈，以護持遷客之氣色。達人識時，君子俟命，弟惟有三自反以存心耳。令郎秋試未遇，令人苑結。今廢八比爲策論，部中題定論式，竟是無股段之時文，不可失旨倍註，不可十分犯下，不可用俚句粗字，一以細心靜氣行之，猶之八比也。令弟彥飛先生得雋之文，可爲欽式，月暉于庭，不必問光于鄰火矣。同鄉孝廉吃虧至極，幸大家協力，底于有成，令弟彥喬年兄能言其詳。黄儆菴近日極道老社臺高誼，以爲舉動皆合古人，歎服不置，前者渠亦爲族人所激使然耳。令姪年兄，亦非爲投杼所動，或涉世之道深耳。相知披瀝，不覺滿幅，不盡縷縷。

與黄原虛世兄

拜讀瑤函，惠渥逾涯，且感且媿。世兄秉季韋之德，見利不爭，弟所心儀。近者，頗聞外說先生騎箕之際，屬有愴志傷心，弟爲推案廢食者數矣。弟年過半百，閱盡貴賤貧富，總是太虛中片刻衣狗，即如晉園叔畢生經營，究歸何處？造物顯出畫圖，政欲喚醒塵寰，而尚有從火樹中爭花而忘其根者，可哀也。此番原含親翁獨無所分，人以爲不平，弟獨幸之。吾兄既已退讓於前，萬勿懊悔於後。惟是賓朋雜費漸當減省，一意敦情孺慕，勤訓義方，則家道自立，外侮自消，此區區獻芹之意也。

與黄御遠

母服方闋，父喪遂繼，賢契羅此鞠凶，何以爲情！人生行百善事，如從樹枝花葉上着露,皆治其末,惟事二人是第一本務,所謂百行之原也。今二人棄爾而去,風木之痛,仁人所傷,吾何以慰門下哉!今有要緊話向門下說,古人有終身之憂,言至老不忘父母也。生事已矣,哀慕之意終身不衰,而祭葬尤加慤,一也。令先尊既有續娶,誤此良媛,吾門下所以事之者當益敦視無形、聽無聲之孝,使忘其寡之苦,忘其無出之苦,門下能行此必感天心,必邀神貺,二也。哀存乎心,於令祖太媞翁前,曲加慰悅,以解其憂,三也。諸庶母事尊翁日久,事之以禮,各安其心,四也。此四道克盡,即是古今大孝,雲仍受用不盡,所語門下者止此。病未能爲文以哭,容再寄,未一。

又

不佞近事,門下想久聞之,但爲聖賢喫虧,自是癡人本色,況文廟藉是有官,不至鞠爲茂草,吾無憾矣。

答雲田弟

三載以來,累荷翰教,只緣盻望車音,坐是有稽裁答,日復一日,遂成疎懶。吾弟不以爲罪,尚勤勤芳信之俯頒,媿感!媿感!近積年之明經揀選疏通將完,以次漸及甲榜,但恐向者不分項頭,故甲榜坐受積薪。今將及甲榜,又岌岌然懼復分項頭之分我缺也。大往小來,小人得志,吏員雜進,而兩榜壅塞,亦氣運使然乎?吾弟久在田里,備悉桑梓之苦,凡有見聞,必登掌記,望蚤賁長安,一一教我。僕雖在閒局,然區區之心,欲登故園於春臺,而拯斯民於塗炭,意未嘗一日忘也。且升沉又豈有定乎?兒曹文事如何?千祈錫之司南,以玉于成。臨風可勝翹企。

與子野弟

側聞吾弟攀鱗附翼,蒙恩授副戎之職,近奉功令,概得改授文階,例得僉憲,不勝喜躍!歲杪,忽聞豐功兄謝世于淄川,又不覺悲痛之無已也。孀嫂在室,幼孤在抱，何以度日？何計還鄉？不佞罄竭綿力，兼以大聲疾呼，湊得百餘金，濟其母子旦夕之命，尚未知能足爲登舟計否也。吾弟既已致身青雲，念豐功兄平日友愛之誼，事嫂如事母，使衣食無缺，得養育孤兒至于成立，則豐功兄之靈魂慰于九原，亦自關弟之福德也。書到祈即留心，倘靈櫬賚眷尚未抵里，速圖接應，不勝悚望！臨启哽咽。

報友人

過里百荷愛雅，感不去懷。地藏寶刹復藉留神，刻期告成，此又相與共完勝事，則人天頂禮，非弟一人之私佩也。春初大難甫過，秋闈又以建言鐫官，夫无妄之誣已白。至言官因言得罪，乃職分應爾，又復何尤！況邇來教職一席，朝廷俯採工瞽，已留其一，至三法司兩月之内平反八十餘起，弟言已行，又復何求？恐知己過相悼歎，故此相慰耳。草草奉候，不盡欲言。

長安寄示諸子

我鋭意爲善，回思往事，未免太露鋒芒，殊非保身之道。古人云：善且不可爲，而況惡乎？細玩此言，大有道理。汝等當以我爲戒，勿以我爲法，但陰行好事，使天知勿使人知，足矣。

居今之世，以默爲主。汝等生士大夫之家，良爲不便，宜要惟履謙秉和，可以寡罪，察言而觀色，慮以下人。此節書不可不理會，亦不必示人以弱，以詩書孝友名於世，即禦侮之長城也。

牛角弓弦事，吾泉鄉紳子衿所開甚多，此項乃官不開徵，非民不納也。我爲全閩求撫軍上本，説明牛角一項錢糧原未開徵，又爲昌言部中，部覆已佳。今工部册到，雖開欠，然以向未開徵，自可免議，亦費許多心力矣。永春馬公，我因其戶、工二部不混開紳衿欠數，心甚取之，作文一篇寄回付永邑庠友，爲鳩金立石。

方今錢糧事重，何事不藉父母爲民造福，使馬公知大家立石，則將來肯做好事。使他邑知之，亦觀感興起，此又吾一片苦心也。

　　錫卣汝今年若幸得售，便蚤來京；若不得售，只在家中讀書，爲我脩墳爲急。汝命亦多難，倍當積德，以養福源。積德之道既不得，在父母前心不放過即是大孝；存心無已，數月不違即是功上加功；敬事諸父，和顏悅色，出於至誠，即是功行；教訓媳婦，使之知節，使之知勤，使知孝弟，使知和睦，使知慈下，即是功行；外人相侮，忍辱不較，即是功行；前日當天，誓行善事若干，從新整頓，勿有初而鮮終，即是功行。家計艱難，費錢之事恐亦難做，所謂不出門不費錢，救萬命行萬功，汝父深望吾長兒也！錫度、錫齡爲善積德，當與長兒共勖之。

　　吾泉風俗，父兄同朝如膠如膝，而子弟在家以小故興訟，爲公祖父母厭薄，如此惡習相沿數十年矣。理直者恃理而爭，理曲者又以體面而競相持不下，可恨之甚，豈可尤而效之？我無求田問舍之心，我之貽子亦不以田宅，而願以忠厚世其家。今使吾家理曲而斂手讓人不足爲難，正爲吾家理直而恬然不爭方足爲貴耳。乃翁在京，與我相與不比他人，就使得千金而失一知己，吾尚不爲，況二百金小屋乎！此業雖係吾家舊物，贖業於理爲是，汝等決不可恃理而爭。且我所望子者能自成立，將來尚可恢汝父之式廓；不能成立，即斗室尚難保全，何況其餘？得字之後，即宜親謁公祖父母及鄉中前輩，具道吾意，兩家仍前和好。田屋是虛華，通家不可輕絕，汝惟力行吾《引經徵事》一書，汝父所貽子者多矣。

　　我思傅掌科蓋屋今歸黏矣，謝山持蓋屋今歸吳矣，孝侯伯蓋屋亦歸吾家。當蓋屋時，豈不欲爲子孫百年之業？而遠者三四十年，近者二十年，輒歸他姓，乃知貪圖湊錦，皆屬無益，惟有教兒孫讀書積德，此傳家之寶也。兒輩第讓之！昔司馬君實屋傍有作棺人居住，家大欲買其屋，公不肯，曰："彼生理在此已久，移去恐遂失業。"又古人衣缺其裾，屋缺其隅，皆不求全美之意。吾兒今日自安不足，乃爲造物可增之地，若必求全美却無餘地，我《引經徵事》內有先輩學吃虧，有味乎其言之也。吾家居鄉忠厚，素有佳名，今只遵父命讓之，甚妙！甚妙！後寮祖墳，速議脩理停妥，此事最關我心。

我爲清察一事，竭三年之精神，始克有濟，一點不敢居功，總以爲吾所當爲而止也。今某春元又蒙司駁，吾家雖與有隙，汝不可萌一點樂禍之心，我行年望六，兢兢爲善，惟日不足，若一起惡心，萬善俱墜。春元事若到京，我力有可爲尚欲爲之，説與弟兒等知，如有人欲難爲春元者，不惟不可陰主之，且當爲潛消默奪，以成吾志。

近既變八比爲論，則作論即作八比也。須得聖賢真性命大旨，不可掇襲陳言填塞。故事要細、要靈、要秀，忌粗、忌浮、忌板；策要知時事。然我輩議論雖不必違乎時，亦當不悖於正理，曲學阿世，非所願也。

耻躬堂文集卷之十七

賦　雜　著

蒐獵賦

青陽司令，姑洗應律。天子親帥羽騎，蒐于南海。禮取除田，兼習武事，古也。屆望芳晨，風和日煖。爰召大僚及二三詞臣，使從三驅，觀五戒。田事既成，嘉宴攸錫。豐草之中，有《湛露》之歌焉。羲馭西馳，群臣告歸。同雲英英，霢霂霑被，斯以榮矣。夫犯兕齊殪，酌醴孔嘉。洵郅隆之盛舉，宜屬事而攄詞。乃賦曰：

皇膺籙之十祀，屬四海之清寧。厪居安之忘危，武事弛而懼苓。賸起家之艱難，思似續於烈祖。戴勝既降于桑，吉日亦云庚午。於是乃命司原，協靈辰。令雨師乎洒道，使風伯乎清塵。金根照耀以炯晃，龍驥騰驤而駪駪。爾乃荷垂天之罩，張竟野之罘。群吏誓而五戎肅，中軍鼜而三鼓周。驅逆既備，比禽畢來。五豵丘積，三品雲堆。帝乃惓思股肱，有懷良佐。陳桑扈之咒觥，追在鎬之有那。一騎遄駛，五雲繞鞭，天語宣也。縶金水之漪漣，肅百官而敬聽，受詔令也。有陪有卿，玉堂之士，下馬虎拜，龍顏孔邇，群臣集而天子喜也。雲錦攸從，星動而天行，日中而反宿，犴肥而酒清，侍獵回而宴禮成也。薄暮酒闌，稽首而致辭，誦《既醉》之詩，宴畢辭歸而日影移也。

於是群情婆娑，載行載歌。其一曰維彼成湯，更祝解網。萬國來王，九圍歸往。穆穆我皇，明德焜晃。志不在禽，義存安攘。其一曰在昔周文，獵于渭濱。卜獲習吉，磻溪老成。載與俱歸，弼爾後人。人惟求舊，器惟求新。我皇尚德，笙簧嘉賓。其一曰有漢文后，仁德覃敷。乃從方正，擊兔伐狐。賈山大諫，以究

177

永圖。我皇召命,百僚鳧趨。夙來夙往,毋瘁僕夫。天子乃亦思道德之囿,弘仁惠之圃。放雉兔,收罝罘。回青旂,歸玄扈。焦勞萬幾,永承天祐。

慕通賦

上循蚩之萌蠢,劫代去而歷玆。聖與哲其猶宿列,渺余躬之獨希。紛百年其驟裏,懼修名之後時。仰先民之玄訓,羌彌高而敢違。遘國步之顛覆,罹填塞之阽危。莽居中而上攝,卓滔天而遷移。恐神龍之淵脱,思渫血於皋夔。余既偵此逆搆,勉委蛇而調之。喻何恂之盛軌,遂懷土之鄙私。馴咆哮之吼怒,哀不蹙而噬昆。石猶棄于婺之野,玄猶鍛其三門。醫進醴而療疾,衆逐臭而趣奔。沾一命而蠅附,獨解佩焉高騫。帝鑒揆予忠悃,霽天語之春温。

豺佽佹其猶食人,伯九約而專目。熊出圈而緣檻,馮獨依而廻復。翟忱憤而署門,亦松柏之貞獨。辭大家而東征,王事亦猶靡盬。甚玄鵞之巢幕,夜參半而煩數。導養晦而待時,安談笑而移午。心乎愛而謂遐,二嬂宣於工譖。報曰不迕物而致憎,鑒下情之勤苦。喟余節其信姱,求矩矱於前古。家次仲之避秦,大翩歸於下土。亦孺仲之去莽,紛披髮而自敚。海水知乎天寒,鵲識歲之多風。緬蒲人之難作,意惕惕於舟中。昏不知元吉之上祐,極勞心之憪憪。翾鳥舉而長往,亦却顧而戀公。曝余背之爲適,獻媚茲之朦朧。絳帳設而風涼,胡牀虛而月冷。路不通而中絶,君不御而斷緪。心鬱陶而未明,功不伸而罪永。轍編管於海康,鑑築室而羅眚。伊前修之亮節,憖不逮而三省。鴻牧豕而遺火,悉豕償而身傭。亦余心之所善,雖顧頷而誓從。玄負笈而遺門,夫何三歲而不覿。心不同而媒勞,期不親而告余以他適。橫流涕而潺湲,隱思君而悱惻。薄言訴而無從,默則蔽而不彰。忳鬱悒而侘傺,孰云察余之衷藏。魂怳惚而搖離,形嗒然而若忘。羌黄粱之未熟,夢飛越于窮荒。發余軔於南浦,頓余轡於東方。旦翠旌而孔蓋,翩珊珊而登堂。曰獲讟於搖琢,啓金縢而後光。苟信修而練要,夫孰兩美而不長。余長跪而問道,靈渺渺而雲翔。

臨風悅而永嘆,淵嬋媛以揖余。曰夫子之嘉惠,涉陳蔡之次且。煤入甑而覆飯，痦先君之紛如。姱未修而弗信，涕雨霣而唏噓。欲溯洄而欸欸，忽睠顧而空虛。渡汶津而涉濟，望華不注之高山。一傖父之偃蹇，佩蒯緱之班班。恃公子之愛好，高舉趾而抗顔。余曰：咄爾客之佻巧，收薛賁而棄命。文不奔而就薛，夫孰攜負而終日。迎窟廱一而胡三，市義胡齎而報孟。驪不言而出不辭，雨霏霏而飄雲輕。忽不知余魂之所屆，乘仙槎而泛滄洲。疾如矢之脱筈，破長浪而遨遊。過扶桑之瀰漭，陟絶嶼之孤丘。遇伯牙之延頸，望夫子之悠悠。雖不屑之教誨，抱緑綺而泪流。林怒號而不息，禽哀響而未休。忽聞觸而警寤，餘啼鳥之悲秋。

泉人罕習爲賦者，即館閣試賦，值其將解職之期，亦僅僅耳。王君伯咨，自其孝廉時投予長賦一通，詞旨淵深，音調綿邈，宛然騷體也。越數年，君遂以廷對高第入史館。憶予前送君偕計詩云"憑君莫話幽通賦，射策千言更有神"，于兹驗矣。泉先後史館十數公，鮮弗稱者。易代後，則必以君爲首出焉。鄉評具在，時事方新，余敢量君將來所至，姑題數言，志交游夙誼已爾。異日君休沐過里，出共觀之，得無疑夢與真與！吾去時真大醉也耶！

黄東厓題

此篇先君手筆，得之黄相公家藏。裝裱成册，末題數行，乃相公手筆，并附録之。錫度敬志。

使　粤　拜　揚

謹按翰科衙門，業經題定，不與齎捧之差，遵行已久。日者，新天子嗣登寶位，頒布恩詔，特破成例，翰省兼差，誠重其事，而風勵之意亦存焉。臣命岳受命粤東，豈敢徒循故事，取遵依而已。毋亦與諸大夫共圖所以實心奉行者，又遍諭粤民，以天子惠愛元元，及化民成俗至意，庶幾於朝廷任使初心少有當乎！按詔書有在内施行及造士各欵不具論，其在外施行者共七欵，内土司立功一欵，負固來歸一欵，盜賊就撫一欵，當事者久已仰體皇慈，實實宣布不贅外，謹將四欵關係有司奉行者，略爲敷陳之。

計　　開

一、官吏兵民人等，有犯除謀反叛逆，子孫謀殺祖父母、父母，内亂妻妾殺夫告夫，奴婢殺家長，殺一家非死罪三人，採生折割人，謀殺故殺真正人命，蠱毒，壓（魘）魅毒藥，殺人強盜，妖言十惡等真正死罪不赦，及軍機獲罪、隱匿逃人亦不赦外，其餘自順治十八年正月初九日昧爽以前，已發覺、未發覺，已結正、未結正，咸赦除之。有以赦前事告訐者，以其罪罪之。欽此！大哉天地之恩，洋洋蕩蕩乎，真曠世未有之盛典也。豈惟溥新恩哉，蓋亦有繼述之大孝焉。恭值順治十八年正月初七日，內大臣蘇傳奉御旨，十惡不赦外，其餘死罪俱行釋放，着此頒行天下等因，欽此。是則今上之浩蕩，無非仰體先帝之德音，百爾有位當如何亟亟奉行，如捄溺者之無暇褰裳也。每見從前有等有司知詔令當至，而乘機索詐，其不就者，以詔書未至，本治之日照律科斷；又有詔書已頒，而稽遲留難不爲詳請者；又有索詐不遂，而移輕作重，指竊爲強，以致死地者。諸如此類，不可窮詰。然而上臺有耳，下民有口，幽有天道，明有王章，敗露既易，法網難逃，願諸君慎之。今與諸君約：凡屬欽案，照依真是真非，速與審結，除不赦外，其餘悉與免罪。其非欽件各案，屬上司批發者，如已申詳則上司自能奉赦開恩；如未中詳而詔書未到，先期審定罪案者，悉與添"援赦"字樣，毋得科罪。總以正月初九昧爽以前爲斷，不得以詔書到該府該縣之日爲斷也。又有犯在正月初九昧爽以前，審結在正月初九之後，詔書未到之前者，如雜犯死罪未決，亦宜遵赦免死。軍徒未到配所，悉宜援赦免解。罪贖已完者勿論，其未完者，相應一概赦免者也。

一、凡應追贓，私察果家產盡絶，力不能完者，概與豁免，毋得株連親戚。

一、直省押解錢糧官吏，有途次被劫見在追比者，准與豁免，共二欵。欽此。此二欵者，從來常赦所不及，而新恩及之，諸有位尤宜速速奉行，詳請上臺速爲題免。我輩居官莅民，自當釋冤蘇苦，即未奉恩詔，有贓犯家產盡絶、解户中途被劫者，尚應代爲詳請具題。今適奉詔書，是朝廷假有位以爲善之具也。若猶揣摩疑畏，不爲詳請具題，則是壅遏皇恩，罪莫大焉。又如途次被劫，尚有可類推者，如解布帛之被火，解錢糧者之溺水，事同一致，理合一并援題，統在當事留意焉。

一、軍民年七十以上者，許一丁侍養，免其雜派差役。八十以上者，給與絹一疋，綿一斤，米一石，肉十斤。九十以上者倍。欽此！此朝廷所以教孝也。凡民不安生理，好作非爲，旣陷其身，又危父母，其始未嘗非良民，但莫爲提省"孝弟"二字，故心日放而膽日粗，遂到顛危田地。今新恩加意養老，蓋成周之仁德也，三代而下，未有及焉。在朝廷自敦老老之典，在百姓必自思曰："我家老人朝廷尚如此優養，我敢不孝？"又必自思曰："我家老人受朝廷如此厚恩，何以爲報？"從此益孝弟力田，作好百姓，以報國恩。則此一事所關甚大，誠恐有等有司謂：悉索敝賦，以供軍儲，尙且不足，何暇及此？因而緩之，久且寢其事，是又壅遏皇恩，罪莫大焉。縣官宜稽察一邑之內若干里，里若干民，內八十者若干，九十者若干，應費絹綿米肉若干，籍其數添入易知由單，每畝以毫忽計，而事已集矣。惟是量費而辦，足用而止，不得借端箕斂，因而自肥。至于差役繁重，民不聊生，其七十以上一丁侍養，尤宜着實加恩。縣官給與票照，使奸胥蠹吏不得肆追呼之擾，七十旣免，則八十、九十自在其中。詳詔書內"以上"二字自明，宜一概給照一丁侍養，事在着實舉行。凡有父母斯民之責者，毋徒聽言藐藐也。使者事竣，即日結束還朝，姑留數語與二三君子相勸勉，其有實心實政，承宣天子德意，以惠下民者，使者雖行，諸君令聞行不脛而馳輦下，其奉行不力，或借端需索，則國憲具存矣。《詩》曰："鼓鐘于宮，聲聞于外。"惟諸君實令圖之。

告諭粵民

照得本科偶因外出，見囚犯家屬跪路投呈援赦者甚多，問其事情，合例者亦自不少，但本科乃齎捧之官，頒過詔書，則本科之職盡矣。至於奉行詔書，乃地方當道之職，非本科事也，蠢爾愚民紛紛投牘，何益乎！況天語煌煌，應赦者，雖不投呈亦宜邀恩；不應赦者，雖投呈徒費紙墨。本科素性介特，誓不肯片紙隻字，竿牘當道，雖閱呈多起，悲憫之念而開口，恐蹈瓜李之嫌，大恩出之朝廷，好事行自當道，天時炎暑，想囹圄旦夕清楚，爾等各宜靜聽，毋徒溷本科爲也。

讀感應編

王命岳曰：讀《感應編》，編終，抑何其反覆叮嚀，詳切而懇摯也？夫大忠大孝，與大不忠大不孝，皆世所罕有，其平平無異者多矣。自王公至於士庶，其積愆累罪，一日之間或有數事，由少而多，由微而著，積之不已，至於罪大惡極而不可解者，豈非財之爲累哉？故《感應》之編，其於貨財之條言之加詳，其於編終也於財之爲禍，又三致意焉。既曰橫取人財，乃計其妻子家口以當之；又曰取非義之財，如漏脯救飢、鴆酒止渴，非不暫飽，死亦及之。命岳讀至此，憮然而嘆曰：誠哉斯言乎！人之黷貨者，爲妻子也，以貨而不能有其妻子，何爲貴貨矣！剖腹藏珠，言愚人黷貨殃及其身也，及身酷矣，況迨妻子不亦甚乎，是亦不可以已乎！且夫古之賢人言財之爲害者非一而足，未有如漏脯救飢、鴆酒止渴之刺中情事也。飢渴未必能死人也，以救飢止渴者死人，將爲飢渴乎！將爲死人乎！夫亦愈知醒矣。且飢渴未必終於飢渴也，漏脯不食，遲之又久，必有饘粥之充於腹；鴆酒不飲，遲之又久，必有洌泉之至於口。在能忍須臾，與不能忍之間耳。且饘粥之後，亦有飫膏粱之時；洌泉之餘，亦有啜醍醐之候。何者？有七尺之身，則天地之樂利皆有享受之一日也。以終身之樂利，易一刻之醉飽，豈不哀哉！然而貪夫敗類，亡身滅家相隨續，後人哀前人，後人復哀後人，而猶有爲之者，何與？起於一念之差，行之數年，漸見豐盈，而謂一刻醉飽之說謬也。夫三年、五年，至于十年，愚者以爲久矣，以無窮之天地，百年之人生論之，則五年、十年誠一刻也。今有十年富貴，一朝破亡者，當其破亡，回憶十年，豈非一刻之浮榮哉？夫亦愈知悟矣。

至於天地好生，古聖垂訓，故於枉殺之條復申重言之。《尚書》首《虞典》，惟曰好生之德，洽于民心；《易》首乾元，惟曰君子體仁，足以長人。而匹夫謀利，或至殺人，大人乘權，動多斬刈，所以市多償命之刑，朝有滅門之家，貴爲天子，而子孫屠戮之慘有甚於平民者，何可勝道。是以君子外潔其修，內養其仁，緝熙無斁，雖與天地合德可也。

《感應》之編，既以二者反覆叮嚀，又慮人之畏難而弗進也，故迪之以起心，要使證聖通神，動念即是，則欲仁仁至，豈得憚煩？又慮人之安於前惡而棄之也，故迪之以悔過，雖沉淪滄海，猶艤舟以待，則檮杌、窮奇，皆堪回首。又慮人之狃於易而進銳退速，或忘其多愆，挾其小善以責報於天也，故密之以一日之程，課之以三年之期，俾日久而功深，功深而心純，至終之以勉行。可知千言萬語，皆爲愚柔勸駕，若夫睿哲因心，動與天謀，禍福不期，夭壽不二，此上聖之極，則人天之深敬，而不敢責之凡民者也。

鼎象

君子之爲法也，亦使萬物各相見也。萬物不各相見，日月常見萬物，故萬物之怪皆出以示人。萬物之怪皆出以示人，則人皆知其祟弗能爲禍，故聖人之爲鼎，所以使萬物之怪出相示也。魑魅魍魎，雖甚奇醜，一暴其形，必得其情，一得其情，必得其制，故雖有魑魅魍魎遁諸四裔，弗患於國中。身之毛孔，三萬有六千，各有名字，數可舉也，名可命也。三尸麗身，數可舉也，名可命也，弗舉其數，弗命其名。魂魄相惡，以禍其人，數既舉矣，名既命矣，則畏其神，則服其氣，則用其才，則受其福。故一身之內，不相知識，則毛孔神靈足以爲禍。苟相知識，不惟弗爲禍，其惟爲福。今郡邑之有百姓也，猶身之有三尸毛孔也，保甲之法，懸牌于室家之長幼，弗白其數，里胥亭長相隱以實，十室之內，相呼以名不能相悉，雖有奇邪，不可得已。故保甲之行在乎家各白其數，家各白其數，則十家互舉其名，互舉其名則互舉其形，互舉其形則互得其情，互得其情則互得其制，雖有奇邪隱慝，竄應中外，可朝發難而夕成擒也。

日月說

日爲太陽，火之精也。月爲太陰，水之精也。不知日月之光，先觀水火之明。火明及物，水明及己，是故秉火生照，掬水無光。然而一盂之水，置之空中，紅日沉影，一輪照壁，匪水之光，維火之精，日照空中，乃無發光，以況此水，乃能生景，固火之精，亦水之明。今夫兔魄亦復如是，清明其質，借光于日，是故日光有焰，月光無氣，月光在人，日光在己也。

紀夢

丁未正月二十九日，天將曙，夢見先帝將釋奠於先師孔子。余先見擅庭燎架者入，繼而自人執役，心知爲降官也。同余入者二人，余戴皂隸冠，先帝見余冠，愀然而異之，余奏曰："臣降官矣！"先帝作慰諭意，旋以手指數臣脣上鬚，似久不相見，而鬚加昔者。候久之，先帝入內室，余三人從。余見先帝所居牆不施灰，地不砌石，因奏曰："皇上所居如此，雖堯之茅茨不過若是。臣見朝臣子弟居室雕花刻鳥，而皇上儉朴乃爾，真爲至德。"先帝似以予爲過諛，因答論多端，旁及外事，不能悉記。予嘗誤稱上爲老師，旋改稱皇上，上不訝也。余心謂：天曙已久，而有司祀事未備，意當催之。忽皇上入內取點心數盤，有數人擡出，分爲三分，其二分皆燒牲肉切片，其一分皆素品，似以余是日朔持齋。予領三盤疊起，手捧跪謝，上曰："此常賜耳，何足謝？"余捧歸家，覺先父尚在，急進之，自啜數日，乃麵線也。倉皇若將再入，而蘧然醒矣。

尚記同入者一人，口說外人姓字聲高，余謂宜稍低聲，而旁一人輒詬之。余又謂一人此舉不爲無益，皇上知我輩降謫，將來或有上傳特出，則余之名心未澹也。又記先帝云："前年此日，啖荔含露異香。"雖京中無荔，夢中景總不可思議。而旁或語余，皇上馳馬如箭，着棋皆按節氣，余心欲奏皇上保重聖躬，則區區忠愛之心也。自龍馭賓天，歷七年矣，臣鴻業，臣熙纘，皆曾夢見先帝，臣受先帝知最深，獨未見夢，每懷歉歉，豈臣德未純，先帝生則謬知，今在天之靈反棄臣耶？忽得是夢，依然當日眷注之恩，醒來不覺淚下。夢之明日，則先帝萬壽節也。

鴨　長　年

余性不喜烹宰，非賓祭未嘗用牲，亦往往取給市中，家不操鐵。乙未秋，或餉予二鴨，時病初已，遂用其一，既而悔之，畜其一。戊戌請急歸里，寄飼于吳外舍，吳亦向不宰生者也。庚子秋還京，此物尚存，見主人側側傍衣裾，作相見剌促狀；越日又有饋者，予謂既入吾門，應無死法，乃受而並畜。又五年，後畜者先殪，付僧瘞諸土，而乙未年所餉者顧無恙，屈指已歷十年所矣。事雖細微，可見小羽有十年未艾之算，亦盡物性之一端也！夫一人戒殺，所全生命有幾？但見昆蟲皆有靈性，於我心萬物一體之意隱隱相關，故放生戒殺，皆以全吾心之生機也。成湯解網，孔子不綱，孟氏遠庖，都是理會自家一點生意，初不關物事，而萬物育於斯。作《鴨長年》。

家　　訓

吾家自朴菴公種德四世，至可蘭公以二子貴，始封。吾高祖次山公，爲可蘭公四子，二兄成進士，雅以寒素自持，言行端方，二兄憚焉。學問淵邃，蘇紫溪、張凈峰、陳紫峰，俱出其門。曾祖望山公，文章如其父，行則温温乎渾金璞玉也，二世皆臨貢而歿。吾祖弘所公，性端行直，而能周急，公正不阿，有王彦方之風，晚益貧。吾父澹覺公，故善病，仰食於祖而孝友，因心忠恕存念，有獨知之德，常爲人揶揄，然衣食恒不給憶，隆冬葛袴未易也。書至此，哽咽爲廢筆。祖父二世并不能博一衿矣。吾母事父病，三年不貼席，父病已而風痰間作，作輒篦母幾死者數，然聞吾祖行聲，雖痰氣大作，亦復屏息。母得不死，日刺女紅佐祖治家計。迨余年二十擔家務，祖年七十矣。余拮据得米，其蔬菜柴火皆母十指中出，每夜操作至鷄鳴，約一日得錢十餘文可三分，十餘歲以爲常。家約十人，晨午用米二升五合，晚用一升五合，大困時略減，日用六升或五升。然每淘溲米下鍋，必手撮一把他藏之，適大匱供吾祖一二飡，以故家雖奇貧，而祖未嘗廢箸，然母瘁甚矣。

吾十九歲以童子試冠晉江，入泮二十歲，有友以午飯邀余伴讀，晨昏則自家吃飯，又無束脩。其明年，此友再邀余教子，初約云：每月米三斗，蔬菜銀三錢，無束脩，子弟則自教，只藉看文章，不敢禁先生出入館。雖凉薄，余私自計算，我應二社，一月可六日在外，至過從知友，或東家留客相陪，月亦可數次，計一月之内只二十日自爨耳。每日用米七合五勺，二十日可用米一斗五升，餘一斗五升可供吾家二日半之糧。其三錢之金，可得錢一百二十文，吾每日買柴一文，三日共菜脯一文，計二十日可用二十七文，而足存九十三文，可買米一斗五升，足家中二日半之糧。計算已定，欣然就館。而友人忽變前說，欲飯余。余固請輒欲棄，予悒悒就之，教讀之餘，并日夜傭書，日可得七八分，糴米供親，而社中友亦有哀王孫而進食者，偶聞是飡匱，東家進飯，余以他事遣去蒼頭，急將飯與肉裹巾中，少選，攜至家奉親。如東家陪飯不能攜，則余故推病，竟自不食，不忍獨餒吾父母也。余廿三歲喪父，父服闋而廿七歲廩于庠，廿八歲喪母又喪祖，二服闋而三十一歲舉于鄉。

嗚呼，痛哉！吾家祖宗積德數世，至吾而發，又使吾祖、吾父、吾母獨當奇窮，至吾而當其亨，每膺享受，悼念先事，血淚如雨，是以食不粱肉，充飢而止，衣不文彩，蔽體而止，一則恐享受過豐忘親爲不孝，一則念小小功名乃經數世淡泊蘊釀得來，福澤之難得如此，若過分享受，則凋零必速。然余方做官，如朝見應接之衣，宴會往來之食，亦不能盡簡；子若孫未做官，必不可以我爲法，更當簡淡也。我爲兒時，每聽弘所公述次山公、望山公之文行，望山媽李孺人之中年守節，雖世隔高、曾，而音容在念，愛敬不忘。汝曹當如我心，念弘所公之老年食貧，澹覺公之清淡窮困，吾母之勤苦艱難，皆以是終其身，爲世間罕有，時時提醒，時時惻怛，自然不忍享受，撙節愛養也。天之與人福澤，有如鍾者，有如卮者，但知愛惜，則一卮之福，終身用之而不盡。若恣意狼藉，則盈鍾之福，一覆立竭，故節慎之人多壽，暴殄之人多殀，理固然也。況乎君子造命，自求多福，一念戒慎，天繼以祿，一念放侈，神奪其福，此中尤有轉移乎！吾母嘗教我曰"當於有時思無時，莫待無時思有時"，三復慈訓，實惟世寶。往往人至窮迫始自悔曰，使我當日稍知節省，何至如此！然而無及矣。吾世世子孫，當朝夕詳玩吾言，保百世守家勿替也。

耻躬堂文集卷之十八

詩

奉別陶聖洋宗師歸楚

東海有一士,幽居繩樞裏。矯矯珍若珠,世人貌所視。憶額髮初覆,始著弟子服。豫章鄧令公,魁我多士蔟。有師在楚中,號爲樊紫翁。亦復相弁置,遂將闔海空。古人重知己,二師恩遇同。今日逢師亦楚水,知己意氣誰相似。肅肅奉命凜秋霜,一副青白別蒼黃。温陵如麻多奇者,兩度遴才獨冠王。駃子豪人皆惆悵,相顧驚疑復何望。節物風光須臾改,小子堂上不相待。千夫奔名如浩波,鍾情眷我殊未悔。師爲方正重拂時,遂挂吏議將去之。白日皎皎天中見,爭奈浮雲蒙天面。鴟梟嘲鳳蜓蜿蜿,碧水爲緇顏色變。彼譖人者亦甚哉,天風爲我噫氣來。聖代抵今多雨露,蕩蕩皇天浩不怒。抑揚之間鑒孤臣,世人那得知其故。且戒征馬出閩關,如此崎嶇路行艱。上有千尺之鳥道,下有萬曲之潺湲。灘底魚蝦逐波戲,巉嶺猿猴據木頑。獨有東海繩樞子,相將追送水雲間。感恩知己盤胸臆,欲遣別愁不可得。秋空飛雁有情無,道旁蟲聲爲唧唧。回想生身總浮萍,丈夫離別何太息。太陽應自破重陰,浮雲飛去見正色。今年之後又今年,欲報師恩惟努力。楚閩直北皆長安,管取相逢近北極。只今樊師若相問,憑道王生未展翼。

感 懷

丈夫三十須成名,手握枯管待飛鳴。何不棄襦學劍舞,建牙樹纛擁百城。不然挾策遊帝京,鳳池新選中翰英。姊夫官堦方崢嶸,九棘三槐次第行。莫學儒生守迂賤,青絲白髮疾似箭。轉眼百歲七十秋,不是今朝渥丹面。

寒日泛泖

灏然雲外廓，風清恣所向。沉沉螺女啼，錯落蛟龍狀。琉璃碧萬頃，倏忽變氣象。日月光有無，縹緲不可量。中央有古寺，迥立雲波上。人家空翠外，暝莫相蕩漾。隴側麥青青，疎鐘自幽響。孤雁一行來，霜深殘草曠。歸夢疎林中，登樓肆極望。驚起寥然白，茫茫盡波浪。

擬古

明月照桑林，採女一何姝。舉頭見明月，下山見故夫。長跪欲舉口，故夫却復留。故人總如此，新人又何如。新人不可問，故人又焉求。新人入我門，故人出我廬。新人能織綺，故人能織素。綺作雁行書，素作風帆布。

弔某氏母

生年五十五，寒孀二十六。豈忍鯀黃泉，其如三塊肉。荻為書之香，熊為苦顛覆。遷宅求名師，還尋泉下宿。試看遊子衣，可能添線復。我念觸所悲，豈惟三子獨？寫素不盈行，投毫掩面哭。

闕題

孤雁天際飛，哀鳴萬里心。侯氏有佳倩，妃我賢女兄。翡翠垂其肩，珠玉懸其襟。阿弟牽裾泣，送姐出我門。江波日夜流，令我懷沉沉。入堂拜舅姑，侯氏稱嘉賓。二載來歸寧，依然有外孫。家君嬰簪組，將入炎海濱。阿姐買畫舫，送我之虎林。執手河梁上，酌我溫瓊尊。衣以雜采衣，從風揚繽紛。阿母默不語，懸淚沾衣襟。阿父拜王母，願兒報主恩。阿弟拜我姐，分袂離悲深。征帆入南去，回首無故人。耶孃不喚女，但有喚兒音。寒風忽蕭索，鸞鳳忽已分。遺孤撫柩泣，阿耶曾不聞。日月忽如馳，俄頃成三春。秋高父母歸，長嘆寒江潯。常見故時樹，不見故時人。耶孃走入戶，高堂無老親。拜哭撫靈几，憂來不可任。孤兒在左右,呼舅何紛紜。借問姊何在,姊在堂之陰。膏沐弗復理,鏡臺遺輕塵。

贈周澄禎先生令子

風颱白日濛,況復加霜雪。草靡皆自全,松柏自孤孑。摧落空斷腸,正氣勁如鐵。伐木見其雛,問蒼心則悦。君恩還有餘,於斯酬忠節。

月下閑步時泊橫雲

獨步寒林久,空山落葉多。江湖滿寒色,鴻雁一行過。

題梅岡圖

溫陵北枕懸崖之絕壁,大海奔潮入眼中。淵底珠光山頭玉,陸離常與日月通。其間使君來楚水,皎皎脩然號梅翁。芳澤素質誰相似,寄語枝頭一朵紅。却引陽春入物彙,百昌墳動不言功。我亦綠陰之下一小草,三見梅花傳春早。襲芬擷秀樂無窮,況復東峰日初杲。日初杲,春正頗,爲君寫就梅岡圖。尺絹揮梢千尋勢,千尺眉長鬘且都。紫花會向上林種,如今調鼎黑頭俱。

邀周宿來遊裴巖,適是日袁丹侯齋捧又至,輟行,余亦問津嶺表,戲爲裴巖詩以期之

山下主人掃霧關,山中花意一時班。龍書再降應須接,虎子低迎空復還。不數驅車青海過,却勞寄字白雲間。多君指點期來會,積翠參差未忍删。

辛卯春,送張謀遠歸雲間,余亦整嶺南之轡矣

別愁難就賦,十指如懸鎚。酒負典衣約,書賒題練奇。過應龍劍浦,歸好鱸蓴期。却自南荒去,雲間與海湄。

壽洪在菴五十值迎驄使

論文經廿載,上壽恰中宮。草木無驅遣,靈禽也托躬。勞心調跗注,清問接

花驄。萬竈呼嵩動，脩齡意亦同。

送洪在菴之五羊

鄉夢常懸珉枕孤，主人曉發客愁俱。屢從永署分華簟，送到官船望玉壺。長吏從容詢疾苦，遺黎漸次樂昭蘇。更懷我友黃癯叟，未惜因風一順呼。

家兄爾由舊總潮戎，因買弓洲山隱焉，間余來潮，有詩却寄步和

八年再到鳳凰城，閱盡滄桑不世情。喜子別來添幾子，怪兄寄字倒吾兄。鬚眉可也白多少，琴劍依然舊冷清。洲以弓名驚客思，徘徊天外數峰橫。

澄海、潮陽二令，俱叨宗盟，清政惠聲，嘖嘖口碑，意甚榮之，各賦一律

伯也李黃日，兄當桃碧年。兄楚黃人，家伯父李黃日，兄有一日之知。何期念載外，却聚韓山前。刺史郡嵩祝，兄以太守誕日，進郡相遇。將軍家綺筵。共飲建石弟席上。甚榮扶杖者，蔟看王青天。邑中號王青天。

右澄海令敬齋家兄

其　二

鬱紆盤海道，漸次見昇平。榮托使君姓，羨呼菩薩名。真同炎火地，獨造河陽城。便作諸州樣，共銷五嶺兵。兄移文上臺，乞蠲五、六、七年租稅，詞意悲切，報可。諸州俱爲楷式，邑中有"低眉菩薩"之號。

右潮陽令心任家兄

古棉秋聲 時二弟鄉試三山。

無端深樹裏，最似故園聲。二玉文心瘁，三山日氣晶。妻應縫舊縕，兒漸課深更。只此牽情緒，淒淒木末生。

代答新會令劉袁星見詢，兼致家報

微風吹白露，日影流前除。打鼓開銜鑰，迎人接素書。中銜雙鯉信，來自白

龍渠。便慰思鄉念，萬金何足如。

代答謝平山寄子，兼索命名

以君寶樹種，寄我烏衣行。門第舊王謝，渥洼新驌驦。居官恰鳳水，命字學山陽。持此區區意，因之代餅湯。

鄭二若賁，秋夜夢余同遊蓮花峰，覺四壁皆山，隔窗甕雲，舟中有驚濤數丈、明月三更之句，續夢見寄，却和二章

夢底江山眼底人，可應七子兩前身。驚濤數丈不平處，明月三更孤一輪。

其二

眼底江山夢底遊，千峰四面隔窗舟。峰迴溪轉盪神理，悟到同銷萬古愁。

中秋心任家兄招攜文光塔，同盧江周采岳、天使古榕劉仲介、鎮戎邑文學林君儀

迤邐頂上盪虛空，兩角蒼茫八面風。總領名山羅下拜，孤懸白日印參同。樂編絲管雲中曲，佛是慈悲潁上公。月到東山金碧界，少微已在廣寒宮。

其二

薄暮登臨心自秋，家山千里望悠悠。涵元塔似人相值，向遊古榕，登涵元塔，今八年矣，見仲介有物換星移之感。歸德事非神此丘。塔下祠雙忠神，神自淮入潮事最奇，每著靈異之應。四野參差遺壞壁，諸天寂寞冷滄洲。數年兵火，邑外村落盡爲丘墟，眺望所及，未免斷腸，諸天寂寥，遠在滄洲，亦南箕北斗之慨也。因風若到大羅上，回首人間怎地愁。

代柬建石弟

崎嶇相與盡，栖息未分途。鳳水發初曉，棉山歷兩脯。縣衙木剨剨，廳事錦氍毹。鶺鴒文雖異，鶺鴒意豈殊。頻當座上滿，念我邑中劬。臺憲重高節，郡公勤爰諏。以余痴寡過，由爾好良汙。兄意愨盧象，弟行畜灌夫。秋風正淅瑟，夜

191

飲慎醼醹。

潮陽別心任大兄入郡，建石弟適之渡頭菴，淒然有懷

棉上別兄來，弟更菴頭去。未省汝歸期，我行正當邐。將憂一別難，能無牽百慮。兼之葉落聲，吹向愁人處。夜静百蠱吟，何如不相助。

將歸清源別建石弟

秋聲與客心，相教作歸計。擔簦暫斂愁，別卿更含涕。以我一飯先，居然畜爾弟。端的國士風，神理妙高契。青絲絡馬頭，短埒黃金麗。槽下集名流，得無傷散滯。知已慎勿忘，竭心自勉勵。

擬古留別心任大兄令尹

今日良宴會，兄弟且相親。揮手自茲去，長爲萬里人。依依念客冷，惻惻憫官貧。強云官勝客，嗛嗛意欲伸。索我舊衣着，裁量長短身。便作新衣授，微軀體質勻。惜費不敢謝，所重在天倫。我從北門去，回首望南闉。城頭挂滄溟，魚龍伏其斎。濤怒黿鼉喜，開邑何太瀕。天涯與海角，臨風淚滿巾。

擬古留別薛國符太守

廻車駕言邁，息馬一爲別。温温維德隅，我儀心如結。琴爲知者言，泉爲静音咽。區區抱所思，與君相耕竭。舊人惜簪裾，新人亂屈折。新人吮磨牙，舊人淚成血。多謝持素心，大家各崩悦。寫素置君懷，三年字不滅。

擬古留別彭紫珈外翰

青青陵上柏，磊磊澗中石。欣然意所托，不覺共晨夕。有客字紫珈，號曰文章伯。玉山光照人，孤松立千尺。年可二十餘，三鱣一寄跡。當非心所歡，訢與秋月白。我來索酒嘗，顛倒恣浪劇。我去復阿誰，度阡與越陌。

擬古留別黃可程

驅車上東門,路出東南隅。登望一爲別,欲去更踟蹰。東埜舊永嘆,多病故人疎。我來韓祠下,高枕獨癰瘀。恭謝相問切,云予中洼汗。從事爽塏地,病魔不日蘇。淮陰記一飯,翳桑報一壺。古人先獲我,只此意難渝。

留別陸蘭陔兵憲

三泖風騷地,十年縞帶心。探龍羨得寶,逐鹿媿無禽。區穀集玄圃,梗柟出鄧林。長卿仍馬背,王粲滯樓陰。帖式驚門吏,沙塵染澤黔。鼠肝身分細,龍尾姓名沉。聊爲發清響,悠然見賞音。感恩古所薄,知己意難任。流水渡鄉夢,酸風來故岑。當歸家後寄,可離坐中簪。便帶白雲去,英英露我襟。

涉江采芙蓉

涉江采芙蓉,采采不盈把。所思在遠方,淚因木葉下。聞君琴中言,如同予思者。響答正連綿,流風相與寫。坐上白龍盤,市中蒼鼠瓦。見此摧心肝,何代爲陶冶。行矣勿復道,吾亦秣吾馬。

長安月

頗因人散靜,悠然見月光。人到長安愛月少,明月與我長相望。白露何湛湛,零落侵衣裳。徘徊不能去,移坐就東廂。明月當心心如水,水月相涵碧空裏。

長安七夕

化作鷓鴣啼喚哥,使君幾日遣青娥。羞將盤髻繞翡翠,悵解金蓮拂綺羅。清淚欲浪風下柳,殘紅已墜沼中荷。縱然綵線承蛛網,不見仙郞巧奈何。

代織女懷牛郞

半遮玉鏡擲金梭,望斷郞星愁斂蛾。恐有招搖侵月帳,漫教烏鵲填天河。

商風蕭瑟虛環珮，白露淒清冷綺羅。漢使若逢應借問，牽牛幾渡重來過。

補九日詩

龍山吹落少嵬峩，海外尚留蘇骨多。西去諸陵空凝綠，南來故國半煙蘿。杜鵑寂寞開千樹，黃鶴支離借一柯。何處鼓鼙驚客緒，青州細雨濕城蓑。

露花參始芽限韵同黃鷗湄翰林

沉沉砌下卧黃雲，仙果未爭桃李蕡。初放勾萌疑地裂，漸成布置覺星分。夜含似識陰陽氣，朝秀欲舒赤綠文。若向東風問結子，枝頭未肯徇東君。

賦得雨慣曾無節，同黃鷗湄翰林刻燭限韵

西山送雨入花前，銀竹庭生筝百千。屢舞鷰雛忘舊石，頻歸鳩婦憶晴天。楚宮神女裙應濕，漢閣星精藜自煙。封事憑君勤奏對，瓦衣趲且罷于田。

邵旭若乞言壽節母吳太孺人，作宛鸞六章

宛彼鸞矣，匹其凰矣。維音喈喈，唱予和矣。維君子偕臧。

其　二

宛宛鳳鳥，在彼中林。駕鸞是集，喈喈維音，鼓瑟鼓琴。母同封公著《駕鸞集》。

其　三

桐之載華，言喪其匹。逝將徇爾，有雛者三。胡哀斯予恤？母爲繼母，二十六守志苦節。

其　四

彼爾卵矣，予維孚之。彼爾摯矣，予維哺之。先君之思，維予鞠爾雛。

其　五

羽翮既成，載飛載鳴。有懷鞠子，厥艱尚所生。霜月孤冷，三十有二正。

其　六

莫高匪天，母德伊似。何其報之，壽母燕喜。有鳴嚶嚶，鳳友令子。爲作此

詩,言告史氏。

燕銜泥久旅有懷,兒曹失督教也。

燕銜泥,歸欲棲。唼喋香泥柔於膩,兼交芳草畫梁低。一銜一泥雙飛翼,欲墮春風正無力。嫋娜楊花春已老,碧紗窗外巢兒好。美人隔紗聞燕語,切切啾啾亂烟雨。始是新巢初乳子,的的銜蟲教啄此。雌出雄歸皆有營,哺雛漸長思千里。雲外青山山外天,一片滄溟緑無邊。莫學水禽飛着波,生憎雀鷃籬落多。未將短翮飛飛弄,剪剪秋風可奈何。教成雙飛樣宛宛,一翔一呼聲漸遠。洛陽才子悲秋客,搖蕩所思心輪轉。所思歷歷分鄉縣,青絲白髮疾如箭。君不見,銜泥燕。

病　　吟三首

何花不燦爛,獨我坐飄搖。有道魔偏長,非讒骨也銷。覽菱憎鬢雪,倩客看心苗。天意微濛定,驚魂或可招。

其　　二

容光愁委頓,此豈亦章惇。喪僕病添淚,沽驢客尚貧。鄉音洛犬寂,月色吳牛逡。且息塵中慮,静虚養谷神。

其　　三

祇驚丸落膽,却倚石生身。病間方知瘦,藥忙誤送春。忽疑芳馥幻,漸覺淡希真。夜静聞空籟,未堪贈與人。

壽郭丙奏進士

與君共探龍,得寶羨君獨。同舍十九歸,我留晒其腹。牛女會精靈,過此辰之六。恰值生申期,禮宜效三祝。素娥出文螺,太乙伴天禄。曼倩逢金門,報道桃方熟。持此代操豚,何似堯蝙蝠。

遊龍門即事即伊洛闕。

巨靈劈破瀉天精,兩道刓巋削不成。佛但麗山輸禹烈,伊能拜闕拱周京。

荒村人指參差壁，古洞繪爲鐘鼓聲。兩劈（壁）石洞有大小佛千餘，洞中空，人聲作鼓鐘。水底龍兒啼脉脉，東風正穉逐愁生。

贈蔣太初太初金陵人，以醫行譙，余殊不主其寓譙也。

便得乘陽理，莫教女子知。奉親遵五戒，其尊公奉釋，一家俱素食。偕隱避三犧。仙去華山杏，龍來譙國疑。秦淮春色可，頗否寄相思。

嘉禾遲何大子長、何二次張二世兄不至，悵然有懷

停舟三得月，遲子珮珊珊。亂離話方永，君師淚不乾。幾人入豕甕，誰氏張鷄壇。眇眇流光碧，洞簫午夜寒。

其　　二

敢擬彈冠約，爲追結襪緣。長聽老鶴淚，深鄙童烏玄。石爛堪齋客，芝肥可飯仙。祇虛元直舫，徑就德公前。

甲午上元次日，金呂又邀同宜陽紳袍
遊錦屏山即事

騎鹿仙人去復來，空餘墨蹟染蒼苔。呂純陽兩度騎白鹿題詩石上。萬山背汝張屏翠，邑中南望似屏幛，山後層巒疊巘，詢士人南通汝州。一水遶城晒練迴。即洛水東去似匹練。賢宰笑看煙火聚，薦紳閒請扃離開。邑南關以兵火故閉，諸紳以文明之方，從容請開此門。忽思幾值凌虛客，臣朔茂陵總未猜。

月夜過友人書舍

坐久忘燈月，幽居別有光。畫綃題淺絳，粉筆養硫黃。漏静人無累，齋供酒不妨。愛君清興甚，私自戒頹唐。

其　　二

吾窮嘗累友，不合受君知。安得驚人語，恰如應制詩。續騷今就不，高論慭

卑之。敢惜三都賦，躊躇望左思。

駐蹕南海子考選庶吉士應制

皇家側席好求賢，海子源通渭水淵。白日當空槐影暖，青雲濕地墨華鮮。小臣頗近魁三象，諸子同瞻尺五天。珍重笙簧思報稱，敢云此會是登仙。

上親試武進士，拔二十三人，隨蝦學習騎射

河鼓星輝宸幄臨，干城三策主恩深。五花指掌成玄祕，七略運籌出匠心。便有明師教羽箭，却將學習擬詞林。未須補綴雲臺數，方略何如無古今。

初　　雪

輕灰隱隱欲吹時，剪水飛花未覺遲。玄圃參差初斲玉，瑤宮霏屑乍鋪枝。君恩暫許袁安臥，館事新催鄭綮詩。問道泰壇來日啓，故飄瑞葉賽房芝。

燕臺懷古

蕭蕭易水北，無臺說燕臺。七雄俱寂寞，兹地空徘徊。郭隗小豎子，買骨因自媒。祇弋名利客，豈有棟梁材？昭王爲師事，士氣未全摧。惆悵此風下，冀北獨崔嵬。

玉河冰泮

東風來御道，解澤渙天河。錦鯉吹新浪，輕鷗浴始波。雲光浮晻靄，月影漾婆娑。漸次百川水，朝宗此地過。

文廟秋祭紀事

大成超往哲，顯道式今蒙。肆義寅昭祀，明禋薦有融。篆香凝碧籀，鴻采麗秋空。北閣揚靈度，南宮炳燿通。曉雲懸的爍，廣樂奏瓏璁。玉振歸元始，金聲颯大風。仁經縈九派，智炬照三戔。忝與趨蹌會，山泉念聖功。

恭讀御製表忠錄紀事十六韻

重瞳披代史，宸藻發天章。閶闔排玄豹，高岡想鳳凰。徘徊嘉靖帝，扼腕尚書郎。豈有青蒲席，頻含白簡霜。九霄採鐸磬，雙帙綴琳琅。表此歲寒節，勗諸松柏芳。匪云遊翰墨，所勵在綱常。谷永抗疏漫，朱雲借劍長。矢陳同忼慨，忠佞判微茫。恭誦綍綸語，真聞枷鎖香。聖朝無匪類，群寀幸爲良。鵷列皆葵藿，獬冠獨桂薑。聞風雖奮起，稟教自知方。始信金聲振，能調玉燭光。茂陵戀汲黯，鉅鹿誚馮唐。止輦皇心粹，效忠永勿忘。

壽大司農某公

黃菊凌秋燦皇都，夕英猶馥碧玉壺。坐憶詞中千歲引，歌喉舞袖畫堂趨。天作龍頭鬚眉異，早籍金閨動羽翅。七建當年祝庚桑，飛入蓬萊爲仙吏。玉山照人生輝光，金鏡一輪出上方。輿論同歸稱玉尺，天池欲曙待鳳凰。祇因財賦輓輸急，陳恕還應問出入。自古崔孟皆黃扉，從此論思漸拾級。帝念選妙惟求舊，清通無出先生右。制下朝埜盡歡呼，衆正彙升得領袖。如僕鹿鹿何足言，久陪父老誦聲喧。公時相見輸肝胆，感念難忘知己恩。此日覽揆稱觴哄，長安貴遊煩迎送。猶容賀客王昌齡，挨筆摘詞發清弄。

送御史王公出使江南

秋風正蕭蕭，言送乘驄客。驄馬行步工，神骨生光澤。與君如李桃，並種出芳陌。相印水月心，而無紛華跡。托同侍從班，垣梧與臺柏。梧鳴謂之鳳，柏啼謂之烏。稱名雖匪一，獻替意奚殊。自辭金馬室，西省添癯儒。空言慚無補，況復昧瑟竽。何似繡衣使，攬轡出皇都。攬轡出皇都，敝車復羸馬。豈不懷英華，以約失之寡。帝簡出獨裁，報稱容苟且。束身範百寮，如塗方就冶。知子江南行，行看解綬者。江南秋江上，蘆白與楓紅。樓船裝彩鷁，簫鼓振金風。談笑柔跗注，競絿和群公。要被千村澤，無言斂神工。至尊聰四達，歸宴長樂宮。

駪駪吟有引言,得十二首

少學爲詩,詩成輒逸去。比入館閣,每拈題頭岑岑痛,向所吟者天機,後所習者師課也。生平不能作優伶笑啼,概可見矣。抑性不耐閣體,豈非寒瘦之士乎？使粵之役,途次輒復作吟,莫之强而致也,更稍稍逸去。偶簡所僅存,付諸剞氏,示諸兒,亦不復示人。

過彭澤有懷靖節先生

清江涵峻石,類公孤耿性。或云古彭澤,東流乃其正。當日誰留香,代移遺蹟竟。折腰信頓美,其如松柏勁。公醒世不知,世醉公所病。我來絕壁下,能無仰止敬？

送春辭

扁舟江頭欲曙天,孤燈半滅未成眠。似聞白駒在空谷,送將好友腸轉轂。又似持箠倚門啼,便當嫁女悽復悽。攬衣呼童重剪燭,何物淒楚濴心曲。牀頭寶劍好細看,夜過豐潭龍氣寒。點簡攜來墨莊架,莫教棄捐驚闌珊。童子秉燭周遭顧,回言書劍兩平安。昨宵一天煙雨歇,東風五更去漫漫。我聞此語愈蕭索,急起追春杳無跡。始信反側爲傷春,也如齧指動荆客。自辭帝京出金臺,桃紅李白幾度開。驛路躄躄僕夫瘁,紅白過眼作夢猜。二月既望渡淮水,此後燕石飛不止。何曾賞春待春晴,忽報春歸可勝情。結束蒲車與努馬,稽首東皇歸去也。可恨黃楊一節裁,遲君相遇金牛下。是年有閏,故云。當日東皇憐百鳥,百鳥間關何窈窕。只今春去不知愁,惟有杜鵑聲漸小。無情最是堤上柳,鎮日伴送遠行酒。未爲東皇折一枝,却隨薰風不回首。百芳誰堪稱國士,偏憐蘼草爲春死。亦如脂粉傅丈夫,人間冰魂屬女子。我今送春更留春,笥中賸黃足絑綸。清海城邊淑氣浮,喚回東風十一洲。

余既賦送春,時夜將半,夢一丈夫揖予云云,似答前詞,醒而述之,爲春歸和

何處淒楚送春吟,意調淋漓感余心。招回雲旗息風馬,豈有歌驪寡和者。

四序司令相與迭,譬如轉轂無生滅。帝命寵我冠三時,風行自與諸子別。赤白黑帝秉天鈞,我亦脉脉周八節。十月霜飛尚小陽,常遣臘梅衝白雪。瀟湘楚水蒼梧山,帝子一去不復還。莫以英娥送春淚,錯疑天上亦人間。杜鵑血盡聲越苦,空累夜月長凄楚。何如百鳥遂性情,却留春色尚分明。隨風不必怨楊柳,孤竹朝青暮皦尋。碧梧辭夏一葉飄,未教赤帝長相守。貞魂不作花與鳥,計較偏覺天地小。我行復來渾無心,百族從新分窈窕。黃梅小厄不須憐,與君相遇正今年。年頭年尾何迅速,笑殺痴人爲春哭。況復爲春不待天,挽留鴻鈞屬諸賢。田邊寡婦哀誅求,水上嫠婆泣孤舟。舟爲渡軍田需餉,水陸到處生惆悵。閭閻上頭饒雨露,百穀甲拆不知數。誰將丹青畫流離,五月賣穀二月絲。君但能言回春色,春色年年歸不得。

步澹歸和尚別韻却寄

色空無二界,幽刹與人尋。因迫青山面,遂安白士心。過從亦偶爾,素感一何深。夜夜海東月,輕篩後圃林。

其　　二

話到鞠躬字,盃盈慘不擎。體乾全勿用,學艮值時行。出處既殊路,悲懋一并生。先師如可作,海會竟長城。

其　　三

衆生乃有我,能勿切同憂。禮合一辭退,權將旬日留。低徊施隱救,周爰拾嘉謀。入定山僧眼,照予淚未收。

其　　四

滄溟萬里穩,風動濤無窮。一旦群心靜,六虛佳氣通。稻將飼彩鳳,血合染乖龍。世事盡如此,多應憶少農。

其　　五

冰操亦平等,敢當百尺霜。攜公詩數首,便壯橐中裝。雲去空相見,月明水一方。無生同悟處,別恨不須長。

附　僧澹歸留別詩有序

奉使如耻古給諫,真爲不辱命者,蓋正以奪邪,清以砥濁,慈以去殘,泣罪解網，尚未畢行其志，而嶺海一道，則已如優曇鉢華，一見不可再見矣。屢過松寮，深領德味，怒如難別，情見乎詞。

微雲不掩谷，高屐屢相尋。顧我亦何取，勞君如此心。方舟橫海闊，落塵夕陽深。風雨中宵夢，幽懷共一林。其一

寸土何方著，誰將大地擎。用元從艮止，體即是乾行。泗水傳三絕，雙林信一生。同流知所出，不漫借干城。公學本乾所劉先生，先生際浙學，余忝及門之末。其二

此世無公等，薰風未解憂。波濤兼地坼，雨露爲天留。慷慨申廷論，蕭條集野謀。雙眉低亞久，多恐淚難收。其三

白業交相勉，青山思不窮。梗存仍泛泛，雲去莫匆匆。香葉資威鳳，甘霖得見龍。嚴公吾所好，一奏慰三農。緊菴侍郎。其四

月潔千尋水，松高百尺霜。便教泉上酌，不見橐中裝。好惡雖同種，哀榮且各方。相思寄何所，寂歷曉鐘長。其五

過峽江丘曙戒年兄舟遂後，予悵然作三日惡

峽江江駛岸口瀹，玉筍嶺雲玉礀汁。與君彩鷁朝並飛，暮宿孤渚烟雨霱。烟雨望中涵碧虛，思君不見愁緒入。君但維舟能過予，新詩讀罷剝啄急。夜來棋子聲蔪無，盈樽不酌詩腸澀。我聞丘明與子真，精靈彷彿江上立。乞假長風起北頭，一夜吹送錦帆集。鑑湖過來香城邊，村笛足令青衫濕。我恨離群風雨秋，君自詩成蛟龍泣。

弔河源王烈女

王烈女者，河源令王某之女。少許某氏子，後某子且貧，自燕來署，令嗔而逐之，郎且去，女悲傷鬱悒，數日而殞。令哀之，簪珥悉納棺中，移置野寺，爲盜所發，掠其金寶，顏色如生。予偶聞其事，信筆成韻，或冀此女之名永傳人間，不遑計其詞之工拙也。女未嫁，故附父姓，卒于河源，故繫河源。

皎皎冰玉女，質蕙心同蘭。少小郎文定，含羞側不看。從父令河邑，晨夕調盤飱。整理有倫脊，尊卑志各安。郎自萬里來，行李一何單。翁心生反覆，驅迫歎蹣跚。郎但呼天罸，海枯恨不乾。便自買舟去，燕山路漫漫。嗟女聞

郎至，無語意自歡。恩情忽斷絕，脉脉摧心肝。所作已如此，相見良獨難。之死殉一諾，形立魂先殘。沉沉夜臺夢，娟娟月色寒。父情空擗踊，珠珥並附棺。移置荒郊外，群盜潛開剫。釧鈿歸肬探，玉容粹且端。父飾非所願，假手群盜刓。雪肌如生者，重與世上觀。我來河源下，精魂生波瀾。揮淚記遺事，千載留青汗。

詢貞櫬入海已旬餘矣，繼之以哭

我來河源下，停橈淚潸潸。五月河漸漲，烈魄付潺湲。有恨隨流水，無緣歸故山。蓬萊應咫尺，飄渺安朱顏。

借屋

未謀三迻築，聊借一枝棲。門揖青山近，庭收白月低。司閽備舊卒，問夜倩鄰雞。忽悟蘧廬理，盈虛氣數齊。

壽黃澹叟先生七十

念何違德音，數載南北走。遙企萬丈光，不見師伯久。素心訊起居，知伯精神陡。幸覿松柏姿，果然稱台耉。憶伯英妙年，其才浮八斗。瑜亮一時生，並驅未易偶。遭匹弟先兄，科名振卯丑。翼雲如垂天，九萬風力厚。捉鼻一飛鳴，聯翩不肯苟。金玉唱荀龍，日長依阿母。探奇入粵西，暗索皆驪首。所至騰頌聲，棠思不啻口。浸假賦歸來，齋中何所有。經案與繩牀，圖史綴鐺白。殷勤就石公，孺子可教否？清言輒解人，問奇許載酒。虛往實而歸，身如探二酉。不覺入玄中，恣人大小叩。小兒最周旋，童蒙荷折（析）剖。杖履日追隨，清真道氣誘。鄴架中秘書，軸籤咸觸手。手鈔葉萬千，字字成蝌蚪。門可植三槐，心如種五柳。避賢樂聖門，吹壎心則友。却掃卷帙多，名山可不朽。厨曾似步兵，不厭鮭三九。古刹話僧閒，紅塵聊一抖。處世善守雌，括囊無譽咎。樂志稍開軒，芝田與茶畝。正此當喬松，丹丘夫何有。有之乃似之，所能宜左右。何以佐稱觥，小言佐羍牡。鞠脻歌鶴飛，瀝餘徑醉後。過此二十春，誦抑祝公壽。

壬寅冬，奉旨以六曹改授梧垣，正誼崔公，夏邑人，名行兼脩，滿漢咸仰，稍俟晨夕，必膺簡命，乃以終養遄歸，衆競場中
得此人，古今罕見其儔，特歌數行，以勵末風

天仗空闊致騰黃，萬里雲錦跂尚方。六曹神駿舊品識，閶闔儷具四星房。四星奔走千萬騎，自飾銀轡麒麟粧。驀往驀來何躄躄，登壇未拜心多忙。碭郡崔公真卓爾，掉頭不顧思滫髓。晨鐘招回熱夢魂，從此千年立人紀。

歲寒詩第一章上杜公純一

宮溝泉合環素碧，獨槿寒扉思脈脈。牆外錦韉過頂紅，揮鞭不顧迴熱客。誰道瓊芳凍玉樓，若比人心火井颭。匪蘭伊蘼漫當門，天街查牙奚辭斥。感公意氣蒸如雲，猶敲瘦骨銅聲索。一顧再顧生威神，有意無意品龍脊。朱公告我有是哉，心骨雕字深入尺。莫教照見龍蛇形，且題秋團祝平格。

歲寒詩第二章上梁公玉立

一鼓朱絃曲未工，拋擲石骨卧秋風。官街貴游截雲佩，紫貂團光霞染紅。二五耦切並鑱語，踏花參差百連驄。捧匭朝入含元殿，較書夜出未央宮。虞卿迍賤最蕭槭，道岥斷碎酥醽空。吾吾烏烏何足道，吟詩一夜羲馭東。誰提龍潭三尺水，磨洗露寒照重瞳。直爲帝子憐神物，大澤斷白倚崆峒。要樹周楨衍周曆，三十八百繫公忠。丈夫感激存知己，大雅何辭續高崧。

壽朱右君少司農

玉殿晴開掛曉瞳，鸞行影入游絲中。先朝手樹饒梗柟，一時委蛇皆巨公。少農系本金沙浦，豸峰摩天削崆峒。當日袖草西掖下，要令出語達昊穹。柏府臺高貳邦憲，霜氣橫秋肅群工。引切六曹繩當否，指斥白雲尤生風。至今丰采妙天下，後輩以此發其蒙。韜鐸正懸天仗潤，昌言端的動宸楓。我亦碧梧花下

客,家近金沙東復東。恭桑敬梓良親切,中夜起草就折衷。封事晨開天顏霽,玉珂聲遠廻重瞳。一自師心輕獻納,經年偃蹇卧蒿蓬。諸君往往憐敝帚,安得如公護焦桐。感深意氣誰與偶,十指懸鎚罷書空。盛夏薰風微拂面,雨過雲薄斂豐隆。前頭官街絢五采,人人祝壽黑頭翁。翁今黑頭掌邦計,邦計年來漸從容。舟霖蘗梅咸當用,留相天子祜無窮。

壽魏石生中堂五十初度四章

乾坤宣象祕,龍馬寶中宫。斂福歸君相,錫敷調雨風。時四方水旱。支天道力勝,致主精誠通。相祝關非淺,不寧頌嶽崧。

其　二

諫草存西省,押黄入禁中。先生真得駕,後輩競趨風。磐石安邦略,春臺壽世功。曾聞南苑路,御召錫天驄。公自諫議入爲宰相,南海子召見賜御馬。

其　三

負扆今古事,夾日府宮同。鳴鳥追先德,蒲姑置徙戎。時投誠諸將正議安置。平格天與壽,保乂子方冲。百歲勳名邵,於今身正中。

其　四

同人皆白雪,之子學吟蟲。非會山高意,孰明爨下桐。松經屢折古,人樹百年豐。未必子方戇,無心屬潞公。

送楊脩野吏部南歸,悵然有感

陰晴亦偶爾,吾道是耶非。遷客憐遷況,旅人送旅歸。苦因習藥淡,性爲老灰微。芳草誰能擷,夢魂入釣磯。

壽楊自西給諫尊人

給諫名高天下聞,蓬萊五色爛卿雲。傳經有自歸賢父,削牘誰并笑備員。歸棹滿攜疏草版,舞衣猶帶御爐薰。承歡莫漫忘天闕,兩報君親總未分。

壽黃進士易尊人

憶昔仳儷亂離中，忍將卷帙付東風。文章經世吾兒在，科甲榮名傍老逢。收拾金臺詩滿橐，安排晝錦幛橫空。爾家原出丹霞路，一操鄉音情自通。

贈別友人歸武林

何堪此日送君歸，孤客獨傷傍帝畿。閩嶺故園豺虎亂，武林佳地筍鱸肥。探龍久已拚青瑣，斥馬無心戀翠微。但願釋兵盃酒內，相將次第問漁磯。

送藺東崖給諫請急南歸

山脚老松百尺身，積翠凝蒼棲六神。山上紫錢懸麗綴，五更墜露濕龍鱗。君家猴山山下住，月白風清仙子路。朝辭鳳闕夕雀池，柳帶勝折不知數。拂琴欲鼓送知音，鼓之無聲却有心。莫戀仙人王子喬，伊耆文思正沉沉。

送柯退谷儀部

知君非一日，此日見君心。性以澹交至，情因多難深。碎樊舒困鳳，撥水沃焦琴。陌前行路客，當年也斷金。

耻躬堂文集卷之十九

序　一

《雜卦易圖》一卷，綱緯、目緯以下凡十二篇，晉江王子伯咨所著也。大過至夬卦不反對，傳疑者二千餘年，王子求諸緯卦，而得其説，漢晉以來，此祕未覩，至哉言乎。王子之法，去初、上二爻，而以中四爻錯綜爲上下卦緯之者，乾、坤、剥、復、睽、家人、蹇、解、頤、大過、漸、歸妹、夬、姤、既、未濟，凡十有六。余引伸其法，去初、二而錯綜其上四爻爲上下卦，復去五、上而錯綜其下四爻爲上下卦，緯之者亦乾、坤，至既、未濟，凡十有六。再去初、上二爻而逆數之，以五爲初，以二爲上，去五、上而逆數之，以四爲初，以初爲上，復去初、二而逆數之，以上爲初，以三爲上，三逆而三綜之，爲上下卦緯之者，亦乾、坤至既、未濟，凡十有六。乾、坤八易而不離天地，所以統六十四卦之正；既、未濟八易而不離水火，所以統六十四卦之變。信乎天地變化之自然，非人之智力所能損益也。乾剛坤柔，睽外也，家人内也，正也，解緩也，蹇難也，一張一弛，天下事尚可爲也。剥爛也，復反也，君子之幸也。聖人何雜焉！陽過而顛，事不可爲矣，聖人惡之，故雜之。自大過始，大過之禍多，始于女子小人，繼之以姤，明亂本也。女歸云者，君子當亂世也，十畝河干而已。天地閉，賢人隱矣。養正云者，亦君子當亂世也，不言不爲飲食而已。《詩》曰"善人載尸"。西周其亡乎！水火通流，義不可定，水定則腐，火定則滅，女終於無實，男窮于濡首，大亂之道也。春秋以後之世變，聖人逆知之，雜之以爲戒也，故曰：《易》者，聖人憂患之書。終之曰夬，決也，剛決柔也，君子道長，小人道憂也，山有榛，隰有苓，蓋罩然高望而遠志焉。雜卦之終"夬"也，《詩》之終"殷武"也，《春秋》之終"獲麟"也，思王者也。《書》之終曰,邦之榮懷,亦尚一人之慶,思王者之相也。《禮》之終曰,孝子、悌弟、貞婦,思王者之民也。一言以蔽之,曰君子道長,小人道憂也。自乾、坤以至需、訟,整詞列義,皆有行紀,而何言乎雜。雜之爲言,義存乎後八卦也。而説者乃以錯簡疑之,闕其義而不講,賓客滿堂而忘主人,肆筵設席之謂何？孔子曰：知變化之道者,其知神之所爲乎。吾于伯咨見之矣。

甲午,雲間同學弟王光承玠右題。

序　二

昔公明善《易》而不言《易》，夫《易》何可言哉！由奇偶而三之、六之，《易》道盡矣。聖人不得已而繫詞焉，而《易》於是乎窮，故曰作《易》者，其有憂患也。然則讀《易》之道何居？蓋觀《易》者，莫若觀卦，即聖人三絕韋編，敷以文言，翼以繫辭，而終之《序卦》、《雜卦》，其意已明白著見於天下。夫序卦者，易之常也；雜卦者，易之變也。雜而不雜，則變而不失其常，此先儒已詳言之。獨是大過以下卦不反對，又爲雜之雜，然以互體觀之，知聖人又非偶然而爲此也。此先儒略示其端，而未詳其義。晉江伯咨王子，錯綜參伍，勒成一書，使疑義光昭如日月。

余讀而歎曰：大哉言乎！王子之論緯卦也，是又王子之《易》也。嘗披圖按之，左緯有八，右緯有八，其卦十六。曷爲乎大過以下止取其八也，曰終之以十六則盡矣，終之以八示緯之不止於八也，又示緯之不止於十六也。曷言乎緯之不止於十六也，先天圖之緯卦止有進之法，而無退之法。余請進二，而以三四五爲內卦；請退五，而以四三二爲外卦。如乾、坤之自緯也，無論已至。比、觀、屯、益之，皆謙也；師、臨、蒙、損之，皆豫也；震、豫、噬嗑、晉之，皆蒙也；艮、謙、賁、明夷之，皆屯也；大畜、升、蠱之，皆隨也；无妄、萃、隨之，皆蠱也；兌、困之，皆鼎也；巽、井之，皆革也；剥、復之，皆坤也。此上三十卦之緯卦也。咸、遯、同人、革之，皆小畜也；恒、大壯、大有、鼎之，皆履也；渙、節、中孚、坎之，皆小過也；蹇、家人、漸之，皆既濟也；解、睽、歸妹之，皆未濟也；否之蠱也，泰之隨也，小過、豐、旅離之，皆中孚也；小畜、需之，皆革也；履、訟之，皆鼎也；大過、姤、夬之，皆乾也；頤之坤也。既、未濟，則又自緯者也。此下三十四卦之緯卦也。合之亦得十六卦，而乾、坤、既、未濟，皆得自緯，錯綜諸卦，與先天圖適相當，然後知天地之德，日月之明，無所往而不在也，此可與王子之論相發明矣。且夫緯大過以下者，純乎乾、坤、既、未濟，故斷取八卦終焉。雜以六十四卦者，緯以十六。緯以十六者，終以八。終以八者,終以四。此所謂雜而不失其正者乎! 然又于夬三致意者何? 純乾者,堯、舜之世;困之柔揜剛者,桀、紂、幽、厲之世;夬之剛決柔者,任賢勿貳,去邪勿疑,則常爲堯、舜之世。此上終困而下終夬,非夬不能爲純乾也。王子之書,其爲功於天下後世,豈不偉哉! 余故曰:觀《易》者莫若觀卦,今而後《易》可言矣。

甲午,雲間同學弟王烈名世題。

跋

　　雜卦之義，自夫子既殁而莫能明，漢儒雖有互體之説，然其義不施於此篇，蓋雜之即爲互，二千年未有言者，其見於下傳，曰："雜物撰德。"辨是與非，則非其中爻不備，先儒以謂言互卦也。夫卦有上下二物，不相雜也，交而互之，則雜矣，故曰"雜物撰德"。然則先儒固知雜之爲互矣，何獨至此篇而疑之？若徒以其錯綜序卦之次而已，則又顛倒更置無所不可，以是名雜，非聖人意也。元儒胡氏仲虎，稍發其端焉，吾鄉恥古王先生因推而備之，首列六十四卦對待交互之圖，系之十有二章，以發揮其意。其大旨雖原本胡氏，而分别義例，曲暢精微，辭義高古，卓然成一家言。蓋措意屬筆，邈乎有草玄圖，虛諸君子之心焉。且其言曰，後有達人，或尋了義，然則先生猶疑其有不盡之藴於斯也。

　　地自己酉冬得是編於京師，而伏讀之，知大過以下，斷非錯簡。其後更以己意推尋，則又知自乾坤以後、需訟以前，皆以互體相從，别爲陰陽正變之限，終始盛衰，與先天四畫十六卦正相表裏，大過以下，蓋又推中四爻之法，以盡互卦之變，其循環覆逆並出，自然非偶而已也。予既因先生之書而啓其心，又庶幾所推説者之或不謬先生之意。惜乎先生下世而無所折中矣，故跋是編，以次於二王之末，後之君子譚《易》象者，有所稽焉。

　　甲子，清溪後學李光地晉卿題。

周易雜卦牖中天

易圖首篇

○○○○◎𦆯☰乾	緯乾	三易皆乾
○○○○◎舳☷坤	緯坤	三易皆坤
𦈡☵屯	緯剝	
中☶蒙	緯復	
涊☵需	緯睽	
望☶訟	緯家人	
邘☷師	緯復	
岣☵比	緯剝	
酾☴小畜	緯睽	
學☰履	緯家人	
𦍌☷泰	緯歸妹	
𦍌☰否	緯漸	
𨈤人☰同人	緯姤	
人回☲大有	緯夬	
瀮☷謙	緯解	
𦈡☷豫	緯蹇	
霝☱隨	緯漸	
鬸☶蠱	緯歸妹	
酳☷臨	緯復	
𩕳☴觀	緯剝	
𥃲☲噬嗑	緯蹇	
𨂿𤉷☶賁	緯解	

211

◎	剝	緯坤	
◎	復	緯坤	剝、復皆坤
	无妄	緯漸	
	大畜	緯歸妹	
◎◎◎	頤 ×	緯坤	三易二頤緯歸坤
◎◎◎	大過 ×	緯乾	三易二大過緯歸乾
◎◎	坎	緯頤	三易二坎緯繇頤入坤
◎◎	離	緯大過	三易二離緯繇大過入乾
	咸	緯姤	
	恆	緯夬	
	遯	緯姤	
	大壯	緯夬	
	晉	緯蹇	
	明夷	緯解	
◎	家人	緯未濟	
◎	睽	緯既濟	
◎	蹇	緯未濟	
◎	解	緯既濟	
	損	緯復	
	益	緯剝	
◎	夬 ×	緯乾	
◎	姤 ×	緯乾	夬、姤皆乾
	萃	緯漸	
	升	緯歸妹	
	困	緯家人	
	井	緯睽	

	革䷰	緯姤
	鼎䷱	緯夬
	震䷲	緯蹇
	艮䷳	緯解
◎	漸䷴ ✕	緯未濟
◎	歸妹䷵ ✕	緯既濟
	豐䷶	緯大過
	旅䷷	緯大過 　豐、旅皆大過
	巽䷸	緯睽
	兌䷹	緯家人
	渙䷺	緯頤
	節䷻	緯頤　渙、節皆頤
○○	中孚䷼	緯頤　三易二中孚緯繇頤入坤
○○	小過䷽	緯大過　三易二小過緯繇大過入乾
○○◎	既濟䷾ ✕	緯未濟　三易不離水火
○○◎	未濟䷿ ✕	緯既濟　三易不離水火

緯互也，法去初、上二爻，起第二爻，合至第四爻，爲下卦；起第三爻，合至第五爻，爲上卦。

凡例

緯卦◎；三易皆同○○○；三易二同○○；雜卦✕。

綱緯篇第一

按卦六十有四，緯其中者，得卦一十有六，乾、坤也，剝、復也，睽、家人也，漸、歸妹也，姤、夬也，蹇、解也，頤、大過也，既濟、未濟也。

目緯篇第二

乾、坤之卦八，一曰乾、坤，天地無資乎物，其體自緯。次曰剝、復。三曰頤、大過。四曰夬、姤。頤得乎坤，過得乎乾，剝、復皆坤，夬、姤皆乾。內雜四卦：夬、姤、大過、頤。

剝、復之卦八，一曰屯、蒙。次曰師、比。三曰臨、觀。四曰損、益。

睽、家人之卦八：一曰需、訟。次曰小畜、履。三曰井、困。四曰巽、兌。

歸妹、漸之卦八：一曰泰、否。次曰隨、蠱。三曰无妄、大畜。四曰萃、升。

夬、姤之卦八：一曰同人、大有。次曰咸、恆。三曰遯、大壯。四曰鼎、革。

蹇、解之卦八：一曰謙、豫。次曰噬嗑、賁。三曰晉、明夷。四曰震、艮。

頤、大過之卦八：一曰坎、離。次曰豐、旅。三曰節、渙。四曰中孚。小過、豐、旅皆大過，節、渙皆頤。

既濟、未濟之卦八：一曰家人、睽。次曰蹇、解。三曰漸、歸妹。四曰未濟、既濟。惟乾、坤自緯乾、坤，惟既濟、未濟自相緯也。內雜四卦：漸、歸妹、既濟、未濟。

緯緯篇第三

緯乾、坤者，是曰乾、坤。緯剝、復者，是曰坤、乾。緯頤、大過者，是曰坤、乾。緯家人、睽者，是曰未濟、既濟。緯既濟、未濟者，是曰未濟、既濟。凡《易》卦六十有四，緯卦二八一十有六。凡緯卦一十有六，緯十六卦之卦有四，乾、坤也，既濟、未濟也。天地陰陽之義也，日月水火之數也。

小成篇第四

之十六卦者，小成之卦凡三十有二。乾四，乾上下也，姤上夬下也。坤四，坤上下也，剝下復上也。震四，復下歸妹上也，解上頤下也。巽四，家人、漸上也，姤、大過下也。坎四，解下而蹇上也，未濟下而既濟上也。離四，睽上家人下也，未濟上既濟下也。艮四，剝上漸下也，蹇下頤上也。兌四，睽、歸妹下，夬、大過上也。

終始篇第五

乾、坤始之，既濟、未濟訖之。乾、坤、既、未濟與十二卦同。有事于緯，凡四而統于一，四統于一，故乾、坤、既、未濟，復統十六卦也。《易》始乾、坤，訖既、未濟,曰六十四卦者,十六卦之體也。十六卦者,四卦之體也。自然之道也。《易》曰:天下何思何慮?天下同歸而殊塗,一致而百慮,天下何思何慮!

天地自緯也,既濟、未濟,互緯也,不資自他,別於諸緯,故四卦以統十六,因統六十有四。嗚呼微哉!

方圓篇第六

乾剛坤柔,剝爛也,復反也,睽外也,家人内也,解緩也,蹇難也。天地定位,陰陽循序,外內有別,緩急有常,三才之綱紀也。凡《易》之道,一伏一飛,一貞一晦,一動一靜,一者可知,一者不可知。故曰大過顛也,姤遇也,柔遇剛也,漸女歸待男行也,頤養正也,既濟定也,歸妹女之終也,未濟男之窮也,夬決也,剛決柔也,君子道長,小人道憂也。

之十六卦者,其半整齊之,其半雜揉之,故曰雜卦傳,意存雜卦也。是以有晝夜相乘,寒燠受謝,而不爲人之惡寒而輟冬日,不爲人之惡晦而輟夜。於是有升沉異域,貧富不齊,智愚雜處,哲狂同盡。或委餘粱肉,或不充藜藿;或有女如雲,或之子無裳;或謹度守義,或犯禁決塞。是故福善禍淫,天之道也。夷齊餓死,盜跖壽終,仲尼窮老,田恒篡榮,顏回蚤殀,伯牛疾癘。張湯、杜周,酷吏子孫貴顯,累世不絶;李膺、范滂,脩行砥名而罹禍患。唐、宋以還,不平滋多,紛紜並紀,更僕難盡,是以治日既多,亂亦不少,聖人憂之。

反經篇第七

大過顛也,頤養正也,漸女歸待男行也,歸妹女之終也,既濟定也,未濟男之窮也。姤遇也,柔遇剛也;夬決也,剛決柔也,君子道長,小人道憂也。曷不井諸而雜諸?曰惡其盡也。水之清者無魚,察察者其人不祥,此聖人之弘也,天地之所以爲大也。是故,姤夬反目,顛大過而爲比,漸之女歸自待男行,歸妹乃嫁於未濟,頤濟不相謀,何兩兩其必合,參伍相雜,此所以成變化而行鬼神也。

右陽篇第八

八雜卦,緯其中者漸,歸妹則未濟、既濟緯之。既濟、未濟,則未濟、既濟互緯之。頤、大過則乾、坤緯之。夬、姤則乾自緯之。水火不相勝,惟其質也。天三地一,體數殼矣。凡八雜卦之畫,陽畫二十有八,陰畫二十。微顯闡幽,歸乎右陽。

尼山篇第九

八雜卦,其當天地之末運耶?彝倫攸斁,婚姻瀆亂,水火相射,日月交蝕,人物矮小,女終男窮,體數盡矣。當斯時也,地數居一,天數居三,山崩川溢,風雨無時,焜焜澎澎,孰正其紀?聖人謹之終之,以夬六十四,君子惟乾之道,大夬學乾而至於乾,終則有始,天行也。故曰水火自射也,男女自瀆也。小子佻佻,哲士瞿瞿,禍福胡恤,德行是行,君子道長,小人道憂,雖變天地,未之有易,存斯道者,凡以云捄也。此尼山氏之《易》也。

文王篇第十

反而異其質者,屯、蒙而下,无妄、大畜而上,凡二十四卦;咸、恒而下,渙、節而上,凡三十卦。是故乾、坤定位頤、大過,有恒,頤、大過者乾、坤內也。坎、離定位中孚、小過,有恒,既濟、未濟,相易而不改其度。坎、離、中孚、小過者,頤、大過內也;既濟、未濟者,自相內也,故皆反而不異其質。按上經天地之軌二十四卦,當二十四氣之數也;下經日月之軌三十卦,當合朔之三十日。是以《易》始乾、坤,上終于頤、大過、坎、離,下終于中孚、小過、既濟、未濟,所以綱紀繁雜,統一零亂,原始反終,既有典常,變化錯綜,不越乎則,此文王之《易》也。

或問廣義篇第十一

或問:上《易》始乾、坤,終坎、離;下《易》始咸、恒,終既、未濟,有說乎?
曰:三才之道也,天地以日月爲用,人以水火爲用,故坎、離、既、未濟,爲乾、坤、咸、恒之用也。

或問：自乾、坤至頤、大過，自坎、離至既、未濟，又有說乎？曰：有頤、大過者，乾、坤之具體也；既濟、未濟者，坎、離之運行也。

或問：剝、復、夬、姤非乾、坤之具體乎？曷惟頤、大過也？曰：剝、復無乾，夬、姤無坤，惟頤、大過備乎乾、坤，如既、未濟之備乎坎、離也。

或問：乾、坤始之，既、未濟終之，是四卦者，實緯十六卦，乾、坤曷不雜而雜既、未濟？曰：天地定位不可那也，水火相射，日月交蝕，惟其時也。

或問：乾坤、不雜，天地定位既得聞命矣！頤、大過者乾、坤之具體，曷雜諸？曰：頤、大過具乎乾、坤，而天地之雜也，故雜乎爾。

或問：剝、復皆坤，夬、姤皆乾，曷惟雜夬、姤也？曰：剝者陽盡之數，復者陽反之期，君子消而復長，天道之必然也，不可雜也。夬者陰盡之數，姤者陰反之期，小人消而復長，天行有然有不盡然，故雜之也。故曰陽生子，中聖人護之；陰生午，中聖人惡之。

或問：家人、睽、蹇、解，二水二火，澤風雷山之卦也；漸、歸妹、既濟、未濟，亦二水二火，風山雷澤之卦也。曷惟雜漸、歸妹、既濟、未濟也？曰：人倫之則也，睽、家人俱以陰從陰，蹇、解俱以陽從陽，姊與妹之未字，兄與弟之未室，未離乎乾、坤也！漸少陽從長陰，故曰女歸待男行先之也，故待之。歸妹少陰從長陽，故曰女之終也。既濟中女從中男，陽倡陰隨，故曰定也；未濟，中男從中女，牝雞之晨，惟家之索，故曰男之窮也。老婦或得士夫，老夫或得女妻，或伉儷之允齊，婚姻道雜，情欲相媾，陰陽交而既離乎乾、坤也，故雜之也。天下之治，治於正位；天下之亂，亂於瀆倫，蓋其義也。

或問：八雜卦，三乾而一坤，有說乎？曰：體也，天圓而地方，天動而地靜，天雜則氣機流，地雜則人惡乎託。

或問：雷山水火，正者半，雜者半；風澤，正者一，雜者三。有說乎？曰：雷生於春中，收於秋中，山體惟貞陵谷間，移日月盈虛，厥有恒期。惟風之來也無節，澤之至也無期，故雜之也，自然之理也。

217

自序篇第十二

　　家受《易》十有餘世，代著令德。高祖次山先生，諱宗澄，與蔡虛齋先生齊名，嘗手授《易説》于蘇紫溪先生，行于世。曾祖望山先生，堂搆厥學，諱廷侍，爲當世碩儒。小子命岳，所及過庭，則先王父弘所先生、先君子澹覺先生也。先君手著《四書得一集》、《大易得一集》，岳貧未及授梓。丁亥避亂山中，奉《四書得一集》託友，友失之。自攜《大易得一集》，僅存至今，抱父書不□□痛，蓋終身汎瀾也。先君子每教命岳觀《易》圖象□□有會。辛卯冬子月，夢文王、周公，先後車蓋道喝甚盛，余從牖中窺視。又數日，讀《雜卦傳》，自大過以下，八卦雜之，疑考亭所云錯簡非是，覃思累夕，求諸互卦，得先師孔氏微言，遂屬詞焉。雖於義未必有當，然亦可見八卦之雜，當非錯簡。後有達人或尋了義乎！憶壬午冬，黃石齋先生爲予言，《雜卦傳》錯綜者八，何居？余茫然。嗟乎！靈光不續，神理難盡，十年讀書，三隅未反，余則鈍哉！劉子玄曰：《論衡》未遇伯喈，《太玄》不逢平子，逝將煙爐火滅，泥沉兩絕，倘邀千慮一得，尚冀二人同心，悠悠今古，豈無賞音！甲午遊吳，友人強付剞劂。念去家四千餘里，先君子之書未行，而小子蛙鼓先鳴，負罪彌天，深用刺促。

　　先王父字近甫，諱居，从豸从殳。先君子字世表，諱承，从栖从示，世居閩泉晉江之上峰里。

恥躬堂文集卷之二十

讀　　詩

讀二《南》，邶、鄘、衞、王風

王子曰：二《南》之後，即次三風，三風之後，又次《王風》，其義何居？二《南》，周之盛也；三風，殷之革也；《王風》，周之衰也。俯仰之間，感慨係之矣。夫夫子周之臣，而殷之後也。

讀《兔罝》

王子曰：《關雎》，房中之美事，而化行俗美。忽咏《兔罝》于《桃夭》之後，始信邑姜治内，足與九人同稱十亂，理致政微。

讀《綠衣》至"我思古人，俾無訧兮"

王子曰：忠厚遺意。

讀"日居月諸"

王子曰：日居月諸，與南箕北斗同一奇幻。

讀《谷風》

王子曰：旨蓄御冬，言儲才也。

讀《簡兮》至"山有榛，隰有苓"

王子曰：使我懷古之情更深。

219

讀《北風》至"莫赤匪狐，莫黑匪烏"

王子曰：莫赤、莫黑，何小人之多也。

讀《君子偕老》

王子曰：刺譏之詞，全無怒罵，豈非詩人忠厚之意乎？與《齊風·猗嗟》可以合觀。

讀《定之方中》

王子曰：建營之初，首及琴瑟，足見禮樂爲立國之本，中興規模宏遠處。○《詩》云"椅桐梓漆"，言樹人也。○中興之人，必有一段朴實深厚處。又人馬強壯，然後能國，讀《方中》卒章可見。

讀《蝃蝀》

王子曰：不知命無以爲君子也。道不遠人，人能於色身上持得定，可與入道矣。

讀《載馳》

王子曰：隋受周禪，竇氏自投堂下，曰恨生不爲男子，救舅氏之患。與穆姬同一血性。○控于大邦，女子有此膽智，當令無血氣男子媿死。千載下，千金公主以突厥兵爲周伐隋，豈非其人耶？

讀"氓之蚩蚩"

王子曰：責之以良媒，遲之以秋期，重之以卜筮，可謂發乎情，止乎禮義者矣。因其後之見棄，意其始之淫奔，是說詩之過也。魏王得以功名終者，世且不以節義疵之矣。

讀《木瓜》

王子曰：孔子讀《詩》，喟然而嘆曰："吾觀《木瓜》，而知苞苴之禮行也。"是詩也,善用之;厚往薄來,言交鄰也。

讀《王風》

王子曰:《黍離》、《于役》、《君子》、《揚水》、《中谷》、《兔爰》、《葛藟》凡七篇,皆所云男女,各言其傷也;《采葛》、《大車》、《丘麻》,皆男女之蕩也。嗚呼!此王之所以風也。〇《大車》之淫,甚于《丘麻》,《丘麻》淫人,《大車》淫鬼。

讀《緇衣》

王子曰:鄭首《緇衣》,述先德也。

讀《將仲子》

王子曰:《將仲子》,賢婦人之詩也。無踰我里,無折我樹,何其嚴也。父兄之言可畏,人言可畏,何其知恥也。若夫懷人有情,終能裁之以義,倘所謂不貳過非耶!所爲與《大車》異矣,〇與《野有死麕》同。舊説彼以爲之貞潔,此以爲之淫奔,豈非以《召南》文王之化,《鄭風》故多淫行耶!以地論人,往往失之,有衡鑒之任者,會須了得此意。

讀《叔于田》

王子曰:觀《于田》三篇,人心擁戴如此,自是鄭伯一勁敵對手,故《春秋》曰:"克段于鄢。"

讀《有女同車》至"德音不忘"

王子曰:此詩亦非色荒。

讀"風雨淒淒"

王子曰:《風雨》三章,言好賢也。

讀《揚之水》

王子曰：《揚之水》，言憂讒也。

讀《出其東門》

王子曰：《出東門》，言不遺故也。

讀《野有蔓草》

王子曰：《野有蔓草》，言相遇也。

讀《雞鳴》

王子曰：《齊風》首《雞鳴》，言賢妃也。其後百餘年，君王后死而齊以亡，若是乎婦人之有係於國也。

讀《甫田》

王子曰："無田甫田"，言力小而任大也。"無思遠人"，言知近而謀遠也。

讀《碩鼠》

王子曰：《碩鼠》三章，悲酷吏濫竽三年，而朝廷不行黜墨之典也。

讀《蟋蟀》

王子曰："職思其居"，在其位謀其政也；"職思其外"，所謂無遠慮必有近憂也。

讀《車鄰》

王子曰：讀"鼓瑟"，而知秦之所以興；誦"寺人"，而知秦之所以亡。○秦首章《車鄰》，當作詩讖，看他"並坐鼓瑟"，"並坐鼓簧"，君臣宕佚簡易，如此舉動，安得不興！"未見君子，寺人之令"，是趙高讖語；"今者不樂，逝者其亡"，是二世讖語。

讀《黃鳥》

王子曰：坑儒之禍，兆於《黃鳥》。

讀《權輿》

王子曰：讀秦卒章，不承權輿，所以二世而亡。孔子刪《詩》，遂爲符讖。

讀《宛丘》

王子曰：次陳於秦，滅秦者陳也，豈無故哉？

讀《澤陂》

王子曰：此言其君不親政事，蓋傷之也。

讀《蜉蝣》

王子曰：亂之興也，生於侈侈之興也，則衣服以爲端檜之羔裘。曹之《蜉蝣》，聖人有憂之。

讀《下泉》

王子曰：曹之卒章，傷天下之無伯也。周之興也，以西伯其衰也，桓、文代伯，周以弱而不亡，周始終得力於伯耳。乃知伯之名始於文王，而召、郇二伯，實左右王家，伯非齊、晉而後有之也。

讀《豳風》

王子曰：文中子之於《詩》，其得聖人之意乎？程元問於文中子曰：敢問《豳風》何風也？曰：變風也。元曰：周公之際亦有變風乎？曰：君臣相消，其能正乎！成王終疑周公，則風遂變矣。非周公至誠，孰卒正之哉？元曰：居變風之末，何也？曰：夷王以下，變風不復正矣；夫子蓋傷之也，故終之以《豳風》，言變之可正也，惟周公能之，此文中子之說也。

讀《小雅》

王子曰：《小雅》，燕饗之樂也。自《鹿鳴》至《菁莪》，或燕饗，或遣勞，或君燕其臣而臣答其君，皆有歡欣和說，必極其情而不失其正之致，此周之盛也！雅之正也。《六月》以下，先儒謂之變雅，蓋遭厲王之虐。天子出居于彘，獫狁內逼，京師三綱紊矣。厲王崩，宣王立，勵志中興。《六月》、《新田》、《車攻》、《吉日》足以匡定王國，而明文武之功業矣。《鴻雁》、《庭燎》，是能勞民勤政，猶有《豳風》、《無逸》之遺意焉。然讀《祈父》、《黃鳥》、《我行》諸篇，又何其異於勞來還定安集時也，宣之不克終也，雅之所以終變乎！再經幽王之亂，終於《苕華》、《何草》，而哀思怨悱極矣！

讀《常棣》

王子曰：今人見朋友，和顏悅色，見兄弟反覺尋常。又有一種朋友，不肯調停人兄弟，專好兄前說弟，弟前說兄，雙面刀，百舌鳥，一旦冷落，過門不入，何況多難。又人間多樂妻孥而疏兄弟，故能妻子好合，又能兄弟既翕，良未易易。此中事事須究圖，乃能全了天顯。嗟乎！兄弟、夫婦、朋友，皆五倫中人，此二倫者實能間我兄弟，朋友鼓舌于外，妻孥弄脣于內，鮮克全矣。故《常棣》慎言之，大家當須猛省。

讀《伐木》

王子曰：求友之章，極之神聽和平，而於諸父則曰"微我弗顧"，於諸舅則曰"微我有咎"，於兄弟則曰乾餱失德。嗚呼！世有御窮之妻，有急難之兄弟，所謂友生究藉酒肉，《伐木》已有衰世之憂，何必後人《廣絕交》也。

讀《六月》

王子曰：必有孝友之張仲在內，而後吉甫得以成功於外。

讀《車攻》

王子曰：有聞無聲，悟先王紀律之嚴。

讀《沔水》

王子曰：《雅》之變也，憂亂之章，自讒言始。○讒言高張，只一敬字，處之裕如也。

讀《大雅》

王子曰：《大雅》，會朝之樂，受釐陳戒之辭也。正《雅》，自《文王》至《卷阿》，皆發先王之德，有恭敬之思焉。變《雅》，自《民勞》至《召旻》，多刺當時之事，有愛慕之誠焉。中如《雲漢》至《常武》諸篇，猶見憂民敬天、撥亂反正之功，則亦宣之初政乎！

讀《行葦》

王子曰：此祭畢而燕父兄耆老之詩。先君曰讀"敦弓"，知飲與射相表裏。○君歌《行葦》，以燕父兄，父兄歌《既醉》以答君，君歌《鳧鷖》以賓尸，尸歌《假樂》以答君，盛哉《大雅》之正也。

讀《卷阿》

王子曰：召康公從成王遊卷阿，因王之歌而作此詩。首四章，蓋獻替之辭也；五、六章，言其用賢也；七章、八章，言媚天子，又言媚庶人，合看極多妙理，媚庶人正所以媚天子也；九章，言鳳非梧桐不栖，比賢非明君不事，必梧有萋萋之盛，乃鳳有雝喈之鳴，意專望君也；十章，言今日之遊，車馬甚盛，我惟繼王之聲而遂歌耳，其無窮之意，固在王之能悟也。○此《大雅》正之終也。過此民勞，則變《雅》矣，治亂之際，君子所謹也。

讀《民勞》

王子曰：變《雅》之始，始於《民勞》，而"帝板"繼之，可不慎哉！

讀《板》

王子曰：此亦同列相戒。○上章《民勞》，此章"帝板"，見天心從民心而轉,聖人所以先人而後天。

讀《蕩》

王子曰:此憂厲王將亡之詩。上章《板》,此章蕩蕩上帝,故俗用板蕩,皆奉天以儆亂之詞。

讀《抑》

王子曰:此衛武公之詩,宜入《衛風》,而升之《大雅》。其文辭雅重,有周、召誥戒之遺焉,且前後皆憂厲之詩,而此篇獨居其中。孔子曰,《雅》、《頌》各得其所,此非漫,然位置於斯也。

讀《雲漢》

王子曰:宣王承厲王之後,遇災而懼之詩。古者,憂民敬天,上下麐寧,精神尚照人也。

讀《烝民》

王子曰:宣王命樊侯仲甫築城于齊,尹吉甫作詩送之。末節有"吉甫作誦,穆如清風"之句,可見當日雖有和衷之雅,而文詞溢美,開後世德政碑歌之祖,而吉甫勒名似乎市恩,亦世風之變下也。

讀《常武》

王子曰:宣王自將討淮北之夷,詩人美之,"省此徐土""省"字,見其不濫殺;"不留不處",見其不病農。《詩》中無"常武"字面而云"常武",闕以俟之博物君子。

讀《召旻》

王子曰:此刺幽王之詩。首節"旻天疾威",末節"有如召公",遂命篇曰《召旻》。此變《雅》之卒章也,其稱召公猶《國風》之終殿周也。以周、召之治,可以反亂而正變也。

讀《周頌》

王子曰：頌者，頌美盛德。天子以成功告于宗廟者也。而周先王之積功累仁，忠厚開基，後王之敬天法祖，纘承統緒，具見于此。

讀《思文》

王子曰：此郊祀后稷，以配天樂歌。先君曰，教與養相表裏。

讀《有客》

王子曰：此微子來周廟之詩。將去，而致愛留之意，見周家之忠厚焉。

讀《魯頌》

王子曰：魯爲列國，而升之《頌》，以成王賜魯重祭，故得《頌》也。孔子曰，吾其爲東周乎，則於魯有望。

讀《閟宮》

王子曰：此僖公脩廟，國人美之之詩。追原后稷，推本太王，至于周公，見魯郊禘所由來也，所以頌也。

讀《商頌》

王子曰：全詩皆周而《頌》列殷，孔子，殷人也。又曰：吾學殷禮，有宋存焉。則亦當時宋人廟祭之詩也。

跋　一

　　叔父節義文章，鴻猷偉抱，足以照垂後世，即窮壤僻處，莫不知有恥古先生其人者，余小子何容多贅。惟叔父與先嚴于鴈行中，意氣最合。先嚴甲戌成武進士，初宦閩之福清，繼節鎮潮海。潮去溫陵咫尺，叔父得以時過戎幕，朝夕商確。值明季潮郡荒亂，戎馬生郊，寇環城而攻者經年，先嚴矢死以守，保固全潮，至今十邑父老尸祝不衰，皆叔父深謀卓識，相與有成也。時吉人尚在襁褓，叔父摩予頂而語先嚴曰："是兒瞻矙不凡，異日可亢吾宗。"吉人稍長，憶先嚴述叔父語，乃痛自刻勵，深懼上負叔父之期許也。後叔父以名進士入中祕，旋拜諫議，正色立朝，其言論風旨及奏疏條對，無一非忠君愛國、憂時救世之言。迨吉人觀光京華，叔父已投閒邸舍，吉人侍杖履，親承教誨，非朝伊夕，猶見叔父以天下為己任，慷慨時事，終夜靡寧，凡有可為民生利濟者，發憤感切，將忘其身之去位而而為之也。未幾而叔父歿矣。叔父歿十餘年，其精神氣魄，猶凜然如生，讀其遺文，猶足以使人奮發而興起，豈非所謂浩然者不可泯沒耶？善乎！宗伯富先生之言曰：先生不欲以文名，文亦非足以重先生。顧由身前而論，則人存而道存，文僅道之粗迹也，可以不傳；由身後而論，則人沒而道不與俱沒者，寶賴文為載道之具，文又安可以不傳也？伯兄文人，仲兄文成，所搜羅四方遺失，既勤且備，加以口誦手披，積有年歲，繕寫之本既多，考證之人亦廣，讎校精詳，用付剞劂。而吉人以猶子之分，僅捐冰俸佐梨棗，少分伯仲二兄拮据，垂成之半，方自愧碌碌無長，不克副叔父昔日期許之言，讀是書不禁淚涔涔下矣。是為跋。

　　甲子歲仲秋，姪吉人謹跋。

跋 二

　　小子錫卣就教壽邑時，堂上拜母，別惟據像譜中録綸音齋署，每晨昏展拜，以當趨庭，儼然君父恩威在上焉。憶父兮生我知啼笑日，不復識矣。粗識之無，漸開《詩》、《禮》學，舉子業，往往見父操觚，草制義或大文字一篇，就輒示錫卣兄弟，恨未能讀也。稍長，父數上公車，或遊楚、粵、江、浙間，友天下士。乙未登第，讀中秘書、直省垣，所爲館課諫疏，皆關經史要旨、軍國重事，不多郵寄。錫卣追隨之日，少所釄應，落筆半焚棄，半爲親友藏弆。歲癸丑，錫卣同仲、季二弟搜輯舊簏，併四方徵求，得父遺藁僅此數部。父恒念生平素所樹立德，一功一言並峙，爲此非雕蟲者論也。今雖殘缺之餘，所存者咸祂裨世教，而更令其久而湮焉，尤錫卣所深懼也。季春，仲弟錫度乃郵言：吾天與弟宰東粵潮之□，即不辭俸薄爲先子不朽計，錫卣因得以齋□微積，佐成斯舉。先是，學士李厚老先生，業爲輯□□年矣，及今乃爲之序，重以宗伯富先生高名□□，遂成書。小子有厚幸附述卷後，聊以誌感云。

　　甲子歲仲夏，男錫卣謹識。

附 述 先 事

　　錫度違侍嚴君，荒落荏苒十有八載，然晨昏聞見，猶恍惚趨庭時，風木多感，觸緒汍瀾。憶去歲癸亥四月八日，爲丹霞昊庵葉年伯七十有九華誕，君亮蔡年伯爲徵壽册，錫度得附蟲吟。昊庵先生報函曰：己卯同譜，惟尊公與不佞俱受知麻城陶聖洋文宗，八閩科、歲兩試第一，因深相結爲同門；乙未殿試，不佞與監巡之役，卷屬收掌中堂金太傅讀至尊公卷，擊節稱快，進呈定爲第一甲第一人，天顔有喜，中外咸知，後唱名乃爲第二甲第二人，而一時大魁之名，固已騰播海内矣。越月，詔親選庶常。世祖皇帝唱及尊公名，召至榻前謂曰，汝本是今科狀元，今暫屈了，還汝翰林。天語煌煌，舉朝感動。比入諫垣，所建白深當上意，知遇之隆，中外無不以魏鄭公、陸宣公之事業期之。其序述先事如此。錫度捧讀之下，不禁涕泗之橫流也。又錫度嘗讀大人《十三易制義》，見其自志《貞固幹事》篇，曰浦嶺村邸遇石齋黄師，同逆旅一宿，憶師前歲艱難危苦，我輩禱蒼籲全，借詩咏以發牢騷，今下石者次第自殲，師方賜環大用，天涯相逢，悲喜并至，因論及貞固之説，退而屬此文。其因文寄意如此。嗚呼！先大人之於文也，類如此矣。又錫度嘗得大人藏稿一帙，有識順治十四年九月，世祖皇帝幸南苑涼鷰臺，召集九卿科道合官，照衙門節次跪，各各申飭，至科道申飭尤嚴。大抵以言官言事不從國家起見，所參者多係報復，條陳者多有挾私。申飭訖，又言科裏只有王某所上之本，與人不同。嗚呼！先大人亦嘗荷特達之知矣，而竟不究於用，豈非天哉？少而以孝名，壯而以學顯，中經患難仳離，出而感傷時政，所奏對軍國大事，九重爲之霽顔，且轉圜者屢矣。先大人輒欲自焚草，不欲以示人也。至若贈答酬和之篇，與夫稱觴誌石之製，每不屑屑從世味立言，且名根甚淡，恒不輕入梨棗，所以脱稿後，親朋遂滿意持去，笥無留焉。壬午之歲，伯兄以選拔

附述先事

貢于京國,錫度棘闈弗遇,退而與季弟錫齡追述先德,搜敝篋,求遺書,略次而集之,存不及什一,知先人不欲以文名也,什襲藏之,亦不復示人。迨伯兄京回,更相與搜羅,間有補輯。癸丑,兄携遊吳越間,江南學使天玉虞公見而悅之,曰:是非徒文也,不可以不傳。將爲授梓,適值家鄉變亂,各處用兵,亦遂弗果,兄且羈白下五載矣。當是時也,泉方被寇,患難洊至,憂懼多端,度朝出則母倚閭而望,暮出則母齧指而呼,蓋終患難之日,吾母夜不交睫也。而季弟天性孝友,嘗與母同其焦憂,以故母病連綿,而弟亦神悴精銷,遂不永其年矣。嗚呼!吾季文行醇備,吾先子之所愛也,謂可以負荷而光前緒,而今安望哉?伯兄自戊午授爲諭之壽寧,天倫聚首亦缺有間,勢則然矣。錫度中夜旁徨,惓念先德,乃郵請伯兄,欲以前所輯次者,漸付雕鐫,雖非先人意,抑使後之讀其書而想見其人,是亦小子靡忘前人意也。伯兄以爲善,而程鄉弟更貽書曰,曩辱叔父授經教誨底,于今不忘,敢惜薄俸,勿爲表章。乃共請鄉之先生有□者,纂輯而爲之序。小子將捧讀是書,嚴君猶生之年也。

甲子歲仲夏,次男錫度謹誌。

附録

四庫全書總目提要

《耻躬堂文集》二十卷江西巡撫採進本。

國朝王命岳撰。命岳字伯咨，號耻古，晉江人。順治乙未進士，官至刑科都給事中。是集自卷一至卷五爲奏疏，卷六至卷十七爲襍文，卷十八爲詩，卷十九爲《周易襍卦牖中天》，卷二十爲《讀詩衍文》。據其自序，謂辛卯冬夢文王、周公先後車蓋喝道甚盛，命岳自牖中窺視，故以名也。其書分十二篇，大旨謂《易》襍卦無錯簡，而以互卦之法推求其義。讀《詩》凡五十條，皆標識簡端之語，一篇或止一兩句，如讀《簡兮》曰："使我懷古之情更深。"讀《王風》曰："《大車》之淫，甚于《丘麻》；《丘麻》淫人，《大車》淫鬼。"尤非説經之正軌也。

校 點 後 記

《耻躬堂文集》二十卷,清王命岳著。

王命岳,字伯咨,號耻古,晉江人。生於明萬曆三十六年(一六〇八)。早年師事漳浦名儒黃道周。博學工文,尤精於《易》。崇禎十二年(一六三九)鄉試中舉。清順治十二年(一六五五)登進士第,選庶吉士。

時雲貴局勢未定,孫可望、李定國等仍踞西南,與清廷分庭抗禮。庶常館"策問"要求庶吉士應對,命岳認爲:"李定國貳於孫可望,當援定國,行間使與可望相疑忌。我兵以守爲戰,以屯爲守,視而動。"清世祖覺得命岳議論可用,未及散館即授爲工科給事中。

命岳在工科任職期間,上《經國遠圖疏》,針對當時因養兵過多造成的財政困難,建議仿效明代屯田之法,令各省駐防兵分地耕種,實行"就兵生餉",使"兵皆自食其力"。疏下,因各省督撫意見不一而未實行。

清世祖規定凡貪污贓銀十兩以上者籍没家產。命岳上疏,認爲"立法愈嚴,而糾貪不止,病在舉劾不當"。吏部、督、撫、按舉劾疏,應當認真核實,"參酌公論",方不致"賢者見毀,不肖者蒙譽"。同時,指出察糾貪污的職責不應當只局限於部臣,科道群臣皆得執奏。

不久,轉户科。再上疏論漕運中的弊病,請革除通倉需索,禁止旗丁混搶,規定倉場督臣應親臨河兑。時福建因鄭成功武裝抗清,戰事頻仍,加上旱災歉收,命岳疏陳五條建議:緩征買,巢勸賑,督催協餉,嚴治奸盜,安置投誠。

十五年,調兵科。時清兵下湖廣,命岳復申屯田之議。清世祖采納他的建議,下旨推行。雲南局勢猶未穩定,大量土地拋荒,物價飛漲,每年軍餉巨大。命岳疏請朝廷撥款,發給當地軍民資金,買牛辦種,修復舊屯,以節軍餉,增加收

233

入。世祖也采納其議。

吏部以浙江右布政員盡忠遷廣東左布政，任命已下，命岳不畏權勢，上疏彈劾員氏貪污等罪，員盡忠因此被撤職罷官。

命岳歷所條奏，剴切精詳，爲朝野傳誦。及命岳彈劾粵藩，世祖再次褒揚，贊歎説："非王命岳莫敢言者。"

康熙元年（一六六二），命岳奉命出使廣東。粵藩尚可喜贈金企圖拉攏，命岳抗禮不受。還朝，遷刑科都給事中。時蘇州諸生聚哭孔廟，抗議地方官濫殺無辜，朝廷議裁天下執教官員，命岳抗疏力争不可，議得不行。

二年，因《明史》文字獄案牽連七百家，刑部討論案情時，命岳持異議，遭罷官撤職。貶謫期間，仍以國事爲念。時聖祖年尚幼，命岳爲之提供"覽古今、廣法戒"，治國安邦的借鑒，采録夏、商、周以來列朝故事，輯爲《千秋寶鑒》。

六年，京師及附近地區乾旱，詔求直言。命岳手疏地方利害，擬與《千秋寶鑒》俱進呈，未及而卒，年五十九歲。

命岳慷慨負氣節。户部侍郎、著名學者周亮工贈詩云："生平動念皆君國，半夜焚香聽鬼神。"

其著作有《恥躬堂文集》二十卷。自卷一至卷五爲奏疏，卷六至卷十七爲雜文，卷十八爲詩，卷十九爲《周易雜卦牖中天》，卷二十爲讀《詩》。《周易雜卦牖中天》據《自序》，謂辛卯冬，夢文王、周公先後車蓋喝道甚盛，命岳自牖中窺視，故以名之，分十二篇，大旨謂《易·雜卦》無錯簡，而以互卦之法推求其義。讀《詩》凡五十條，皆標識簡端之語，一篇或止一兩句。此次整理，以福建省圖書館藏康熙二十三年刻本爲底本，參校《清代詩文集彙編》影印康熙刻本，校點體例，一應本叢書《凡例》。

編　者

二〇二一年七月

圖書在版編目(CIP)數據

恥躬堂文集 /（清）王命岳著；林德民點校. —北京：商務印書館，2022
（泉州文庫）
ISBN 978-7-100-21189-5

Ⅰ.①恥… Ⅱ.①王… ②林… Ⅲ.①中國文學—古典文學—作品綜合集—清代 Ⅳ.①I214.92

中國版本圖書館CIP數據核字（2022）第086803號

權利保留，侵權必究。

責任編輯　閻海文
特約審讀　李夢生

恥躬堂文集
（清）王命岳　著

商務印書館出版
（北京王府井大街36號　郵政編碼100710）
商務印書館發行
山東韻傑文化科技有限公司印刷
ISBN 978-7-100-21189-5

2022年7月第1版　　　開本705×960　1/16
2022年7月第1次印刷　印張16.5　插頁2
定價：150.00元

序　　言

在第一次世界大战期间和第一次世界大战后，因筹措战费以及战后的赔款、复兴及工商业的重建而引起惊人的信用膨胀，使经济学家和生意人又重新注意资本主义以及利息的性质和起源等问题。所以本书是为金融界、实业界的领导者以及经济学教授与学者写的。

战时与战后的通货膨胀造成物价的暴涨，德国和其他国家的实际利率远远跌到零下，从而使许许多多的投资人陷于穷困的境地。在所有的国家里面，由于货币变动对实际利率的影响，收益固定的头等证券变得带有高度的投机性质。大战以后，各国人民寅吃卯粮借钱花费的焦躁心理，加上获取大量投资报酬的机会，使得利率提高并保持在较高的水平上。国民收入的增长使美国成了一个债权国。在国内，由于新的科学、工业与农业各方面的革命，实际收入获得了惊人的增长。1920年后，利率曾有稍许下降，但是因为投资报酬还是很大，所以利率仍然是高的。人们急于花费的不耐，可拿消费者信贷组织作为例证。这种组织是采取金融公司的形式特别设立起来的，它的目的在于适应和鼓励分期付款的赊卖并求得消费的标准化与稳定化。

《利息理论》这本书的写作，初意在于修订《利率论》，后者发表于1907年，久已绝版。读者时有重印该书的请求，但我却一年年地拖下来，拖了20多年，因为我希望修改一下表达的方法，并根据各方面的批评意见,把该书中不为人所理解的部分,加以重写。

对《利率论》一书的批评意见,凡是我看到的我都考虑过了,因此这一次,我对表达方式做了重大的改变。虽然实质上我的利息理论简直没有丝毫的改变,但是把它阐述得如此详尽、写法上如此改动,所以我想从前误解我的《利率论》的人会比我感到变动得更大。把这一本书完全重新改写,并补充了新的材料,结果《利息理论》成了一本新的书。

这本有关利息理论新解说的写作,曾得到许多经济学家和商界知名人士的鼓励,特别是出席凡尔赛和平会议的英国代表之一O. T. 法克先生。法克先生很恳切地说,他从《利率论》一书所获得的对经济理论的深刻理解要多于从其他任何一本书所得到的。

《利率论》发表后若干年,我曾建议用"不耐"这一比较通俗的名词来代替"贴水"或"时间偏好"。这一新名词得到广泛的采用,但出乎我意外的是,它竟引起一种普遍的、错误的想法,以为我完全漏掉或忽视了生产力或投资机会方面。它又使许多人认为,我之使用不耐这个新名词是意味着提出一种新的思想。于是我发现我被称为"不耐说"的创始人,其实我不是的;而缺少新名词来表达的另外一些思想却又不算是我创始的了。正是由于这种误解,才促使我在探索多时之后采用"投资机会"这一新名词来代替"生产力"这一通用的然而不适当的名词。①

在经济学中,要证明学说的创始性是不容易的;因为一切新思

---

① 投资机会这一名词看来是通俗话中最接近于表示本书所用的技术量 γ 的一个名词。γ 的全名是收获超过成本率,其中收获与成本是比较两个任意收入(接下页注)